白 牙

[美]杰克·伦敦 著 苏福忠 译

中国友谊出版公司

图书在版编目（CIP）数据

白牙 ／（美）杰克·伦敦著；苏福忠译. —— 北京：中国友谊出版公司，2018.3（2022.5重印）

ISBN 978-7-5057-4298-7

Ⅰ．①白… Ⅱ．①杰… ②苏… Ⅲ．①长篇小说－美国－近代 Ⅳ．①I712.44

中国版本图书馆CIP数据核字(2018)第028525号

书名	白牙
作者	[美] 杰克·伦敦
译者	苏福忠
出版	中国友谊出版公司
发行	中国友谊出版公司
经销	新华书店
印刷	天津丰富彩艺印刷有限公司
规格	880×1230毫米　32开 8印张　165千字
版次	2018年5月第1版
印次	2022年5月第3次印刷
书号	ISBN 978-7-5057-4298-7
定价	35.00元
地址	北京市朝阳区西坝河南里17号楼
邮编	100028
电话	(010) 64678009

版权所有，翻版必究

如发现印装质量问题，可联系调换

电话　(010) 59799930-601

Jack London

杰克·伦敦(1876—1916),20世纪初最有影响的小说家之一,是继马克·吐温之后美国又一位杰出的现实主义作家。

目 录

译本序 /01

第一部　荒野
第一章　鲜肉之道 /003
第二章　母　狼 /012
第三章　饥饿的喊叫 /024

第二部　生在荒野
第一章　牙齿的战斗 /037
第二章　兽　窝 /048
第三章　灰崽子 /057
第四章　世界的墙 /063
第五章　吃肉法则 /075

第三部　荒野诸神
第一章　火的制造者 /083
第二章　管　束 /095
第三章　被逐者 /104

第四章 诸神的踪迹 /109

第五章 誓　约 /115

第六章 饥　荒 /124

第四部　更高级的诸神

第一章 本类的敌人 /135

第二章 发疯的神 /145

第三章 除了恨还是恨 /154

第四章 死不松口 /160

第五章 不服软 /172

第六章 仁义的主人 /179

第五部　驯化

第一章 漫长的雪道 /195

第二章 南　方 /201

第三章 神的领地 /208

第四章 同类的呼唤 /219

第五章 熟睡的狼 /226

译本序

说起杰克·伦敦（1876—1916），人们都会想到他的《野性的呼唤》和《白牙》。而说起这两部小说，人们又都会富有总结性地说：一篇写一只狗变成了狼，一篇写一只狼变成了狗，那种口气像如今的小青年谈论变形金刚，全然忘了无论狗还是狼，它们都是活生生的动物。

在写出这两篇轰动一时的小说之前，杰克·伦敦依靠体力在社会上吃尽苦头，但维持生活的收入总是入不敷出。他认识到脑力劳动的收入和持续性远胜于体力劳动，因此立志靠写作打出一片天地。从他的自传体长篇小说《马丁·伊登》里，我看得出他开始写作时是多么挣扎。他在《大陆月刊》发表的第一则短篇小说《为赶路的人干杯》，为他挣得五美元的稿费。如今评论家和文学史家提及这笔稿费，用"只给他带来"之类用语，表明稿费之低，其实对当初的杰克·伦敦来说，这笔稿费已让他欣喜不已。首先，比他当报童每份报纸挣几美分，这算大收入；其次，也更重要，是他向文学写作进军，终于成功地迈出了第一步。《为赶路的人干杯》，写一个人抢劫了同伙的钱，却受到义气庇护，一路逃走的故事。显然，这是杰克·伦敦在淘金队伍里听来的故事。同样地，《野性的呼唤》也是他在淘金路上听来的故事，区别在于前者是关于一个人的，后者是关于一只狗的。因为克朗代克河流域已经接近北极地区，淘金人群需要狗拉雪橇前往，人和狗的关系罕见地联系在了一起。因此，关于狗的故事，就不同于一般情况下的关系，比如看护院子、人狗相伴、狗成宠物。狗拉雪橇这件事，是爱斯基摩人的专利。在杰克·伦敦笔下，主要是印第安人和狗的关系。这就让他写狗的故事背景显得稀有、罕见，在引发读者的好奇心方面占了优势。当然，《野性的呼唤》写得很紧凑，很生动，很令人信服，是主要的。于是，这个不足六万字的中篇小说，版权卖到了两千美元。《为赶路的人干杯》约一万五千字，稿费五美元。这个差别想必让杰克·伦敦动了些念头。因此他把《白牙》写到了十二万五千字左右，字数是《野性的呼唤》的两倍还多，至于版权是否卖到了四千美元，不得而知。

  但是，《白牙》这个不足十三万字的长篇小说，共分五部，从结构上来看，确实有拉长篇幅之嫌。第一部分一万七千字的篇幅，写亨利和比尔赶着六只狗拉的雪橇，往哈德森湾运送一只棺材，途中被一群饿狼尾追；他们在喂食时发现来吃冻鱼的狗不是六只而是七只，很快弄明白有一只是来骗吃骗喝的。那是一只有狼血统的棕灰色母狗，其后利用母狗的性别优势，把他们的狗一只接一只骗出营地，让狼群围而食之。等他们只剩下三只狗时，比尔气不过，拿着只有三发子弹的枪去打伏击，结果连他的命也搭上了。然后，亨利看到的是一圈闪亮的眼睛向他的火堆靠拢过来。群狼的数量巨大，个个瘦得就剩一把骨头，肋骨像搓板，肚子贴到脊梁骨，它们只能孤注一掷。开始的一两个夜晚，亨利还能守着火堆过夜，接着狼们发现他势单力孤，一只狼在他打瞌睡时咬住了他的胳膊，他本能地跳进了火堆里，与火待在一起，幸亏他的手套很结实，暂时保护着他的手，他抓起燃烧的木炭向四面八方的空中扔去，篝火顿时像一座火山爆发了。然而，火在渐渐地熄灭，他坚守了一天一夜之后困得用松树枝绑在手上，让松树枝把他烧醒和狼较量，最后他终于挺不住了，两肩耷拉下来，头埋在了两个膝盖中间，明确表示他已经放弃了抗争。亏得他命大，在狼群正要分食他时，四架雪橇正好路过，救了他。

一万七千字的篇幅，有悬念，故事情节也紧凑，结尾有高峰，单独成一则短篇小说，也说得过去。然而，如此长的篇幅过去，故事的主人公白牙还没有登场，这在剧本里可以算"搭戏"，长篇小说可以叫"楔子"之类；如果算作《白牙》这个长篇小说的第一部，几乎可以算作败笔。亨利在后来的篇幅里再没有露面，他护送的那口棺材尽管处理得非常有悬念，但后面也没有任何交代。唯一说得过去的是，那只很熟悉人类生活的几乎导致整个雪橇队灭绝的母狗，成了"灰崽子"的母亲，"灰崽子"是白牙的前身。

如果这是小说的铺垫，这个铺垫的篇幅确乎太长了点，若在后面的叙述中，用几段倒叙交代这只母狗的背景，可能更合乎传统的写作手法。

然而，第二部还没有直达主题，把主人公拉出来亮相，接着写狼群终于度过了饥荒后立即分崩离析，这只母狼和三只追求者结伴而行。后来，三只追求者争风吃醋，两只经验丰富的成年狼联手杀死了最年轻的三岁小狼，最后老独眼公狼出其不意地咬死了那只正当年的公狼，老独眼最终独占花魁，和母狼成为情侣，生下了"灰崽子"。作者把狼的情场得意和失意写得很残酷却别有意趣，把狼的传宗接代写出了另一种角度。从写狼这个动物种群来说，这些描写是珍贵的。

  这就是荒野的做爱，自然界的性别悲剧，只是丢掉性命的一方的悲剧。对那些活下来的，这是不是悲剧，只是实现目标和独占鳌头。

灰崽子出生了，一起出生的还有几个兄弟姐妹，但是它们都没有熬过饥荒，都夭折了，只剩下了灰崽子。灰崽子是优胜劣汰的结果，它生来就有一副好体格，精力旺盛，胆子过人，因此它第一次走出洞穴，闯进荒野，就吃了一窝小雷鸟，雄鹰从天空雷电般袭来，它也能安然度过。不过，荒野求生困难多多，它在母狼带领下猎捕别人的性命的同时，娘俩随时有被猎捕的危险；它求生的过程，逐步明白了荒野的生存法则：

  一种是它自己这类杀而食之的，一种则包括非杀手和小杀手。另一种是杀死并吃掉它这种的，或者被它自己这种杀死并吃掉的。这样分门别类后，法则就产生了。生命的目标就是鲜肉。生命本身也是鲜肉。生命靠生命维持。世上有食者与被食者。这一法则便是：吃或被吃。

它们母子在艰辛的捕食过程中，闯进了印第安人的营地，一个叫比弗的印第安人认出了那只母狗是自己兄弟的狗，只是一声呼唤，那只母狗就乖乖地就范了。比弗的兄弟如今没了，这母子狗就归他所有，他于是送了灰崽子一个名字——白牙，因为灰崽子长了一口白生生的牙，是狼的特点。

主人公白牙终于登场亮相，小说的篇幅已经发展到了四万三千多字。这在一般长篇小说里很少见。美国如今是文学大国，诺贝尔文学奖获得者已经接近十位。美国的文学有了自己的特色，比如小说，篇幅较之欧洲，总体是短小的居多；顺理成章的是，小说的结构基本上是单线发展，历险记、漂流记和流浪汉是基本模式。例如马克·吐温的两部不朽之作《汤姆·索亚历险记》和《哈克贝利·芬恩历险记》；即便是西奥多·德莱塞八十万字篇幅的《美国悲剧》，也是单线条发展的结构。像《白牙》这样十二三万字的小长篇，主人公在小说进展到了三分之一的阶段才露面，应该说不是传统长篇小说的路子，至少结构上不紧凑，尤其考虑到杰克·伦敦的优秀作品，故事的连贯性是很强的。如果不是他的《野性的呼唤》获得巨大成功，主人公是一只狗，而《白牙》在写一只狼，已经吊起来读者的好奇心，《白牙》恐怕很难引起它发表时的那种轰动。如果《白牙》的主人公是一个人，那么这部小说十之八九的读者可能没有耐心再读下去了。人在阅读关于的人的故事时会不自觉地把自己摆进去，书中的人没有什么看头，读者自己也会不自觉地失去兴趣。但是，人看狗的故事，人与狗的差距比较大，故事中的狗的结局如何，吸引力会更大。

"灰崽子"变身"白牙"，算不上华丽，但是灰崽子由孤独的小狼转变成印第安人村子里的白牙，因此有了童年，还是别有洞天的。个体融入集体需要过程，白牙的描写有了人这个群体的参照物，小说的故事情节开始精彩纷呈了。白牙的童年很凄惨但很勇敢，在印第安人的营地或者说村子里，它因为长得像狼，性格孤傲，打架突然袭击并一击制胜，成了自己本类的公敌，人类的恶作剧者。白牙童年最大的不幸之一是失去了母亲。白牙的母亲去给人家抵债，在它长大成狗的半年多里，一直不在身边。童年的一种可怕的折磨来自伙伴的排斥、讹诈和欺负，偏偏打头欺压白牙的就是一个霸王。

　　唇唇是它命中的灾星。块头更大，月份更足，体力更强，唇唇瞄上了白牙，成了它迫害的特选对象。白牙不甘心示弱，干仗足够勇猛，无奈它们不是一个级别。它的敌人块头太大。唇唇成了它的梦魇。只要它离开母亲去冒险，那个恶霸一准露面，紧紧跟在它的后面，冲它嗥叫，和它找碴儿，伺机而动，只要人形动物不在附近，就向它扑来，强迫它干仗。唇唇每次都赢，一赢了就喜形于色。

　　白牙在进行没完没了的战争，而战争锻炼了它，打一仗它成熟一步，因此发育得很快，朝着一个方向迅猛地发育。它的环境没有肥沃的土壤供给它善良的养分、仁爱的种子。它学到的准则是服从强者，欺压弱者。渐渐地，白牙对生存法则了如指掌：欺压弱者，服从强者。比如在雪橇队伍里，它尽快吃下它那份肉，接下来哪只没有吃完自己份额的狗就该倒霉了！只见它一声吼叫，狗没露面牙齿先用上，那只倒霉的狗就只好让白牙把它的口粮吃掉了。它已经彻底搞明白了它生活的这个世界。它的眼界很唯物，很现实。它所了解的世界是凶残的，冷酷的；一个没有温暖的世界，一个不存在抚爱、情爱和精神上的明亮温馨的世界。

白牙和同类相处不易，但和人类相处则要容易得多，好像它肉身的组织里有某种东西，非要人这个主宰成为不可或缺的因素，否则它从荒野专门来呈献它对人的忠诚为了什么？它的祖先冥冥之中早已和人有了誓约，条例也很简单：为了占有人的血肉之躯，它就要用自己的血肉之躯来交换，用它的自由来交换。白牙得到了人的食物和火、保护和陪伴，而它就得保护人的财产、身体并为人干活。对白牙来说，它占有了一个人就意味着为这个人服役，它的服役是尽责和敬畏，但是没有爱。它不知道爱是什么。它没有爱的经历。

然而，饥荒来了，情况就大不一样了。饥荒改变了它和同类相处的关系，也改变它与人类相处的关系。饥饿成了人类和兽类的共同敌人，他们如果不能联手一起对付这个敌人，那他们就得在饥饿这只魔鬼面前丢人献丑，暴露残忍。

  狗相食，诸神吃狗。虚弱不堪的与更没价值的首先被吃掉。仍然活着的狗，目睹惨状，明白是怎么回事。几只顶胆大顶聪明的狗告别了诸神的火堆，反正这时已经成了一堆堆灰堆，逃进森林里去了。在那里，到头来它们或者饿死，或者被狼吃掉。

毫无疑问，饥荒是狩猎民族和野生动物严酷的生存计划，大自然养活不了他们的时候，老天爷就来干预。或者雨量不够，或者河流断水，或者驯鹿群不见踪影，或者大马哈鱼不溯河而来……这时候印第安人就必须跟随猎物迁徙，狗们只好自谋生路。白牙从小生长在荒野，它离开了人类，走进了原始森林，勇敢加运气，它一直能找到吃的，因此它一直身强体壮。等它在森林里碰上饿垮的唇唇时，童年的噩梦必须清算，它没有浪费一点时间，直取了唇唇的性命。

以牙还牙，睚眦必报，很难说这里没有杰克·伦敦童年的影子。写的是狗，但参照物还应该是人。人性是兽性的参考，兽性是人性的前科。吉卜林的莽林法则，达尔文的进化论，斯蒂文森的荒岛浪漫氛围，杰克·伦敦从小生活经历的强权社会，他在第二部的后半部和整个第三部，都融化在他细腻的精妙的颇具硬度的写作中。白牙的野性一步步向人类社会的文明屈从、靠近，很神秘却令人信服，好像作者曾经是个野人，知道身上的野性怎么一一克服，向文明的生活靠拢。

然而，社会越文明，隐藏的恶就越深，一旦被暗藏的恶缠上，一切都会面临毁灭。杰克·伦敦一生相信人有高低贵贱之分，有上下沉浮之别，一旦跌入深渊，就可能万劫不复。动物低于印第安人，印第安人低于白人，白人的工业文明和相应的社会制度，是强权，是横行霸道的惯例，正在改变着这个世界。然而，这一切的背后隐藏着恶，从里到外的恶，深入骨髓的恶，而"俊男史密斯"就是这种恶的一个代表，白牙偏偏就落入了这个恶人之手。白牙拉着雪橇，千里迢迢，跟随它的主人比弗来到育空贸易站兜售皮货。它在这里第一次看见了白人。

  与它熟识的印第安人相比，它看白人是另一种生物。

  通过白牙的眼睛，杰克·伦敦把白人这种生物描写成了更高级的神，在印第安人之上的神；他们带来的工业产品和现代社会的法律，是强权的一种表现。有批评者说杰克·伦敦是在强调白人优越，其实这是误读，没有看清杰克·伦敦只是试图剖析不同人种之间的关系。在工业化的世界面前，印第安人是落后的。落后就要挨打，作者不否认这点。但是，工业化的先进不等于它能消灭了恶。在弱肉强食的莽林法则下，揭示恶的继续存在，倒是杰克·伦敦的人文精神的体现。邪恶是人性的一个方面，再先进的社会也无法让它绝迹，所以白牙一开始从俊男史密斯身上就嗅辨出邪恶来。没错，白牙是头脑简单的野兽，但是理解好与坏也简单得多。好的东西就是让它安逸、满意。因此，好东西就让它喜欢。坏的东西就是带来难受、威胁、伤痛的东西，那么就会让它憎恨。白牙对俊男史密斯的感觉糟糕透了。俊男史密斯一点也不俊，不仅身体奇形怪状，而且心灵歪曲，鬼鬼祟祟，如同阴森的沼泽地缭绕的雾气，有害的东西从内里往外发散。它不喜欢俊男史密斯，俊男史密斯就用棍子和皮鞭交替收拾它，让它遭受着最惨痛的虐待。它不喜爱旧主人格雷·比弗，然而，它对他还是尽忠的。它没有别的办法。这种忠诚是构成它的肉身的品质。然而，它无论如何不会喜欢俊男史密斯，但是命运不可违抗，它被旧主人比弗卖掉，不得已留在了育空，成了俊男史密斯这个半疯半兽的白人的财产。它被折磨到无以复加的地步时，它就只会盲目地憎恨。

它憎恨拴住它的铁链，憎恨从栏杆空隙窥视它的人，憎恨那些跟在人身边的狗，因为它们在它一筹莫展时恶毒地冲它咆哮。它憎恨把它困住的围栏的每一根木头，而最恨的仍是俊男史密斯。

因为俊男史密斯让它和各种狗打架，他通过押赌注挣钱，白牙从此落入了恶性循环的魔咒！它不得不和猛犬打架，不得不在一天中和三条狗搏斗。等它打败了所有的狗时，它又不得不和一只成年狼打架。有一次，它不得不和两只狗同时混战。它甚至和一只山猫格斗，打得你死我活。

生活成了它的地狱。俊男史密斯就是一个魔头，是恶煞，一心要把白牙的精神摧垮。然而，白牙没有倒下，一直在顽强地对抗俊男史密斯代表的邪恶势力。最后，它差不多变成了一个魔鬼。

这样就只有一个结果了，那是它的凶恶以凶恶为食，凶恶有增无减。

白牙是一只干活非常卖力的狗，如今却不让它干活，让它专门打架。斗熊曾经是西方社会的一种娱乐，斗狗是不是一种娱乐方式，作者没有交代，但人类抡起拳头专打另一个人的头部，这种号称拳击的职业是存在的。杰克·伦敦做过业余拳手。人类之中可以存在专门打拳的人，那么狗类之中存在专门打架的狗，人性和兽性在这里混淆了。这部分写作很可能与杰克·伦敦的打拳经历有关系，所以写来得心应手，残忍的斗狗写得引人入胜。作者不只在批评斗狗的现象，也在批评观看斗狗的观众冷酷无情。

"打架狼王"最后碰上了克星，一只斗牛犬。它高大威猛，灵活多变，一击制胜；斗牛犬矮壮脖子粗，不怕撕咬，紧追不舍，一旦咬住就永不松口。白牙在冲撞中因为用力过猛，把脖子暴露给斗牛犬，斗牛犬一口咬住它的脖子，白牙这下被扼住了气息，随着时间分分秒秒地过去，它的呼吸越来越困难。它的性命危在旦夕。

当然，白牙不能死，否则我们的故事就没法继续下去了。它经历的大恶的折磨之后，大善姗姗来迟。采矿工程师威登·斯科特从斗牛犬嘴里救下了它，不顾它对人类的极度憎恨和防范，用极大的耐心和爱心感化了白牙，白牙从寒冷的克朗代克河，回归了阳光灿烂的加利福尼亚——工业化和人类文明的集中地。

对白牙来说，这是结束，却是开始——结束过去的生活，结束憎恨的统治，开始一种崭新的不好理解却更为公正的生活。这意味着它从荒野成功的回归，一只有狗的遗传基因的狼，归顺到人的社会里。生命里有善恶之分，野兽也不例外。只有爱才能触到白牙本质的根芽，用仁爱唤醒生命的各种已经消退的几乎毁灭的潜能。

喜欢已经被爱取代。爱成了铅锤，坠入它的深处，而喜欢是从来不曾抵达那里的。它的深处因此回应了这一新东西——爱。给予它的东西，它如数反馈了。这是一尊真神，爱神，温暖的发光的神。在神的光芒下，白牙的本性像花朵在太阳下一样绽放了。

一只有狗的基因的狼，最后驯化成了一只狼狗；如果和《野性的呼唤》的那只狗最后变成了一只狼做呼应，这个故事可以结束了。《野性的呼唤》里的巴克进入原始森林，成了野狗。白牙回到人的领地，成了一只驯化的狼。巴克从一个叫米勒的法官家被人拐卖，而白牙又回到了一个叫斯科特的法官家；两篇小说殊途同归，挺好。然而，作者不甘心这样的结局，给白牙安排了一个充当英雄的镜头：不顾自己的生命咬死了私闯民宅的持枪杀人犯，救下了斯科特法官一家人的性命。这样也许符合一般读者的心愿，但作为一篇杰作，却难免有狗尾续貂之嫌，甚至包括整个第五部，我以为，都是可以略去不写的。如果杰克·伦敦能掐头去尾，《白牙》可能像《野性的呼唤》一样精炼、紧凑、完美。因此，我以为，《白牙》算得上一部不可多得的不朽之作，但算不能说它白璧无瑕，哪怕作者最后强调的是：

　　它所做到的，没有哪只狗能做到。它就是一只狼。

第一部　荒野

第一章　鲜肉之道

　　幽暗的云杉林分散在冻结的航路两边，一副愁眉不展的样子。近来的一场风刮掉了白皑皑的冰冻层，树被剥掉了一层包裹，它们看上去你挨着我我挨着你，在越来越暗的光线里黑魆魆的，有些不吉利。大地上笼罩着无边无际的沉寂。大地自身处处荒凉，毫无生气，没有动静，孤独而寒冷，连固有的元气都有了悲凉感。大地有发笑的意思，却是一种比悲凉更恐怖的笑意——一种像斯芬克斯的微笑那般阴郁的发笑，一种像冰冻一样寒冷的发笑，又不乏那种因绝无失误而格外的严厉。这是那种专横的不可言传的永恒的智慧，笑话生命的无益，生命的努力。这就是荒野，就是野蛮的连心都冻住的北方的荒野。

　　可这就是生命，在大地上普遍存在，不屈不挠。在冻结的航路上，一列狼一样的狗在拉雪橇。它们硬刷刷的皮毛挂满冰霜。它们的哈气一出口就在空气里结成了冰，哈出来像雾霭，落在了它们身体的毛发上，形成了晶莹透亮的冰层。皮挽具套在狗身上，皮缰绳把它们和它们身后拉着的雪橇连在一块儿。雪橇没有滑板。雪橇是用结实的白桦树皮做的，整个表面都依托在雪上。雪橇的前端上翘，如同一个卷轴，为的是下行没有阻力，能压住软雪的雪沫，因雪沫趟起来时就像波浪在前涌动。在雪橇上捆绑的是一个又长又窄的结实的长方形箱子。雪橇上还有别的东西——毯子、斧头、咖啡壶和煎锅；不过最扎眼的、占去大部分空间的就是那个又长又窄的长方形箱子。

在狗队前面跋涉的，穿着宽阔的雪鞋，是一个男人。在雪橇后面跋涉的是第二个男人。在雪橇上，那个箱子里面，躺着第三个男人，他的跋涉已经结束——一个被荒野征服了的男人，彻底打垮了，他再也无法运动和苦做了。不是荒野的路喜欢运动，生命对荒野来说就是一种讨厌的东西，因为生命在于运动；而荒野旨在摧毁运动，一贯如此。它把水冻上，防止水流进大海；它把树液驱赶出树干，把树冻得结结实实，连强大的心脏都冻住了；而最凶猛最可怕的是荒野对人百般折磨，把人压得服服帖帖——人，生来就最不是安分守己的，与那个说法对着干：一切运动到头来不过是结束运动。

不过，在雪橇前面和后面，不畏恐惧，百折不挠，两个男人一路跋涉，还没有累死。他们身穿皮袄和柔软的皮衣。睫毛、脸颊和嘴唇因为哈气而结冰，挂上了一层水晶一般的冰霜，脸都不像脸的样子了。他们因此显得怪模怪样，戴了鬼脸似的，俨然鬼世界里为某个死鬼主持葬礼的人。不过，一切奇形怪状之下是实实在在的人，正在穿越这块荒凉的、嘲弄的、沉寂的大地，微不足道的冒险家摽上了罕见的冒险，以一己之力对抗世界的雷霆万钧，而且这个世界遥远、陌生、死气沉沉，像太空的深渊。

他们不说话，只是行走，省下每一口气为身体支撑下去。周围万籁俱寂，以一种触手可及的存在压迫他们。这影响到了他们的脑子，正如深水的气压会影响潜水人的身体一样。它摧残他们，用无垠的浩瀚和不可改变的天命摧残他们。它把他们挤压到了他们自己脑海的犄角旮旯里，压榨他们，像从葡萄里往外榨汁，把一切虚假的热情和兴奋以及对人类灵魂高估的自我价值，统统压榨出来，直到他们认识到自己很有限，很渺小，是颗粒，是尘埃，依靠不堪一击的狡猾和不足挂齿的智慧，在巨大的盲目的元素和物理的影响和相互影响下活动。

一个小时过去了，又一个小时过去了。没有太阳的白昼的灰光开始消失，这时安静的空中传来一声遥远的微弱的喊叫。那叫声猛地一下升上去，达到了最高的调子，久久萦绕，颤抖而紧绷，然后缓缓地消失了。听起来就是迷失的灵魂在号啕，倘若不是这叫声含有一种悲凉的刚猛和饥饿的渴望的话。前面的男人扭过头来，等着和后面的男人对眼。过了一会儿，隔着那个窄窄的长方形箱子，互相点了点头。

喊叫再次传来，穿透了沉寂，针刺般的尖厉。两个男人都判断出来叫声的位置。叫声是从后面来的，就在他们刚刚穿过的这片开阔的雪野的什么地方。第三次叫声又起，好像在回应，也是从后面传来，位于第二次叫声的左边。

"它们跟随着我们，比尔。"前面的男人说。

他的声音沙哑，失真，是明显用力说出来的。

"猎物稀缺呀，"他的伙伴回答说，"多少天了我都没有看见兔子了。"

随后他们便再没有说话，虽然他们竖起耳朵在聆听身后不断传来的追猎的喊叫声。

天彻底黑下来时,他们把狗赶进航路边上一片云杉树群里。那口棺材摆在火边,既当座位又当餐桌。数只狼狗聚拢在火堆远处,你啃我一口,我咬你一下,但是一点不想离开钻进夜色里去。

"我感觉,亨利,它们显然就在营地附近。"比尔表示说。

亨利蹲在火边,把咖啡壶放在一块冰上,点了点头。他坐在那口棺材上,开始吃东西,才又开口说话。

"它们知道在什么地方隐身安全,"他说,"它们要吃东西,可不想让人吃掉。它们精着呢,那些狗。"

比尔摇了摇头。"哦,我不知道。"

他的伙伴看着他,颇觉好奇。"这可是我第一次听你说它们不机灵。"

"亨利,"另一位说,把他正在吃的豆子故意咀嚼得声音很大,"我喂狗时你真没有注意到它们乱踢的样子吗?"

"它们比平时混乱多了。"亨利承认道。

"我们还有多少只狗,亨利?"

"六只。"

"嗯,亨利……"比尔停顿了一下,有意让他的话听起来更不寻常些,"我是说,亨利,我们只有六只狗了。我从袋子里取出来六条鱼。每只狗我分发一条鱼,可是,亨利,我有一条鱼没有着落。"

"那是你数错了。"

"我们共有六只狗嘛,"另一位不为所动地重复道,"分明拿出来六条鱼嘛。'一只耳'没有吃到鱼。我回到袋子边又取了一条喂它。"

"可我们只有六条狗呀。"亨利说。

"亨利，"比尔接着说，"我不是说它们都是狗，不过吃到鱼的却是七只。"

亨利停下吃饭，隔着火清点狗有几只。

"眼下只有六只。"他说。

"我看见另一只穿过雪地跑了，"比尔冷冷的肯定地说，"我看见七只。"

他的同伴不置可否地看着他，说："我只求这次旅行快快结束。"

"你这话是什么意思？"比尔追问道。

"我是说，这雪橇上的东西让你很不爽，你因此开始看出不祥之兆了。"

"我也想到了，"比尔一本正经地答道，"所以，我看见它穿过雪地时，我到雪地一看究竟，看见了它的蹄子印。随后我把狗清点一下，还是六只。那些蹄子印现在还在那里呢。你不想去看看吗？我领你去看看。"

亨利没有作答，只是一声不响地咀嚼豆子，一直等到吃完饭，喝过最后一杯咖啡。他用黑乎乎的手抹了抹嘴，说："那么，你是说那是一只——"

一声长长的哀鸣，悲凉万分，从黑地里传出来，打断了他的话。他停下话头，仔细聆听，然后他接住话头说下去，大手挥舞一下，指向那叫声"——其中一只吗？"

比尔点了点头。"我一发现情况就是这样想的。你自己也注意到狗叫得多凶了。"

吠叫声声，回应声声，寂静顿时成了喧嚣。四面八方都传来叫声，狗们拥挤在一起，还紧往火边靠，火苗把它们的毛都燎焦了，它们的惧怕自不必说。比尔往火上扔了一些木柴，才把烟袋点上。

"我看你说话不那么硬气了。"亨利说。

"亨利……"比尔若有所思地吸了几口烟，接着说下去，"亨利，我刚才就想，他可比你我都有运气哪。"

比尔用大拇指往下戳了戳，指向他们坐着的棺材里的那第三个人。

"你和我，亨利，我们要是死了，我们身上要是有石头垒起来，不让狗吃了，就算很幸运了。"

"可是我们找不到人，弄不到钱，什么都没有，不如他呀，"亨利颇有同感地说，"遥远的葬礼，是你和我真的无能为力的。"

"让我不解的是，亨利，他也是一方人物呢，在他自己的地盘上，他算个爷什么的，从来也不会愁吃愁穿，他干吗来这个连上帝都不屑一顾的鬼地方——这才是我弄不明白的。"

"他要是株守家园，完全可以过一种寿终正寝的日子。"亨利同意道。

比尔刚要开口讲话，却临时变卦了。他转而指向把他们团团围起来的黑暗的高墙。漆黑一团中，什么形状都是没有的；唯一能看见的是一双闪光的眼睛，像火炭一样。亨利点头示意第二双眼睛，第三双眼睛。一圈闪亮的眼睛向他们的营地靠拢过来。时不时，一双眼睛闪现一下，消失后不久便又闪现一下。

雪橇狗越来越躁动不安了，它们踏蹄子，突然来了一阵恐惧，挤到火的附近，在两个人的腿边畏缩、磨蹭。在这样的挤挤抗抗之中，一只狗被挤到了火堆的边缘，灼痛得嗷嗷叫，惊慌失措，它的皮毛燎焦的气味立时升向空中。这阵混乱惊动了那一圈眼睛，一时间乱动了一会儿，甚至还凑近了一点点，但是等雪橇狗安静下来，那个圈子也消停了。

"亨利，没有弹药真是倒霉透了。"

比尔过完烟瘾，帮助他的伙伴把皮毛和毯子铺在云杉枝上，这些云杉枝是在晚饭前就摆在雪地上了。亨利咕哝几声，开始解开他的鹿皮靴。

"你还有多少发子弹？"他问道。

"三发，"他回答道，"要有三百发子弹该多好。那样我要给它们好看，狗日的！"

他冲着那些闪闪的眼睛晃了晃拳头，开始用心地把鹿皮靴立在火堆旁边。

"多想让这寒冷劲儿赶快过去，"他继续说，"两个星期多了，一直在零下五十度。真后悔开始这次旅程，亨利。这次上路成这个样子，很不开心。就是让人感到不爽，反正不爽。要有什么打算的话，那就是希望这次旅程快快结束，你和我现在好好坐在麦克格里堡的火炉边，玩一把纸牌——就这点打算。"

亨利咕哝一声，钻进了被窝。他正睡意蒙眬之际，他的同伴又把他唤醒了。

"喂，亨利，那只东西混进来吃了一条鱼——可为什么那些狗没有攻击它呢？这让我百思不得其解。"

"你想得太多了，比尔，"亨利睡眼惺忪地答道，"你从来不这样的。你赶紧闭上嘴，明天一早你就什么也不想了。你的肚子不得劲，让你胡思乱想了。"

两个人盖了一条毯子，肩并肩，酣然入睡了。篝火渐渐熄灭，那些发着幽光的眼睛在营地转来转去，圈子越来越小了。雪橇狗吓坏了，纷纷往一起挤，时不时吼叫几声，吓唬一下，喝退那些幽光闪闪的眼睛。一次，它们的嗥叫震天，把比尔从睡梦中惊醒了。他小心翼翼地钻出被窝，尽量不把同伴弄醒，往火堆上又扔了一些木柴。火焰开始烧起来，那圈眼睛往后退去。他随意看了一眼那些挤在一起的雪橇狗。他揉了揉眼睛，睁大眼睛又看了看。然后，他钻进了毯子里。

"亨利，"他说，"哦，亨利。"

亨利哼哼一声，终于从睡梦中醒过来，追问道："怎么回事？"

"没什么，"比尔答道，"只是又成了七只了。我刚刚数过。"

亨利咕哝一声，表示他听明白了，接着打起呼噜，又沉沉地进入梦乡。

第二天一大早，亨利先醒来了，把他的同伴也叫起来。离天亮还有三个小时，虽然已经六点钟了；在黑暗里，亨利开始准备早餐，而比尔把毯子卷起来，把雪橇整理好，准备捆绑起来。

"喂，亨利，"他突然问道，"你说我们有多少只狗来着？"

"六只。"

"不对。"

"又成了七只了吗？"亨利问道。

"不，五只；有一只不见了。"

"操！"亨利气得大叫一声，丢下正在做的早餐，过来清点狗。

"你说的没错，比尔，"他肯定说，"肥肥不见了。"

"它说走就走，跟打了个忽闪一样。我们连它的影子都见不到。"

"彻底没戏了，"亨利结论说，"它们早把它生吞活剥了。我敢说，它被它们吞下喉咙时还在惨叫，妈的！"

"它一向傻得不行。"比尔说。

"不过再傻的狗，也不至于傻得去自投罗网吧。"他打量一下剩下的狗队，眼神若有所思，执意要抓住每只狗固有的特征，"我敢说，这些狗没有一只会傻得自投罗网。"

"用棍子都无法把它们从火堆旁赶开，"比尔同意道，"我总想，肥肥没准出了什么问题。"

在北方雪道上，这就是一只死狗的墓志铭——很多别的狗的墓志铭也不过如此，连很多人的墓志铭也不过如此。

第二章 母 狼

早餐用毕，有数的几样营地装备捆绑在雪橇上，这两个人转身离开忽忽跳跃的火苗，开始上路，钻入黑暗中。那些凄厉异常的嗥叫，马上又响起来——嗥叫穿透黑暗，互相之间的呼应都显得十分冰冷。交谈停止了。九点钟天渐渐亮起来。到了中午，天空南边温暖出一片枣红色，标志着地球凸起部分插入了子午线的太阳和北极圈世界之间。然而，那片枣红色很快消散了。白天这灰茫茫的光线会一直维持到三点钟，那时候，连这样的灰色都会消失，北极圈黑夜的大幕就要落在这孤独的沉寂的大地上。

随着黑暗到来，左边、右边和后边的猎捕的嗥叫声渐渐地聚拢——聚拢得比以往更近，随之而起的恐惧的波浪冲击着拉着雪橇跋涉的狗，让它们感到性命不保的恐慌。

一次这样的恐慌过后，比尔和亨利把狗弄回缰绳里。比尔说："但愿它们在什么地方猎捕到猎物，远离我们就好了。"

"它们真让人感到紧张不安。"亨利很有同感地说。

他们没有再说什么，一直等到安营扎寨。

亨利正弯着腰往哗哗冒泡的豆子锅里添冰块，一声击打的声音吓了他一跳，接着是比尔的嚷嚷声，雪橇狗中间发出一声疼痛难忍的吠叫。他及时直起腰，看见一个模糊的影子窜过雪地消失在黑暗的庇护之下。接着他看见了比尔，站在狗中间，几分得意，几分沮丧，一只手里拿着一根结实的棍子，另一只手里拿着晒干的大马哈鱼的半截身子和尾巴。

"它咬去了一半，"比尔宣称说，"不过我狠狠地给了一棍子。你听见它嗷嗷叫了吗？"

"看上去什么样子？"亨利问道。

"看不清楚。只看见四条腿和一张嘴，还有一身毛，看样子像狗。"

"一定就是那只驯顺的狼，我感觉。"

"驯顺个鬼，也就是在喂食的时间，来这里讨它那份鱼吃。"

那天夜里，晚餐用毕，他们坐在那个长方形箱子上，吸烟过瘾，那个眼睛闪亮的圈子比往日包围得更近了。

"真希望它们盯上一群驼鹿或者什么活物，离开我们远远的。"比尔说。

亨利嘟哝一声，听语调不怎么完全赞成，他们默然无语地坐了一刻钟，亨利凝视着篝火，而比尔望着那一圈眼睛，只见它们在黑地里灼灼闪耀，距离火光不远。

"真希望我们立马赶到麦克格里堡。"他又开口说。

"别说你的真希望，嘞嘞开没完没了。"亨利有些生气，脱口而出道，"又是你的肚子不舒服。这才是你烦恼的真正原因。吞下一勺苏打粉，你就会舒坦得美美的，又是一个更加愉快的伙伴了。"

一大早，亨利又被比尔满口的污言秽语惊醒了。亨利用胳膊肘撑起身子，打量他的伙伴，见他站在狗中间，紧挨着添上木柴的篝火，两臂恶狠狠地举着，脸都气歪了。

"喂！"亨利喊道，"怎么回事？"

"青蛙不见了。"比尔回答说。

"不会吧。"

"我跟你说是真的。"

亨利一下子从毯子里跳起来，来到狗中间。他仔细清点了一下狗，和他的同伴一起咒骂这荒野的力量，又把他们的一条狗抢去了。

"青蛙可是这群狗中最强壮的狗。"比尔最后感叹说。

"它可不是一只傻狗。"亨利找补说。

两天里，第二则墓志铭又记录在案了。

早饭吃得很郁闷，然后把其余的四只狗备进雪橇里。这天和送走的无数日子一样，不过一天而已。两个男人一声不响，埋头苦干，在这冰封雪地的世界里奔走。沉寂只有尾随者的嗥叫打破，它们看不见，却在他们身后排成长长的一溜。下午刚过一半，夜色渐渐迫近，那些嗥叫声随着尾随者习惯性地靠近越来越近了；雪橇狗兴奋起来，惊慌失措的样子，又因为惊慌失措把缰绳弄乱，更让这两个男人感觉压抑。

亨利丢下烹饪，过来一看究竟。他的伙伴不止把雪橇狗拴住，还按照印第安人的法子，用树枝把狗们捆绑得紧紧的。每只狗的脖子上都绑了一条皮带。皮带离狗的脖子很近，它们无法用牙齿咬断，又在皮带上绑了一根四五英尺长的棍子。棍子的另一端，用皮带紧紧地拴在地上的一个桩子上。这样一来，狗就无法啃咬棍子那头的皮带了。有棍子隔着，狗也无法咬到另一头的皮带。

亨利点头赞许。

"这是拴一只耳时发明的新手段，"比尔说，"一只耳能在半个小时里把皮带咬断，牙齿快得像刀子。明天早上它们只能在这里，别想走掉。"

"没得说，一准在这里，"比尔赞成说，"要是有一只真的不见了，我从此就不喝咖啡了。"

"它们很清楚我们没有子弹上膛射杀了。"亨利躺下睡觉时说，意指那个眼睛闪耀的圈子，把他们包围得紧紧的。"如果我们射杀一两只，它们就知道好歹了。它们每天夜里都得寸进尺。就躲在火光以外你看不见的地方，贼眉鼠眼地窥视——快看！你看见那个了吗？"

一阵子，两个男人很有兴致地观看火堆边上那个模糊的影子在移动。仔细观看黑暗中闪亮的一对眼睛，盯住不放，渐渐地能分辨清楚那野兽的轮廓。它们甚至能看见那些身影有时在移动。

雪橇狗中间传来声音，把两个人的注意力吸引过去。一只耳正在急促地一声接一声呜咽，向黑暗中的那段棍子猛烈攻击，一会儿停下，一会儿更加疯狂地用牙齿攻击。

"快看这个，比尔。"亨利耳语道。

完全进入火堆的光亮里，蹑手蹑脚侧身行走着，一个像狗的野兽在游动。它游动得心虚，却也胆大，小心地观察这两个人，注意力却盯住那些雪橇狗不放。一只耳把整根棍子拽得紧绷绷，面对来犯者，急得嗷嗷直叫。

"这傻子一只耳，似乎不怎么害怕。"比尔悄声说。

"是那只母狼，"亨利耳语回道，"肥肥和青蛙也是这么回事吧。它是狼群的诱饵。它把狗吸引出去，整个狼群围上来饱餐一顿。"

火堆噼噼啪啪响了一阵。一根木头砰一声掉在了一旁。这响声一起，那只陌生的野兽一下子跳进了黑暗里。

"亨利，我有个想法。"比尔宣称道。

"什么想法？"

"我想那只野兽正是我用棍子狠狠揍过的。"

"就是，毫无疑问。"亨利回答道。

"这正是我想说的，"比尔接着说，"那只野兽对篝火这般熟悉，令人难以置信，却又不能不信。"

"它懂得一只懂得自重的狼所应该知道的，甚至更多，"亨利附和道，"一只狼知道在狗进食时及时赶来，一定很有来历。"

"奥尔·维兰有一只狗，和狼一起跑了，"比尔想了想大声说，"我早该想到的。我在小树林那边的驼鹿牧场上，从狼群里找到它把它打死了。奥尔·维兰哭得像一个孩子。他说，三年来都没有看见过它，它和那些狼一直形影不离。"

"我看你说到了点子上，比尔。那只狼是一只狗，它从人手里要吃过很多次冻鱼。"

"要是我逮住机会，那只做过狗的狼会成为盘中肉的，"比尔宣称道，"我们不能再丢失狗了。"

"可你只有三颗子弹了。"亨利反对说。

"我等到一击致命时才开枪。"比尔回答道。

第二天早上,亨利把火生起来,一边听着伙伴呼呼大睡,一边做早餐。

"你睡得太舒服了,什么都耽误了,"亨利一边喊叫比尔起来吃早饭,一边说,"我不忍心叫醒你。"

比尔睡意蒙眬地开始就餐。他见他的杯子没有咖啡,探身去咖啡壶里倒。但是,他的胳膊够不着亨利身边的咖啡壶。

"喂,亨利,"他轻声责备说,"你忘记了什么事儿吧?"

亨利很细心地打量周遭,摇了摇头。比尔把那只空杯子举起来。

"你喝不上咖啡了。"亨利振振有词地说。

"咖啡没有了吗?"比尔着急地问。

"那倒不是。"

"你是担心我消化不良吗?"

"也不是。"

比尔的脸上掠过一丝气愤。

"那么我就心急火燎地等你自己解释清楚吧。"他说。

"骏马不见了。"亨利回答说。

比尔没有咋呼,一副听天由命的样子,扭过头去原地坐着清点狗的数量。

"这到底怎么回事呢?"他冷冷地问道。

亨利耸了耸肩。"不知道。除非一只耳把它的皮带咬断了。它自己是无法咬断的,这是肯定的。"

"这该死的东西。"比尔板起脸慢慢地说,肚里窝着火,表面上不露声色。"就是因为它无法咬断自己的皮带,所以他把骏马的咬断了。"

"哎,不管怎样,骏马的苦难到头了;我估计这时它早被消化了,正在二十只狼的肚子里串细路呢,"亨利又说出一则墓志铭,祭奠刚刚失去的狗,"喝点咖啡吧,比尔。"

但是,比尔摇了摇头。

"来杯吧。"亨利举起来咖啡壶,央求道。

比尔把杯子一下子推到了一边。"我要是喝咖啡我就他妈的就不是人。话放在这儿了:如果还有狗丢失,我就再也不喝咖啡了。"

"这可是上好的咖啡呀。"亨利引逗他说。

但是,比尔说到做到,就干吃早餐,一边咀嚼一边嘟嘟哝哝地骂一只耳玩的鬼把戏。

"我今天夜里要把它拴在够不到别的狗的地方。"比尔说罢,他们就起身上路了。

他们刚走出一百多码,亨利在前面弯腰捡起他的雪鞋踩住的什么东西。天还很黑,他看不见是什么东西,但是他触摸一番知道是什么了。他把那东西扔到后面,碰到了雪橇,跳了一下,一直蹦到比尔的雪鞋边。

"也许你干事时用得着。"亨利说。

比尔叫出声来。那是骏马留下的唯一东西——捆绑它用的那截棍子。

"它们把骏马连皮带骨头都吞下去了,"比尔宣称道,"这棍子可真干净。它们把棍子两头的皮带都吃了。它们真他妈饿坏了,亨利,而且它们没准儿不等这趟旅途结束,会打你和我的主意呢。"

亨利不以为然地大笑起来。"我以前赶路不是也被狼这样追踪过吗,比这还糟的运气都挺过来,仍然健健康康的。还是把那些讨厌的家伙弄来为我们服务才是真,比尔,我的伙计。"

"没把握,没把握。"比尔嘟哝说,一点不中听。

"哦,我们到了麦克格里堡就一切正常了。"

"我没有多大热情。"比尔不为所动地说。

"你精神不好,没别的就是精神不好,"亨利不容分辩地说,"你来点奎宁就好了,我到了麦克格里堡马上就去给你买几剂。"

比尔对这一诊断不领情,嘟哝了几句,又一言不发了。如同所有的日子一样,又一个日子过去了。九点钟才有光线。到了十二点,南边的地平线被看不见的太阳照暖和了;随后,慢慢被吞没的冰冷的下午就开始了,三个小时后就又进入黑夜了。

太阳为了露面而白费一番劲儿之后不久,比尔从雪橇的皮带下抽出步枪,说:"你往前走吧,亨利,我去看看能发现点什么。"

"你还是守在雪橇旁边好,"他的伙伴抗议说,"你只有三发子弹了,谁也说不准还会发生什么事情。"

"现在是谁在抱怨呀?"比尔有几分得意地说。

亨利没有作答,独自向前走去,尽管他经常回头焦虑地看几眼,见他的伙伴消失在灰茫茫的荒凉之中。一个小时后,比尔从雪橇不得不走的弯道直接穿行,按时赶到了。

"它们很分散,范围很大,"他说,"一直跟着我们,瞅准机会寻找猎物。你看，它们把我们摸得很清楚，还明白偷袭我们不得不等待。与此同时，路上能碰到什么就捡吃什么。"

"你是说，它们以为它们对我们摸得很清楚吧，"亨利直言不讳地反对道。不过比尔不管他说什么。"我看见几只。它们瘦得只剩张皮了。几个星期以来都没有好好吃一顿，就拿肥肥、青蛙和骏马打牙祭；它们数量巨大，打不到牙祭的占多数。它们瘦得就剩一把骨头了。肋骨像搓板，肚子贴到脊梁骨了。它们只能孤注一掷，我跟你说。哪天它们也许就饿疯了，所以，当心一点吧。"

不一会儿，亨利走到雪橇的后面，低低地吹了一声警告的口哨。比尔回头看去，然后悄悄地把狗稳下来。在雪橇后面，从刚刚转过来的那道弯那里，看得一清二楚，就在他们走过的雪道上，颠跑着一个毛烘烘、鬼祟祟的影子。它的鼻子探向雪道，步子一颠一颠的没有力气，很特别，像滑行。他们停下了，它也停下，把头抬起来，镇静地看着他们，鼻子嗅了又嗅，好像闻到了他们的气味，在认真辨别。

"是那只母狼。"比尔悄悄地说。

狗仰起头，它们在雪地上卧下来，比尔走过它们身边，来到雪橇旁的伙伴跟前。他们在一起观察这只陌生的动物，几天来一直追随着他们，已经成功地消灭了他们狗队的一半成员。

进行一番小心的试探之后，这野兽向前颠跑了几步。颠几步停下来，停下来又颠几步，一直来到只有区区一百码的地方。它停下来，靠近几棵云杉树，凭眼力和嗅觉琢磨警觉的男人的装备。它注视他们的样子很奇怪，很期待，和狗的神情很相仿；但是它期待的样子又没有狗的感情。那是饥饿导致的期待,像它的牙齿一样无情无义,又像严寒一样寒意袭人。

这是一头体格魁梧的狼,瘦棱棱的身架尽显一只野兽的线条,在同类中是头号体格。

"从地面到肩部足有两英尺半,"亨利审度说,"身长少说也有五英尺吧。"

"一只狼,身上的颜色也很少见,"比尔挑剔说,"过去从来没有见过红毛狼。乍看跟土红色一样。"

这只野兽确真不是土红色。它的皮毛是不折不扣的本色狼。身上灰色为主,有一层淡淡的红色而已——一种难以界定的颜色,或隐或现,像眼前的一个幻景,这时是灰色,纯灰色,彼时便闪现隐隐的红色,以平常的经历一时难以确定到底什么颜色。

"完全像一只拉雪橇的哈士奇狗,"比尔说,"它要是摇起尾巴,看成是哈士奇狗,太正常了。"

"喂,你这哈士奇狗!"他招呼道,"过来吧,你,叫什么名字好啊。"

"一点也不害怕你。"亨利笑道。

比尔挥了挥手吓唬它,大喊了一声;但是,那野兽没有露出一点害怕的意思。他们看得出的唯一变化是增加了一点警觉。它审视着他们,仍然一副无情的饥饿引发的期待神色。他们就是一堆肉,而它饿得不行了;如果它有胆量,完全可能扑上来把他们吃掉。

"快看,亨利,"比尔说,不自觉地放低声音,悄声说出了他心头所想。"我们还有三发子弹。不过要一击毙命。丝毫不能懈怠。三条狗都没了,我们必须阻止类似情况再发生。你看怎么样?"

亨利点头同意。比尔小心翼翼地从雪橇皮带下抽出那支步枪。步枪慢慢往肩膀摆放,但是半途而废了。因为就在这瞬间,那只母狼一跃而起,从路侧钻进了云杉树丛,转眼不见了。

两个男人面面相觑。亨利长长地打了个呼哨,很是失望。

"我早该料到这点了,"比尔大声地责备自己,一边把枪放回去。"一只知道喂狗进食时来偷食吃的狼,当然认识能打子弹的东西了。听我说没错,亨利,这就是给我们造成大麻烦的家伙。我们本来有六只狗,现在只剩三只了,都是这只母狼招来的祸。听我说没错,亨利,我非解决它不可。在空旷地带你很难打中它。可是我非放倒它不可。我是大名鼎鼎的比尔,一定要在灌木丛中把它暗中打死。"

"你想打死它,在远处是不行的。"他的伙伴劝解道,"小心一群狼向你扑上来,你可只有三发子弹,只能撂倒三只狼。这些野兽饿坏了,一旦它们发起进攻就一定能咬死你,比尔。"

这天夜里,他们早早安下营来。三只狗不像六只狗,拉起雪橇走得不快,也坚持不长时间,它们明显露出了疲态。两个人也早早地睡下了,比尔早早把雪橇狗隔离拴好,无法再互相咬断皮带了。

但是,狼越发胆大了,两个人不止一次让它们从睡梦中惊醒。狼包围得越发近,雪橇狗也越发害怕,惊慌失措,因此需要一次又一次往火上添加木柴,不让那些亡命的偷食者进入安全的距离。

"我听水手说过鲨鱼追踪船只的事情,"比尔说,往火堆上添了柴火后正往毯子里钻去。"嗯,这些狼就是陆地鲨鱼。它们知道怎么干,比我们了解得多,它们在雪道上这样闹是为了吃饱。它们要把我们搞定。它们相信一准能把我们搞定,亨利。"

"你要这样说的话,它们差不多把我们都搞定了,"亨利尖刻地反击说,"一个人说自己被搞定了,那就被搞定一半了。你这样说话,那你已经被吞下去一半了。"

"比你我强的人,它们都搞定过。"比尔答道。

"哦,闭上你的乌鸦嘴。你把我说得浑身没劲儿了。"

亨利生气地侧过身去,但是暗自吃惊比尔没有像他一样发脾气。这可不像一贯的比尔,因为他听见难听的话很容易生气。亨利想了好一阵子,然后准备入睡,在他闭上眼睛的瞬间,睡意袭来,他脑子里冒出来一个念头:"一点没错,比尔心情很糟糕。我明天要给他打打气。"

第三章 饥饿的喊叫

这天一开始就有吉兆。他们一整夜都没有再损失狗,而且他们赶上雪橇上路进入茫茫寂野,漆黑一团,寒冷的程度相当轻了。比尔似乎忘记了前一天夜里他的那番扫兴的话,到了中午时分,在一段糟糕的雪道上翻了雪橇时,他甚至变得爱开玩笑了。

雪橇翻了,自然狼狈。雪橇翻了个儿,夹在一个树干和一块大石头中间,他们不得不把狗卸出挽具,把雪橇重新调整好。两个人正一心一意地忙活雪橇时,亨利却看见一只耳想鬼鬼祟祟地离开。

"嗨,你这家伙,一只耳!"比尔高喊道,直起身子去赶那只狗。

可是,一只耳一下子窜进了雪地里,身后拖着缰绳。就在他们身后雪道上不远的地方,那只母狼在等一只耳。一只耳接近母狼时,却突然变得小心翼翼了。它慢下来,走得机警而斯文,随后就停下了。它仔细地审视母狼,犹疑不决,却充满渴望。母狼好像在冲它微笑,白牙毕现,与其说威胁不如说讨欢。母狼向一只耳走了几步,逗弄的样子,然后停下了。一只耳向母狼靠近,依然很警惕,很小心,它的尾巴和耳朵都翘在空中,头也高高扬起来。

一只耳试图和母狼嗅鼻子,但是母狼逗弄地忸怩地往后退。一只耳一步一步走近,母狼一步一步后退。母狼一步一步引诱一只耳远离它主人和伙伴的安全地带。一次,好像模模糊糊袭来警告,让一只耳加倍警觉,它扭头回看那架翻倒的雪橇,回看它的队友,回看两个男人正在喊它回来。

这时候,比尔已经想到拿起步枪。但是,步枪压在翻倒的雪橇下面,等亨利帮他翻过来雪橇时,一只耳和那只母狼靠得很近,距离过远,已经无法冒险射击了。

一只耳明白它犯了错误,可为时已晚。两个人还没有搞清楚原因,就见一只耳转身向他们跑过来。这时,在雪道右首方向,他们看见十几只精瘦的灰狼拦住了它的退路,从雪地里冲出来。瞬间,那只母狼的忸怩和逗弄不见了。只见母狼一声嗥叫,扑向一只耳。一只耳用肩膀撞开了母狼,且说一只耳的退路被切断,却仍然一心盯住雪橇,及时改变路线,试图绕圈回来。每一刻都有更多的狼出现,加入追杀的行列。母狼离一只耳只有一步远,紧追不舍。

"你要去哪里?"亨利突然追问说,一把抓住了伙伴的胳膊。

比尔甩开他。

"我不能坐视不管,"他说,"只要有我在,它们别想再吃掉我们的任何一只狗。"

他手提步枪,钻进了雪道旁边的灌木丛里。他的用意昭然若揭。一只耳以雪橇为中心转圈儿,比尔打算赶在狼群追上之前,以这个中心选定一个瞄准点。步枪在手,目光很好,很可能他可以吓退群狼,救下一只耳。

"喂,比尔!"亨利在他身后喊道,"千万小心!千万别冒险!"

亨利坐在雪橇上观看。他爱莫能助。比尔已经从视线里消失了;不过,时不时,会在灌木丛里忽隐忽现,云杉树丛里,也能看见一只耳在奔跑。亨利认定一只耳没救了。这只狗很清楚命在旦夕,但是它奔跑在外圈,而群狼奔跑在更近更短的内圈里。指望一只耳逃离它的追击者,穿过它们的包围圈,抄近路抢先回到雪橇旁,显然是一厢情愿。

分散的路线很快聚拢向一个点。就在雪野的什么地方,可惜云杉树和矮树林遮挡住了他的视线,可亨利知道狼群、一只耳和比尔三方都在聚拢。一切来得太快,远远超出了他的预料,事情说发生就发生了。他听见了一声枪响,紧接着连打了两枪,他知道比尔的子弹打光了。随后,他听见嗥叫和号啕声此起彼伏,乱作一团。他听出来有一只耳疼痛和恐惧的哀叫,也听见了一只狼被打中的惊叫。仅此而已。嗥叫声戛然而止。呜咽之声渐渐远去。沉寂再次笼罩在这孤独的雪野。

他在雪橇上坐了好一会儿。他没有必要起身一探究竟。他心里很清楚,仿佛一切就发生在眼前。一次,他一跃而起,急忙从雪橇皮带下抽出斧头。但是,更多的时候,他坐在雪橇上想心事,那两只留下来的狗紧靠在他腿边,瑟瑟发抖。

最后,他站了起来,身心俱疲,仿佛活力从他身上抽身而去,随后他开始把狗套进雪橇。他把一根绳子挎在肩头,和狗一起拉雪橇前行。他没有走很远。天刚刚黑下来,他就抓紧扎营了,检查一下他有没有足够的木柴。他喂上了狗,做晚餐,吃晚餐,在火边把床搭好。

他注定享受不了上床的快乐。他还来不及合眼,狼群就靠拢得很近,毫无安全之感。无须再费劲窥探它们了。它们就围在他身边,围在火堆旁,圈子很小,借着火光能把它们看得一清二楚,有的卧下,有的蹲着,有的全身躺在地上,有的鬼鬼祟祟走来走去。它们甚至睡着了。他这里那里都能看见一只狼蜷起身子,像狗一样卧在雪地里,这时分明不是打瞌睡的时候却照睡不误。

他把火烧得很旺,因为他知道只有火能横挡在他的肉身和那些饥饿的牙齿之间。他的两只狗待在他身旁,一边一只,依偎着他寻求保护,或叫唤或呜咽,有时见一只狼比平常靠近了一点便会拼命嗥叫几声。当狗嗥叫的时候,整个圈子便躁动不安,狼会站起来,跃跃欲试地逼近,嗥叫声和吠叫声连成一片,冲他而来。随后,这个包围圈会再次卧下,这里那里,一只狼又会接着打瞌睡。

可是这个圈子不断向他包围过来,一点一点,有时逼近一英寸,这里一只狼用肚皮挪动一下,那里一只狼用肚皮挪动一下,圈子收缩得很小了,那些畜生几乎到了纵身一扑就过来的距离。这时,他会从火堆里抽出一根火木,扔进狼群。结果狼群仓皇往回退,发怒的吠叫随即传来,如果一根火木扔得很准,烧着了一只咄咄逼人的狼,惊吓的嗥叫就随之而起。

清早,亨利憔悴不堪,消耗很大,眼大无神,显然缺觉了。

他摸黑做早饭，九点钟时，白天的光亮来了，狼群撤回去了，他开始实施在漫漫长夜里想出来的计划。他砍倒一些小树，把小树捆绑在大树干上，做成横杆的支架。利用雪橇皮带当粗绳，让狗拉着，他把棺材挪到了这支架的上面。

"它们把比尔吃了，它们也会把我吃掉的，但是它们休想把你吃掉，年轻人。"他对着棺材里的死尸说道。

然后，他登上了雪道，分量减轻了很多的雪橇在积极肯干的狗身后一跳一跳前行；因为它们也知道安全只有到了麦克格里堡才是真的。群狼现在更加公开地追逐他们了，在后面一丝不苟地小跑，在雪橇两边排列成行而奔，红红的舌头吐出口外，瘦骨嶙峋的两肋每走一步都肋骨攒动。它们瘦得皮包骨，像皮袋子披在骨架上，肌肉只剩一根根筋了——瘦得实在不成样子，亨利脑子里不由得奇怪，它们怎么还能一直行走，没有直接软瘫在雪地里。

天一黑下来他就不敢赶路了。到了中午，太阳不只温暖了南边的地平线，还露出了一线线上弦，淡淡的金黄色，停留在天际线上。他把这视为一种迹象。天越来越长了。太阳回来了。但是，太阳光线的激励还没有完全离去，他就扎起了营地。灰茫茫的日光还会持续几个小时，还有阴沉的黄昏，他利用这些光线，劈了大量烧火用的木柴。

夜里了，恐惧随之而来。不止饥肠辘辘的群狼越来越胆大，缺觉还在提醒亨利。他管不住自己，打起了瞌睡，团在火堆边，毯子披在肩膀上，斧头夹在膝盖间，一边一只狗紧紧依偎在身上。他醒来一次，看见他面前，不是十几只蹄子，而是一只大灰狼，狼群里块头最大的一只。就在他看的当儿，那畜生还故意展开身子,像一只懒洋洋的狗,脸上那一张大口格外醒目,用据为己有的眼神看着他,仿佛他真的只是一块迟到的肥肉,迟早要被它吃掉。

这种确信写在整群狼的脸上。他数了数,足足二十只饿狼,或者饥肠辘辘地盯着他,或者在雪地里安然入睡。它们让他想到一群孩子围坐在餐桌旁,一旦得到允许就大开斋戒。而他就是他们要吃的美味!他奇怪这顿盛宴如何开始,什么时辰开始。

他往火堆上添木柴时,竟然发觉对自己的身体倍加珍惜,这可是他从来没有感觉到的。他观察他活动的肌肉,对手指灵巧的机关也倍感兴趣,一会儿一只手,一会儿两只手,满满地张开或者迅速抓住东西。他仔细瞧瞧指甲的构造,指尖戳来戳去,一会儿狠狠的,一会儿轻轻的,体会神经活动产生的瞬间。这一活动让他很入迷,他突然喜欢上了如此美丽、如此光滑、如此精巧设计的肉体。然后,他对他周围眼巴巴期待的狼圈看了一眼,感到惧怕,如同严酷现实的重锤迟早会向他这美妙的肉体砸下来,这鲜活的肉体,不过是一堆肉,垂涎欲滴的野兽们的朵颐,它们饥饿的牙齿一上口就会撕扯得粉碎,在它们眼里就是果腹的东西,如同驼鹿和兔子在他看来就是鲜肉一样。

他从瞌睡中醒来,做了一个噩梦,看见红毛母狼来到他跟前。母狼距离不过五六英尺,蹲在雪地里,眼巴巴地看着他。他脚边的两只狗呜咽起来,嗥叫起来,但是母狼对它们视而不见。母狼就盯着他看,有时他会还它几眼。母狼丝毫没有威胁。它只是眼巴巴地看着他,但是他知道这样的眼巴巴就是饿极了的狼固有的那种眼巴巴。他就是食物,看着他就会让它的味觉格外刺激。母狼张开大口,涎水直流,舌头舔着脸颊,兴致勃勃地期待着。因为惧怕他浑身痉挛了一下。他赶紧伸手取火木,打算向母狼扔去。但就在他伸出手,指头还没有抓起火木之际,母狼早已退到了安全的距离;他知道母狼已经习惯向它扔东西了。母狼嗷嗷直叫,向一旁跳去,把白森森的牙齿全都亮出来,它满满的眼巴巴不见了,取而代之的是让他不寒而栗的恶意。他看一眼他手中的火木,注意到了手指灵活地握紧火木的精妙所在,它们把火木表面的凹凸不平掌握得恰到好处,粗糙的火木上下左右都握住了,一根小指头离火木燃烧的那段太近,敏感地自动地往后移动,为避免烧伤挪到了不那么灼烫的地方;与此同时,他似乎看见那些敏感的精巧的指头被母狼的白牙咬得粉碎。他的肉体的保有权眼看就没了,他因此从来没有像现在这样爱惜他的身体。

整个黑夜,他用燃烧的火木打退了饥饿的狼群。当他撑不住打瞌睡时,雪橇狗的呜咽和吠叫会把他惊醒。早上来了,可是白天的光亮第一次没有把群狼吓退。这个男人等它们离去,却白等一场。它们依然围成一个圈,把他和火包围起来,占有欲的傲慢一览无余,一下子让晨光带给他的勇气发生了动摇。

他孤注一掷,试图把雪橇摆在雪道上。但是他刚刚离开火的保护,那只胆大包天的狼就向他扑上来,但是扑了个空。他向后跳了一步躲过一劫,狼牙一口就在他大腿上撕开了六英寸的口子。狼群里别的狼这时围上来,纷纷向他涌来,他或左或右乱扔了一通火木,才把它们驱赶到了相对安全的距离。

即使在这大白天,他还是不敢离开火堆去砍新木柴。二十英尺远的地方矗立着一棵死云杉。他花了半天时间把火堆向那棵死树挪去，五六束枝杈准备在手边，呼呼燃烧，随时向他的敌人扔去。一等来到死树边，他便查看周围的森林，为的是把死树向木柴最多的方向伐倒。

黑夜又来了，不过是前一个黑夜的重复，只是缺觉越来越不饶人。他的狗还在吠叫，却没有了效果。再说，它们叫个不停，可他麻木了，昏昏欲睡，再也分辨不出声高声低，张力大小。他从惊吓中醒来。那只母狼离他不过一码远。近在咫尺，机不可失，他机械地把一根火木准确地捅进了母狼嗷嗷吠叫的大嘴里。母狼纵身一跳，疼痛得呜咽不止，他马上闻见了肉和毛的焦煳味儿，不由得一阵窃喜，眼见那母狼把脑袋摇晃个不停，在二十多英尺远的地方大声嗥叫。

这一次，趁着困劲还没有袭来，他把一段燃烧的松节绑在右手上。他的眼睛只能合上几分钟，燃烧的火焰就会把他的皮肉燎疼，把他弄醒。一连几个小时，他坚持这一高招。每次他被火焰燎醒，就用飞舞的火木把狼群驱赶走，给火续上木柴，把右手的松节调整一下。一切都管用，可是有一次，他没有把松节捆紧。他刚刚闭上眼睛，松节便从手里掉下来。

他做梦了。他好像到了麦克格里堡。天气暖和，舒服，在和那个代理商玩纸牌。可他好像看见麦克格里堡也被群狼团团围起来。它们在每个城门前大声嗥叫，有时他和代理商停下打牌，对群狼这样徒劳的进犯听着听着就大笑起来。接下来，梦做得好奇怪，咔嚓一声，门被撞开。他看见群狼一下子涌进了麦克格里堡的宽大的起居室。它们直接向他和代理商扑过来。随着屋门撞开，群狼的嗥叫声顿时震耳欲聋。这嗥叫声让他很烦。他的梦变成了别的什么东西——他说不清是什么；但是还纠缠着，跟随他，嗥叫不息。

随后，他醒来了，嗥叫果真声声不息。只是嗥叫和猖狞之声十分刺耳。群狼纷纷向他涌来。它们把他团团围住，直逼向他。一只狼的牙齿已经咬住了他的胳膊。他本能地跳进了火堆里，而且就在他跳去的瞬间，他感觉尖利的牙齿咬下，腿上的肉被咬穿了。接着与火短兵相接了。他的手套很结实，暂时保护着他的手，他抓起呼呼燃烧的木炭向四面八方的空中扔去，篝火顿时像一座火山爆发了。

然而，他不能坚持很久。他的脸被火焰燎起了水泡，眉毛和眼睫毛都燎着了，而且脚下的热力越来越难以忍受。他左右手各拿一根燃烧的火木，纵身跳到了火堆边上。群狼已经被驱赶回去。四面八方，只要烧红的木炭落下，雪就滋滋作响，而退却的狼时刻会踩在这些烧红的木炭上，于是发疯地跳跃，喷鼻，咆哮，把它们踩灭。

把手里的火木向最近的敌人掷过去后，这个人赶紧把烫手的手套戳进雪里，不停地跺脚，让脚凉下来。他的两只狗不见了，他很清楚它们不过充当了一道菜，那是数天前肥肥开始的那顿鲜肉的延续，而最后一道菜在以后的日子里自己也可能搭进去。

"你们还搞不掂我！"他大叫道，对着那些饥肠辘辘的野兽野蛮地挥舞拳头；他的一声大吼，把整个圈子激怒，咆哮此起彼伏，那只母狼穿过雪地悄悄向他靠近，饥饿难耐，眼巴巴盯住他不放。

他萌生了一个新的念头，马上着手实行。他把火堆扩展成一个大圆圈。他蜷卧在这个大圆圈里,把睡觉的行头铺在身下,让他隔开那些正在融化的雪。他这样隐身在火焰的庇护下,整个狼群立马好奇地围在了篝火边缘,看看他究竟怎么样了。这样一来,它们无法接近火圈,便安定下来,围成了一个紧逼的圈子,像很多狗,眨眼,打哈欠,在很不习惯的温暖中展开瘦棱棱的身体。那只母狼也卧下来,向辰星伸出鼻子,开始狼嗥。群狼一只又一只加入了狼嗥,最后整个狼群都嗥起来,纷纷蹲起身子,仰望星空,饥饿的号啕响彻夜空。

拂晓到来,天色大亮。火焰渐渐失势。木柴烧乏了,需要添加新的木柴。这人试图走出火圈,但是群狼涌上来迎接他。燃烧的火木把它们逼到一边,但是它们不再退让。他向后驱赶它们,但徒劳无功。他只好作罢,回到他的火圈里,一只狼趁机向他扑来,却扑空了,四只蹄子踩在了木炭上。它恐惧得大叫,转而嗥叫起来,仓皇退去,在雪里给蹄子降温。

这人坐在了毯子上,身子团起来。他的身体拦腰向前倾去。他的两肩放松下来,耷拉下来,头埋在了两个膝盖中间,明确表示他已经放弃了抗争。时不时,他抬起头看看火势低落下去。火焰和木炭的圈子分成段,碎成节,断口大开。这些断口越来越大,那些段节渐渐缩小。

"看来你们随时都能来把我解决了,"他咕哝道,"管他呢,我要好好睡一觉了。"

他醒来一次,在火圈的一个断口,就在他的正前方,他看见了那只母狼盯着他不放。

他不一会儿彻底清醒过来了,却仿佛过了几个小时。神秘的变化发生了——变化太过神秘，他一惊完全清醒了。有什么事情发生了。他起初还不明白。后来他明白了。群狼都离开了。唯余践踏过的白雪，清楚地表明它们向他逼得有多么近了。睡意涌来，把他牢牢抓住，他的头深深地埋进了两个膝盖之间，这时却猛地吓醒了。

人们在嚷叫，雪橇吱咕作响，挽具咯吱咯吱的。拉套的狗急切地汪汪叫唤。河床上过来四架雪橇，营地搭在树木中间。五六个人走到那个蜷缩在熄灭的火圈中间的人周围。他们摇晃他，捅他，要他清醒过来。他仰头打量他们，像一个醉汉，声调怪怪的，睡意蒙眬，咕噜道：

"红色母狼……在喂食时来到狗中间……开始它抢吃狗的食物……后来它吃掉狗……再后来它吃掉了比尔……"

"艾尔弗雷德勋爵在哪里？"一个人在他耳边喊道，使劲地摇晃他。

他缓缓地摇了摇头。"没有，它们没有吃掉他……他待在最后那个营地的树间呢。"

"死了？"那人喊叫道。

"在棺材里，"亨利答道。他晃了一下肩膀，摆脱那个提问题的人。"喂，别烦我……我困得要死……晚安，各位。"

他的眼睛眨了几下，闭上了。他的下巴依在了胸部。就在他们把他好好地放倒在毯子里时，他鼾声依旧，响彻严寒的天空。

然而，还有一个声音响起来。遥远，微弱，在那遥远的地方声声不息，那是饥饿的狼群在嗥叫，好像它们刚刚丢开了那个人，又在雪道上追赶另一块鲜肉了。

第二部　生在荒野

第一章　牙齿的战斗

是那只母狼最早听到人们的声音以及雪橇狗的猖猖之声；是那只母狼率先跳离火焰熄灭的圈子里那个陷于绝境的人。狼群很不情愿丢下围困住的猎物，它们迟疑了一会儿，把嘈杂声听得真真切切；随后，也跳回雪道，跟随那只母狼离去了。

在狼群打头的是一只魁伟的大灰狼——几个头狼之一。它率领狼群，追赶在那只母狼的身后。它对狼群里的青年成员怒斥警告，一旦有狼心怀不轨想越过它，它就毫不客气地用牙齿教训它们。它看见母狼慢慢地穿过雪地，便加快了追赶的步子。

母狼放慢速度，和头狼并排而行，仿佛这是它的固定位置，引领狼群的行踪。头狼没有怒吼母狼，也没有龇牙咧嘴，哪怕母狼偶尔跳几步，赶超在它的前边。正好相反，它似乎对母狼很和蔼——对母狼来说有些过分和蔼了，因为它动不动就跑到母狼身边，不过一等它靠得过近了，母狼反倒怒吼一声，露出白牙。有时母狼还会气汹汹地咬一口头狼的肩头。即便这样的时刻，头狼也不生气。它只是跳到一旁，向前紧赶几步，步调慌乱的样子，身架和行为都像羞赧的乡村情郎。

这是狼群奔跑中的一个难题；不过母狼还有别的麻烦。它的另一边是一只瘦巴巴的老狼，灰色，满身都是打架留下的伤疤。它总是在母狼的右侧奔跑。其实是因为它只有一只眼睛，只有那只左眼，所以只能在母狼右侧奔走。这只老狼喜欢围着母狼转，向母狼讨欢，直到用疤痕的嘴巴触碰母狼的身体或者肩膀或者脖子。如同对待左边那个并跑的伙伴，母狼不喜欢这些眷顾，用牙齿回击；可是，当两个伙伴同时献殷勤时，母狼便不耐烦地左冲右撞，出于不得已，迅疾左一口右一口，把两个情郎都赶开，同时维持它在狼群中领跑的位置，辨别它眼前的路况。这个时候，母狼的两个奔走的情郎露出牙齿，对着怒吼，互相威胁。它们也许打一架了事，但是狼群的饥饿迫在眉睫，求爱和竞争就在其次了。

每次冲突之后，老狼都会突然离开它求欢的那个牙齿尖利的目标，向在它盲视的右侧奔跑的三岁小狼猛撞一膀子。这只小狼已经长到成熟的身段；而且，鉴于狼群体弱挨饿的状况，它倒是比一般狼更有活力和精神头。但是，它只能让头部和一只眼的前辈的肩部保持同步。它胆敢跑到前辈的前面，尽管很少发生，那它的背部一准在一声大吼下挨一口，甚至用肩冲撞，让它乖乖退回来。不过，有时小狼会小心地慢行，慢慢地落在后面，然后插进老头领和母狼之间。这会导致加倍的愤怒，甚至三倍的愤怒。母狼会大声吼出它的不快，老头领会转身扑向这只三岁小狼。有时，母狼也会转身攻击它。有时，左边那个年轻头领也会转身教训它。

每逢这个时候，受到三方野蛮的牙齿攻击，这只小狼会断然停下，一下子据地而蹲，前腿站得笔直，大嘴呲呲逼人，鬃毛根根倒立。行进的狼群前面发生混乱，务必会导致队伍后面的混乱。后面的狼纷纷撞上这只小狼，还会咬它的尾巴和肋侧表示它们的不满。这是自找麻烦，因为没吃没喝，脾气暴躁，二者合一了；但是，年轻就是资本，它不轻易言退，隔一会儿就会故伎重演，哪怕从来没有成功，得到的只是一败涂地。

如果食物充足，求爱和打斗就在所难免了，而且狼群的结构也会解体。可是，狼群的形势恶劣至极。因为长期挨饿，狼群不整。狼群奔跑的速度低于平时。在队伍后面，体弱的成员都一瘸一拐了，小的太小，老的太老。队伍前边是最强壮的狼。然而，个个都是一副骨头架子，身体滚圆的狼一只也没有。还好，除了那些瘸腿的狼，这群狼奔走得不怎么费劲，也不怎么疲累。它们多筋的肌肉似乎储蓄了无穷无尽的能量。一条肌肉每次钢铁一般收缩一下，另一次钢铁一般的收缩就又来了，一次又一次，显然无穷无尽。

那天它们奔走了很多英里。到了黑夜它们还奔跑不止。第二天它们依然在奔跑。它们要跑过一个冰冻死寂的世界的表面。它们孤军赶路，穿过这广袤无垠的死气沉沉的荒野。它们是唯一有活力的群体，寻找别的鲜活的东西，最终把它们吞食掉，自己继续活下去。

它们跨过低地分水岭，连续穿过一块地势较低的乡野的十几条小河小溪，它们的苦苦追寻才有了回报。它们遇到了驼鹿。它们最先遇到的是一只大公驼鹿。这里有鲜肉和生命，没有神秘的火守护，也没有飞行的火把攻击。它们知道只有八字形蹄子和掌状大角，便把习惯性的耐性和谨慎抛到九霄云外。搏斗短暂而激烈。那只大公驼鹿被团团围起来。大公驼鹿用大蹄子阴险地尥蹶子，把它们踢破，把它们的脑袋踢裂。它冲撞它们，用大叉角挑破它们。它把它们踩进身下的雪地里，打得天昏地暗。但是，它注定厄运当头，它到底倒了下来，那只母狼一口狠狠地撕开了它的喉咙，别的牙齿在它身上见地方就上口咬，把它生吞活剥了，哪管它最后的挣扎还未停止，最后的伤害还没有发生。

这算得上一顿饱餐。这只大公驼鹿重达八百磅——这群四十多只狼组成的群体，每张嘴足足分到了二十磅肉。但是，它们挨饿超常，它们进食也超常了，散乱的几根骨头是它们的残剩，可在几个小时前这些残物还是一只与一群狼对抗的雄壮的活生生的大公驼鹿。

这下可以好好休息一下，好好睡上一觉。填满了肚子，年轻的公狼开始鸡吵鹅斗了，在狼群破裂之前的几天里这种局面一如既往地进行着。饥荒过去了。群狼现在到了有猎物的地带，尽管它们还成群出猎，但是狩猎更加小心，从它们碰到的小型驼鹿群里袭击体沉的母驼鹿或者跛腿的老公驼鹿。

这一天终于到来了，盘踞在这丰饶的大地上，狼群一分为二，向不同的方向发展。那只母狼、年轻的头狼和那只在母狼右边相陪的独眼老头狼，领着半群狼下了麦肯齐河，跨过湖区直奔东边。这群狼的成员每天都在减员。成对成双，公狼和母狼，群狼纷纷离去。偶尔，一只孤独的公狼会被对手的尖牙咬一口，赶了出去。最后，狼群只剩下四只狼：那只母狼、年轻的头狼、独眼狼，还有野心勃勃的三岁小狼。

母狼这时已经养成了凶悍的脾气。它的三个求爱者身上全都有它的牙印。但是它们从来不以牙还牙，从来不防护自己跟它作对。它们扭过肩膀任它野蛮无比地撕咬，还会摇着尾巴，走着碎步，努力平息母狼的愤怒。但是，即使它们全都对母狼温良恭俭让了，它们自己却会彼此凶相毕露。三岁的小狼在凶残的攻击中渐露狼子野心。它在独眼老狼盲视的这边咬了一口，居然把独眼狼的耳朵撕得一条一条的。尽管老灰狼只能看见一边，针对情敌的青春和活力，它玩的是日积月累的经验中得来的智慧。它丢了一只眼，嘴上满是伤疤，不用说都是不折不扣的经历。它已经百战百胜，临阵决策，十分果断。

战斗公正地开始了，结束得却不公正。之所以没有公正的结果，是因为第三只狼加入了那只老狼一边，老头领和年轻头领并肩作战，共同攻击那只三岁大的小狼，决意把它置于死地。三岁小狼两面受敌，昔日同伴的无情的牙齿轮流撕咬。它们一起狩猎，一起把猎物放倒，一起度过饥荒，那些日子这时都抛之脑后。那都是过去的事儿了。爱情的事情就在眼前——比起寻找食物，这是一件更严酷更残忍的事情。

与此同时，那只母狼，在这场生死搏斗中，心满意足地蹲坐在那里看热闹。它甚至喜从中来。这就是它风光的日子——这日子并不常有——鬃毛竖起来，牙齿对牙齿，撕破或者咬掉柔软的肉，这一切都是为了占有它。

为了爱情这种事，三岁的小狼，第一次为此冒险，就搭上了性命。它的尸体两边各站一个情敌。它们凝视着母狼，见它坐在雪地里笑盈盈的。但是，老头狼，老谋深算，姜还是老的辣，在爱情上比打架更胜一筹。年轻头领扭过头去舔它肩上的伤口。它脖子暴露出来的弯儿正对着它的情敌。老家伙尽管是独眼，却瞅准了机会。它猛地压下头，牙齿一下击中要害。撕裂的口子很长，很深。它的牙齿咬下去，咬穿了喉咙的大动脉。然后，它干净利落地跳到了一边。

年轻头领嗥叫得惊心动魄，但是这嗥叫只持续一半就变成了阵阵咳嗽。鲜血淋漓，咳嗽不止，虽然已经被击中要害，但是它依然向老头领扑过去战斗，可生命在渐渐地远离它，腿在它身下磕绊，目光暗淡下来，它的攻击和扑咬越来越力不从心了。

从头至尾，母狼踞地而蹲，笑盈盈的。这场恶斗让它暗自高兴，因为这就是荒野的做爱，自然界的性别悲剧，只是丢掉性命的一方的悲剧。对那些活下来的，这是不是悲剧，只是实现目标和独占鳌头。

等到那只年轻的头狼躺在雪地里不动了，老独眼款款地走向母狼。它的架势既有得意，又有谨慎。它显然预料会遭到拒绝，可当母狼没有生气，用牙齿咬它时又显然感到受宠若惊。这母狼第一次对它和善相待。母狼和它嗅了一阵鼻子，甚至放下架子又蹦又跳和它逗弄，像小狗一样调皮可爱。而它呢，尽管一大把年纪，阅历不凡，却也表现得像小狗，甚至有点傻里傻气的。

一败涂地的情敌和书写在雪地上的爱情故事早已抛之脑后，统统抛之脑后了。只有一次，老独眼停下来一会儿，舔它凝结的伤口。之后，它的嘴唇半张开嗷嗷叫起来，颈毛随即耸立起来，半蹲下准备纵身而起，爪子痉挛地抓进了雪地表面站稳脚跟。但是不一会儿就又把一切抛之脑后，一跃扑向母狼，跟着骚情的母狼在林间你追我赶。

　　一番嬉戏之后，它们肩并肩奔跑，像一对好朋友尽释前嫌。日子一天天过去，它们一直相依相伴，追逐猎物，共同杀戮，共同进食。过了一段时间，母狼变得不安起来。它好像在寻找它无法找到的东西。倒地的树木的空洞好像很吸引它，它花费大量时间在岩石间大雪覆盖的缝隙中嗅来嗅去，在河岸悬空的洞穴里嗅来嗅去。老独眼却一点兴趣也没有，只是母狼走到哪里，它都无怨无悔地跟到哪里，等母狼在一些特别的地方反常地踟蹰不前时，它会卧下来，静静等待，直到母狼离去。

　　它们不在一个地方滞留，而是在乡野漫游，马不停蹄地来到麦肯齐河，顺河缓缓而行，经常离开大河到汇合的小支流去捕猎，不过还总会返回大河畔。有时，它们会碰上别的狼，一般也是成对成双的；不过双方交流起来一点也不友善，相见更无喜悦，也毫无重组狼群的渴望。它们好几次与孤狼不期而遇。这些孤狼都是公狼，它们迫切要求加入老独眼和它伴侣的行列。它对此举相当恼火，母狼这时和它肩并肩站在一起，毛发挓挲，龇牙咧嘴，那些渴求的孤狼只好退避三舍，扭转尾巴，继续它们的孤独之路。

　　一个月光如银的夜晚，它们在寂静的森林里穿行，老独眼突然停了下来。它伸直嘴巴，挺直尾巴，鼻孔张开，嗅辨空气。它还抬起一条腿，和狗的举动一样。它没有满足，继续嗅辨空气，竭力弄明白它接收到的信息。可它的侣伴只草草嗅辨一下就心满意足，小跑起来让它放心。尽管它跟随母狼而行，但是它还是疑虑重重，只是偶尔停下来更加细心地琢磨不安全因素。它并不甘心。

母狼小心翼翼地潜入树林间的一片空旷空间的边缘地带。母狼独自站了一会儿。老独眼，蹑手蹑脚地潜行，每根神经都绷得紧紧的，每根毛发都释放出无限的疑虑，来到母狼身边。它们肩并肩站着，观察，聆听，嗅辨。

它们耳边传来狗们鸡吵鹅斗的声音，男人们喉音很重的嚷叫，女人们尖声尖气的责骂声，还有一个孩子的响亮的委屈的啼哭声。除去大树干搭成的兽皮小屋，还有熊熊火光，别的什么也看不见，移动的身影把火光遮挡得很零碎，无风的空气里烟柱袅袅。但是，它们的鼻孔闻到了印第安人营地的无数气息，其间的情报老独眼基本上还捉摸不透，但是每个细节母狼却了然于心。

母狼莫名其妙地激动起来，嗅了又嗅，兴头越来越大。但是，老独眼疑虑重重。它的焦虑显而易见，犹疑之间想一走了之。母狼回过身来，用嘴触碰它的脖子，让它放心，然后又向营地望去。母狼脸上出现了一种新的渴望，但不是对饥饿的渴望。母狼由兴奋转变成渴望，促使它向前走去，向火堆靠近，去和狗们争吵一番，在人脚的踩踏间左躲右闪。

老独眼在母狼身边焦急地走动；母狼的不安情绪又来了，它又感觉到获得它正在寻求的东西迫在眉睫。它转身一路小跑，回到了森林里，这让老独眼如释重负，抢先一步一溜小跑，窜进树林的庇护的深处。

月光如银，它们并排而行，像影子一样悄无声息，来到了一条小径。两只狼一路嗅辨，顺着雪地上的脚印闻去。这些脚印是崭新的。老独眼小心翼翼地跑在前面，它的伴侣紧随其后。它们的大蹄掌踩出来很大的印子，在宛如天鹅绒的雪地里格外醒目。老独眼在白皑皑的背景里看见了一个模糊的东西在移动。它溜步而行，乍看很快，但实际上和它奔跑的速度相比什么都不算。它面前跳跃着一个很不显眼的白色团块，它辨别出来了。

它们沿着一条窄窄的小径奔走，两边生长着成荫的小云杉树。透过云杉树，可见小径的出口，与一片月光相映的空地相通。老独眼加快步子，一举超过了那个飞逃的白团。一跳再一跳便伸嘴可得了。马上就要抓住它了。再有一跳，它的牙齿就咬住它了。但是这一跳再也没有完成。高跃在空中，笔直地绝地而起，那个白色团悬在空中，原是一只在挣扎的乱蹦乱跳的雪兔，在它头顶上空表演一场奇幻的舞蹈，而且永远也回不到地面上了。

老独眼纵身返回，突如其来的惧怕让它打了一个响鼻，随后缩回雪地，蹲在那里，对这个它弄不懂的可怕之物连连嗥叫，感到后怕。但是，母狼冷静地从它身边趟过去了。母狼调整一下，随后纵身跳起，去逮那个舞动的兔子。母狼也悬在空中，但是没有那个猎物高，牙齿一口咬空，发出金属般的磕碰声。母狼又跳跃了一次，而后又是一次。

它的伴侣慢慢松弛了蹲卧的姿势，一旁观看母狼。它看见母狼一次又一次都咬不到猎物，表露出了不快神色，于是它亲自开足马力向上扑了一次。它的牙齿咬住了那只兔子，把兔子拽到了地上。但就在这时，它身边出现了一个可疑的咔咔响的动静，它惊恐的眼睛看见一棵小云杉树在它头上弯下来击打它。它的嘴赶紧放开，随即向后跳了一步，躲开了那个奇怪的危险之物，嘴唇后缩露出牙齿，它的喉头吼吼作声，每根毛发直立，又气又怕。这时，那棵小云杉树又反弹回去，修长的树干挺得笔直，那只雪兔又在空中高悬起来，乱蹦乱跳。

母狼很生气。它把牙齿咬进了伴侣的肩膀，表示不满；而老独眼，惊魂未定，对这下新的猛攻究竟什么意思一头雾水，异常气愤地反击一下，而且还是害怕得要命，在母狼的嘴上来了一口。因为对这样的责怪非常不满，母狼完全没有料到，怒气冲冲地嗥叫着向它扑去。随后，老独眼及时发现了这个错误，极力安抚母狼。可是，母狼毫不留情，继续惩罚它，它百般安抚之后，转了一个圈子，头躲开母狼，用肩膀接受母狼的牙齿的惩罚。

与此同时，那只雪兔还在它们头上的空中跳动。母狼坐卧在雪地上，而老独眼这时害怕自己的伴侣甚于那根神秘的云杉树，再次跳起来去咬那只兔子。它回到地面，牙齿咬紧兔子，眼睛不住地观察那棵云杉树。像刚才一样，云杉树紧随它回到地上。那空中的攻击就在上面，它把身子团起来，毛发挓挲，但牙齿紧紧咬住那只兔子不放。不过从空而降的打击没有落实。那根云杉树倒伏在上面。它动，云杉树也动，它从牙齿间向小云杉树怒吼；它保持不动，云杉树也不动，它由此得出结论，继续保持不动更安全。但是，兔子的热血在它嘴里味道很鲜美。

它这下进退维谷了，救它于困境的是它的伴侣。母狼从它嘴里接过兔子，那棵云杉树在它头顶咄咄逼人地摇来摆去之际，母狼冷静地把兔子的头咬了下来。那棵云杉树立即反弹回去，接下来云杉树再没有制造麻烦，按照大自然的意愿把身子挺得笔直，有模有样的。随后,母狼和老独眼吞食了神秘的小云杉树为它们逮住的美味。

别的小径和小路也有兔子悬垂在空中,母狼把它们悉数收下,母狼打头,老独眼殿后,悉心观察,终于弄懂了劫掠陷阱猎物的招数——这一课注定会给它们后来的日子带来好处。

第二章　兽　窝

　　两天里，母狼和老独眼都在印第安人的营地晃荡。老独眼着急，焦虑，但是印第安人的营地让它的伴侣流连忘返，迟迟不肯离去。然而，一天早上，很近的地方传来了步枪的声音，子弹打在了树干上，离老独眼的脑袋只有几英寸，它们便不再迟疑，仓皇而逃，三跳并作两跳，很快跑出数英里，把危险抛在了身后。

　　它们没有跑很远———一两天的路程。母狼一直在寻找什么东西，需要找到才安心，而且目前显得更迫切了。母狼身子很重了，能跑却跑不快。一次，在追逐一只兔子时，放在平常不过是小菜一碟，这时却半途而废，躺下来歇气。老独眼来到它身边；可是当老独眼用嘴温柔地触碰母狼的脖子时，母狼逮了它一口，又快又凶狠，吓得老独眼绊了个仰八叉，因为尽力逃脱母狼的牙齿，出尽了洋相。母狼的脾气现在一点就着；好在老独眼变得耐心十足，很会安抚人了。

　　后来，母狼终于找到了它孜孜以求的东西。它在一条小溪上游几英里的地方，这条小溪在夏季会注入麦肯齐河，不过这时上上下下都冻死了，一直冻到河床的岩石上——一条死溪，结结实实，从源头到河口白皑皑一溜冰。母狼一路颠跑得有气无力，它的伴侣在前面开路，这时母狼在一个横空高悬的土堤岸前停止不前了。它转过身来，颠跑了过去。春季的暴风雨和融化的冰雪冲击着这个堤岸，在一段堤岸的一条窄缝里冲刷出一个小洞穴。

母狼在穴口停下，仔细地看了看穴壁。然后是洞穴的两侧，它沿着穴壁的基部走了走，穴壁从这里离开比较平缓的地势突然悬垂起来。返回洞穴，母狼钻进了穴口。它不得已压低身子爬行了短短的三英尺，然后穴壁变宽，升高，形成了一个圆圆的小卧室，直径差不多六英尺。穴顶将将碰不着它的头。洞穴里干爽，舒适。它一丝不苟地勘察一番，而老独眼反身回来，站在穴口耐心地等待它。母狼垂下头，鼻子嗅着地面，向前探去，而后拢起爪子停在一小片地面上，在这里它转了好几个圈儿；随后，它疲乏得一声叹息，听起来像是呼噜了一声，把身子团起来，四条腿放松，卧了下来，头朝向穴口。老独眼竖起专注的耳朵，对着母狼发笑，而母狼隔着老独眼，顺着白色的光映出的轮廓，看见老独眼的尾巴悠然自得地摇来摆去。母狼自己的耳朵随意地动了动，耳尖向后抿去，一时间贴在了脑袋上，而它的嘴张开，舌头不急不慌地伸出来，这副样子就是它心满意足的状态。

老独眼饿了。虽然它躺在穴口睡着了，但是它时睡时醒。它清醒时居多，竖起耳朵聆听外面明亮的世界，四月的日头照在雪地上明晃晃的。它打瞌睡了，耳朵照样管用，暗藏的流水发出的潺潺细语逃不过它的耳朵，它会惊醒过来直耳静听。太阳回来了，北方世界万物都在苏醒，召唤它。生命在躁动。空气中有春天的气息,白雪下有蓬勃生长的生命,树液在返回树梢,层层冰冻下萌芽在破冰而出。

它向伴侣侧目了一次又一次,很焦心,但是母狼毫无起来的意思。它四下张望,五六只雪雀展翅掠过它的视野。它终于站起来,然后回望它的伴侣,又卧下来打瞌睡。一声尖细的微小的嗡嘤之声袭击了它的听力。一次,两次,它睡意蒙眬地用爪子抹它的鼻子。然后,它醒来了。听,在它鼻尖上的空气里,一只蚊子独独地在嗡嗡叫。这是一只成熟的蚊子,一只冻僵在一根干木头里整整一冬季的蚊子,现在被太阳融化出来了。它再也无法抵挡这世界的召唤。再说,它饿了。

它向伴侣爬过去,试图说服它起来。但是,母狼只是吼了它一嗓子,它只好自个儿走出来,来到明媚的阳光下,发觉蹄子下的雪的表面软了,走起来很费劲。它走上了这条河的冻床,在树荫下这里的雪还硬实,晶莹。它一去八个小时,摸黑才回来,却比离去时还饥肠辘辘。它找到了猎物,但是它没有逮住。它在消融的雪面上深一脚浅一脚地追,连滚带爬的,而那只雪兔在雪面上一如既往地捷足飞奔。

它在穴口停下来,疑虑突然袭来。弱弱的怪怪的声音从洞里传出来。这些声音不是它的伴侣弄出来的,声音显得遥远却很熟悉。它小心翼翼地肚皮贴地爬了进去,母狼却吼吼地向它发出警告。它心安理得地接受了这一警告。尽管听归听,它却没有退出洞穴去;它原地待着,颇有兴趣地辨别那些声音——弱弱的,闷闷的,像啜泣,如蠢动。

它的伴侣严重地警告它滚开,它只好蜷起身子在门口睡下了。早上到来，微曦铺满了天空，它再次寻求那遥远却熟悉的声音是从哪里来的。它的伴侣警告的吼叫有了新的调子。那是一种妒恨的调子，它倍加小心，待在一定的安全距离之内。然而，它终于弄明白，母狼前后腿之间长长的肚子一带，有五只罕见的小生命包，弱得令人心疼，无助，一声又一声的啜泣那么细小，眼睛没有向光睁开。它大吃一惊。在它漫长而成功的生命中，发生这样的事情不是第一次了。这事发生过很多次了，可是每一次都让它感到前所未有的新鲜、惊讶。

　　它的伴侣焦虑地望着它。稍过一会儿，母狼就低沉地嗥叫一声，很多时候，母狼都觉得它靠得过于近，嗥叫声从它喉咙深处气汹汹地发出来。在母狼自己的经历中，它可不曾记得这种事情发生过；但是出于它的本能，这是所有母狼的经历，其中潜伏着做父亲的把新生的无助的后代生生吃掉的记忆。这种情况本身足以引发它强烈的惧怕，要它防止身为父亲的老独眼靠得过近，来审视新生的狼崽。

　　然而，危险实属空穴来风。老独眼感觉热血涌动，倒是一种身为狼父一脉相承的本能油然而生。它不会因此而发问，不会因此而惶惑。本能就是本能，存在于它生存的质地里；它应该服从本能，转身离开它新生的家庭，在野外奔波，在猎食的道路上求生，这是世间再自然不过的事情。

　　离开洞穴五六英里后，这条小河分岔了，在群山右角处两条支流各奔东西。老独眼来到这里后拐向左边的一条支流，踏上了一条新的踪迹。它嗅辨着，发现这新的踪迹那么新近，它赶紧蜷卧身子，向踪迹消失的方向打量。然后，它审慎地转身，走上右边的支流。那个印子比它自己的蹄印大出很多，它知道循着这样的踪迹追去，它很难找到肉吃。

在右侧支流上走了半英里，它灵敏的耳朵捕捉到了一个牙齿啃东西的声音。它蹑手蹑足地靠近猎物，发现了一只豪猪，沿着树干站得笔直，在树皮上磨牙。老独眼小心靠近却不抱多大希望，它知道这路货色，虽然它过去在这遥远的北方从来没有遇上；在它漫长的生命里，豪猪从来不是它的口中食。但是，在日积月累的求知过程中，也知道这样的猎物在于机会和机遇，因此它继续靠近。究竟什么事情会发生，谁也说不准，因为活物就是活物，能发生的事情各不相同。

豪猪团成了一个圆球，尖利的长刺向四面八方放射出去，听任攻击袭来。年轻的时候，老独眼嗅辨这样类似的圆球距离太近，一眼看去就是一个满身刺的一动不动的圆球，不期一条尾巴忽然打在它的脸上。它的嘴巴立马扎进去一根刺，几个星期都扎在嘴上，搞得嘴巴肿烂不堪，等到刺掉了才好。因此，它卧下来，蜷卧姿势十分舒服，它的鼻子离开足足几英尺远，豪猪的尾巴打不中了。它就只有等待，安静得不能再安静。究竟怎样谁也说不清。事情迟早会发生。豪猪也许会展开身子。机会也许会有，一蹄子迅雷不及掩耳之势地打过去，击中那个柔软的没有防卫的肚子。

然而，半个小时过去，它站起身，对着那个一动不动的圆球怒吼一声。它等了这么久，豪猪就是不展开，白白浪费了大把时间，不能再浪费下去了。它接着沿那条右首支流上溯。白日消磨了很多，它却什么都没有猎获。

身为父亲的本能一经醒来，那种催逼感在它身上异常强烈。它一定要找到鲜肉。一下午，它与一只雷鸟误打误撞上了。它从一处灌木丛里钻出来，一抬头和一只反应迟钝的雷鸟面面相对了。雷鸟栖息在一根木头上，离它的鼻子还不到一英尺。你看看我我看看你。雷鸟一惊往起飞，它一蹄子就打中了它，一下子摁到了地上，牙齿一口咬去，不顾雷鸟在雪地上乱扑棱，试图再次飞向空中。它的牙齿咔嚓咬进了柔软的肉和脆弱的骨头里，它自然而然地开始进餐。接着，它记起来了，而且，立刻上了回去的路，开始向家跑去，嘴里叼着那只雷鸟。

在小河分叉上游的一英里处，它习惯性地奔跑在绒毛般的雪地，俨然一个滑行的身影，细心地查看这条小路上的每一处新的踪迹，后来果然遇上了它一大早就发现的那些新踩出来的大蹄印。顺着蹄印一路找去，它在小河每个拐弯的地方随时准备碰上那个制造蹄印的家伙。

在一块岩石的角落，它探出脑袋张望，这里是这条小河少见的大拐弯处，它灵敏的眼睛很快看见了东西，它因此立马把身子蹲下来。那正是那个制造蹄印的家伙，一只大母山猫。母山猫蹲卧在那里，如同它当天面对那个紧紧团在一起的刺球蜷卧不动。倘若说之前它是一个滑动的影子，现在它就成了这样一个影子的幽灵了，只见它悄悄潜行，绕道而行，从下风处直取那个一声不响一动不动的倒霉蛋。

它卧在雪地里，把那只雷鸟放在一边，透过矮矮的云杉树针叶，窥视它面前猫捉老鼠的游戏——静等的山猫和静等的豪猪，每一方都紧盯着对方的性命；而且，这场游戏的妙处就在这里：

生命的路为一方打算吃掉另一方洞开，生命的路也为不会被吃的另一方洞开。而老独眼，老独眼狼，蹲伏在暗处，扮演自己的角色，也参与到这场游戏里，等待千载难逢的机会，也许帮它在自己的生命之路上满载而归。

半小时过去了，一个小时过去了；什么事情都没有发生。那个刺球要不是会活动，也许会被视为一块石头；那只山猫就是一尊冻僵的大理石了；而老独眼就跟死了毫无二致。然而，三只动物都处于活生生的紧张状态，几乎是痛苦的感受，好像这时刻看上去石化了，就再难回到更加活生生的状态中了。

老独眼稍稍活动一下，越来越急切地窥探前方。情况开始松动了。豪猪终于断定它的敌人已经离去。慢慢地，小心翼翼地，豪猪展开了那层御敌千里的盔甲。它丝毫没有预感到危险。慢慢地，慢慢地，那个刺球抻直了，抻长了。老独眼虎视眈眈，感觉它的嘴里突然涎水满满，不自觉地丝丝拉拉淌下来，那块活生生的鲜肉太刺激了，一餐盛宴在它面前摆开了。

豪猪还没有完全展开，就发现了敌人。说时迟那时快，山猫出击了。这一击快如闪电。那只像老雕的弯钩利爪，击中了豪猪柔软的肚子，快速地猛抓一把，缩了回来。如果豪猪全面展开，或者没有及时发现敌人瞬间会一掌打来，山猫的那只爪子就会完好无损地躲开了；但是，豪猪的尾巴从侧面甩来，尖利的刺在山猫的爪子缩回来之际刺了进去。

一切都同时发生了——出击，反击，豪猪的痛叫，大山猫突然被刺中后发出的号啕和惊惧。老独眼激动地站起来，耳朵竖起，尾巴挺直，在身后不住地抖动。山猫的暴脾气让它欲罢不能。它野蛮地跳起来，扑向那个伤害它的东西。但是，豪猪吱哇乱叫，撕裂的身子无力地试图缩成一团自我保护，再次把尾巴甩了出去，而那只大山猫也再次被刺伤，疼痛难忍地惊叫不已。山猫只好败退，鼻子喷得嘶嘶响，鼻子上直立的豪猪刺，像一个巨大的针插。山猫用爪子乱抹鼻子，力图把那些火烧火燎的刺弄下来，又把鼻子插进雪地，还在树枝和树干上磋磨，同时乱蹦乱跳，前冲、侧跳，或上或下，又疼又怕，简直疯了一样。

母山猫不停地喷鼻子，它的秃尾巴使出吃奶的力气抽打，迅速的猛烈的扭动一下接一下。它停下来可笑的动作，安静了一会儿。老独眼从旁观看。它也不禁吓了一跳，背上的毛不由自主地挓挲起来，因为这时母山猫突然跳起来，没有任何警示，直蹿向空中，同时发出一声极其可怕的长嗥。然后，母山猫一溜烟跑了，尾巴翘着，每跳一下就嗥叫一声。

一直等到母山猫的闹腾在远处消失，不见踪影，老独眼才斗胆现身了。它走得步步谨慎，仿佛雪地上到处都是豪猪的刺，张牙舞爪的，随时会刺穿它柔软的蹄掌。豪猪看见它在靠近，怒气冲冲地尖叫，长长的牙齿碰撞得咔咔响。它对付着再次把身子团成球，但是不再是那个无懈可击的刺球了；它的肌肉撕裂了很多，收缩起来很不容易了。它差不多被撕成了两半，鲜血涌流不止。

老独眼大口大口地吞食鲜血渗透的雪，咀嚼，品尝，吞咽。这样饮血很解馋，它的饥饿有增无减；但是它老谋深算，不会忘记小心没大错。它等待着，索性卧下来等待，而那只豪猪磨牙霍霍，哼哼呀呀，哭哭啼啼，时不时尖叫几声。不一会儿，老独眼注意到豪猪的刺耷拉下来，抖动得一塌糊涂。这阵抖动突然停下来。它的大长牙最后还猛咬一下，很不甘心。随后，所有的刺都耷拉下来，身子软瘫了，不再动弹。

老独眼伸出一只紧绷的抽动的爪子，把豪猪的身体全都拉直，翻了一个个儿。安然无恙。豪猪肯定死了。它凝神端详了一会儿，然后用牙齿小心地叼起来，起身走下河畔，将豪猪叼起一半，拖着一半，头侧向一边避免蹄子踩在带刺的尸首上。它又想起来什么事，放下尸体，小跑回到它放下雷鸟的地方。它没有丝毫迟疑。它很清楚该干什么，这次三下五除二就把雷鸟吃掉了。然后，它回来把那具沉尸叼起来。

等它把一天狩猎的收获拖到洞穴前，母狼审视了一下，把嘴巴转向了它，轻轻地舔了舔它的脖子。不过，紧接着就警告它离开那些狼崽，嗥叫声倒是不像以往那样凶巴巴的，不像是威胁，倒像是致歉。母狼出于本能，担心做父亲的伤害后代，紧绷的心松弛多了。老独眼表现得很有为父的样子，丝毫没有表露要把母狼带到这个世界的幼小生命吞食的邪恶欲望。

第三章　灰崽子

灰崽子生来就和它的兄弟姐妹不一样。它们的毛发早早地让人看出来，红色是从母亲，也就是母狼那里因袭的；在毛发颜色这点上，只有它继承了父亲的灰色。一窝里只有它一只小灰崽子。它算得上真正的直系狼族——实际上不折不扣地从肉体上承袭了老独眼的血脉，只有一个例外，那就是它有两只眼，而做父亲的只有一只。

灰崽子的两眼睁开没多久，但是它已经能辨别眼前的一切了。就在它的眼睛还闭着时，它就有感觉，有味觉，有嗅觉了。它对两个兄弟和姐妹了如指掌。它已经开始和它们嬉戏打闹，样子弱弱的、笨笨的，甚至还会争吵，纤细的嗓子颤悠悠地发出一种奇怪的刺耳的声音（嗥叫的前身），一动感情就是这个样子。早在它的眼睛睁开之前，它就学会了触摸，品尝，嗅辨，认准母亲是谁——那是温暖的窝，奶汁的泉，柔情的根。母狼有一条柔情万端百般抚摸的舌头，在它肉乎乎的小身体舔过时，它会感到无忧无虑，因此它紧赶着依偎在母亲的身上，安然入睡。

它出生的第一个月差不多是在睡梦里度过的；但是现在它能看见很多东西了，它醒着的时间越来越长，它了解这个世界进步很快。它的世界很阴暗；不过它还不清楚这点，因为它对别的世界不了解。这世界光线暗淡；不过它的眼睛也还从来没有对别的光线习惯过。它的世界很逼仄。窝的墙壁就是界限；不过它对外面广阔的世界也一无所知，它从来没有因为它生存的种种限制而感到压抑。

但是，它早早地就知道它的世界的一面墙和别的墙不一样。那面墙就是洞穴的口，光线的来源。它还没有任何自己的思想之前，就发现那面墙和别的墙不一样。它的眼睛还没有睁开，也看不见，那面墙就有一种无法抵抗的吸引力。那面墙射过来的光线刺激着它紧闭的眼皮，因此眼睛和视觉神经萌动着小小的火花般的忽闪、色泽的温暖和奇怪的喜悦。它肉体的生命，肉体每根纤维的生命，它肉体本质的、脱离它自身的生命，已经渴望这种光亮，驱动它的肉体靠近这种光亮，其中的道理与植物机敏的化学成分驱动株体向着太阳一样。

从一开始，它有意识的生命还没有到来之前，它就总是往洞口爬。只要爬向洞口，它的兄弟姐妹就和它一起往外爬。在这一时期，它们中没有一个往那面黑墙的黑黢黢的角落里爬。光线吸引着它们，仿佛它们就是植物；构成生命的化学成分需要光，是存在的必需品；它们的小木偶身子盲目地爬行，像发生化学反应，一如葡萄藤的卷须一样。再后来，每只小崽子有了个性，各自有了冲动和欲望，光线的吸引力增大了。它们总是向洞穴口爬去、滚去，又总是被母亲驱赶回来。

这样一来，灰崽子明白了母亲不只有柔软的熨帖的舌头，还有别的本领。因为它一再向洞穴口爬的过程中，它发现母亲的鼻子猛地一拱就把它掀了回来，再后来母亲的爪子一巴掌把它按下，快速地有分寸地把它滚了一下又一下，滚了回来。这样，它弄懂了伤痛，实在忍受不了这伤痛了，它就学会躲避伤害，首先不要招来伤害的危险；其次在它已经招致伤害的危险时，要会躲闪，会退避。这些都是有意识的行为，是它初识这个世界归纳出来的结果。之前，它只是机械地躲避伤害，如同它机械地爬向光线。之后，它所以躲避伤害，是因为它知道伤害是什么东西了。

它是一个凶猛的小崽子。它的兄弟姐妹同样凶猛。这是期望之中的。它是一只食肉动物。它来自掠肉者的种族，来自食肉者的种族。它父亲和母亲都靠吃肉活着。它最初飘忽的生命吮吸的奶汁是直接由鲜肉转化过来的，而眼下，出生一个月了，眼睛睁开刚刚一个星期，它自己也开始吃肉了——那是母狼初消化过后反哺给五个生长的小崽子的，因为母狼的奶汁远远不能满足它们的需要了。

不过，它是这窝狼崽中最凶猛的。它嗓门特大，吼叫起来比兄弟姐妹的叫声刺耳。它小小的怒气发作起来比兄弟姐妹的都吓人。是它第一个学会机敏地一掌出击，便能把同胞打一个滚儿的狠招。是它第一个抓住另一个小崽子的耳朵，抓得紧紧不松开，又拉又拧又吼叫。不用说，又是它给母亲造成没完没了的麻烦，害得母亲把小崽子一次次从洞口拉回来。

洞穴口的光线奇妙至极，让灰崽子一心向往，一天胜似一天。它没完没了地进行一码又一码的冒险，向洞穴口爬去，因此没完没了地被驱赶回来。只是它并不知道那是洞穴口。它对出入口一点概念都没有——那是从一地去另一地的通道。它不知道什么别的地方，也不知道去别的地方的路。对它来说，洞穴口就是一面墙——一面光亮的墙。因为太阳是照耀外面居住者的，这面墙对它来说是它的世界的太阳。光亮的墙如同一盏吸引飞蛾的烛光。它一如既往地努力接近那面墙。生命在它体内迅速扩展，催促它不断地向那面光亮的墙爬去。它体内的生命知道那是一条出去的道路，它注定要踏上的道路。但是，它自己并不认识那条路。它并不知道有什么外界一说。

那道墙有一件令人费解的事情。它的父亲（它已经认识它的父亲了，知道它是这个世界的另一个居住者，像母亲一样的生物，睡在光线的附近，经常把肉带回洞穴）——它父亲有办法走进那面很远的白墙，然后就消失了。灰崽子弄不懂这是怎么回事。虽然它母亲从来不允许它接近那面墙，可它曾经接近过别的墙，它娇嫩的鼻尖结结实实地撞在了墙上。这很疼。这样撞过几次后，它就不理那些墙了。没有想一想这是怎么回事，它认为它父亲消失在那面墙里是父亲的独门绝技，如同它母亲喂奶和反哺一样是独门绝技。

其实，灰崽子没有赋予思想的能力——至少没有赋予人思考的习惯。它的脑子懵懵懂懂地运转。然而，它的结果却如人取得的结果一样机警，一样清晰。它有接受食物的套路，不问原因，不问道理。现实中，这一套路是分类法案。它从来不管已经发生的事情为什么发生。它知道如何发生就足够了。因此，当它的鼻子在那面黑墙上撞了几次后，它明白了它不能消失在墙里。同样道理，它父亲是可以消失在墙里的。不过，它不会庸人自扰，非要弄明白它父亲和它所以不一样的理由。逻辑学和物理学在它的脑子里没有立足之地。

如同荒野的多数野兽一样，它早早地经历了饥荒。饥荒说来就来了，不仅鲜肉供应停止了，它母亲的奶子也不再供给奶水了。一开始，小崽子们呜咽，哭叫，不过大部分时间里只是蒙头大睡。没有过多久，它们就习惯了饥饿的麻木。没有口角，没有争吵，没有小小的愤怒，也没有嗥叫；一次次冒险到远处那面白墙的活动也停止了。小崽子们只是昏睡，它们体内的生命奄奄一息，坐以待毙。

老独眼孤注一掷。它四处奔走，到很远很野的地方，这时候顾不上生气，只是在悲惨的窝里打打瞌睡。母狼扔下它的小崽子，外出捕猎。在小崽子出生的最初几天，老独眼回到印第安人营地几次，劫掠陷阱里的兔子；但是雪化了，河流开冻了，印第安人营地已经搬走了，这一供给渠道对它关闭了。

灰崽子醒过来时，又一次对远处那面白墙产生了兴趣，却发现它的世界的人口锐减。只有一个妹妹和它了。其他的兄弟姐妹都离去了。它长得越来越强壮了，却成了孤家寡人，不得不自己一个人玩耍，因为它的妹妹抬不动头，走不动路。它这时吃了肉让身子发育得滚圆起来；但是，食物来得太晚，它妹妹吃不动了。它妹妹一直昏睡，小小骨架只剩一张皮，生命的火焰在里面越来越无力，最后熄灭了。

再后来，灰崽子再也看不到它父亲在那面白墙里出现和消失了，也不再躺在洞穴口睡觉了。这件事发生于第二次饥荒，一次并不十分严酷的饥荒。母狼知道老独眼再也不回来了，但是母狼没有办法告诉灰崽子它看见了什么。母狼亲自出马去狩猎，顺着左边那条支流上溯，那正是山猫生活的地方，母狼循着老独眼一天前的蹄印一路寻去。母狼在那条小路的尽头找到了老独眼，或者说老独眼的残尸。曾经发生的战斗的痕迹随处可见，看到了山猫高奏凯歌后撤回洞里的痕迹。母狼离开时，找到了山猫的窝，但是种种迹象告诉它，山猫就在里面，母狼不敢贸然进洞。

此后，母狼外出打猎回避了左边那条支流。因为它知道山猫的洞穴里养了一窝小山猫，它很清楚山猫是一种凶猛的暴脾气野兽，打起架来不要命。五六只狼可以把一只山猫赶到树上，任凭它打响鼻抠挚毛；但是让一只孤狼对付一只山猫，那就另当别论了——尤其明明知道山猫养了一窝嗷嗷待哺的小山猫。

然而，荒野就是荒野，母性就是母性，不论在荒野还是不在荒野，凶猛的保护总是一成不变的；到了不得已的时候，母狼为了它的灰崽子，会冒险去左边那条支流，钻进岩石窝里，面对山猫的愤怒。

第四章　世界的墙

　　等它母亲离开洞穴,走上猎食的征程,灰崽子已经很明白不让它接近洞穴口的法则。它母亲的鼻子和爪子多次掀翻它,把这一法则强加于它,此外它害怕的本能也在成熟。在它短暂的洞穴生活里,它从来没有碰上什么让它惧怕的事情。然而,它体内有惧怕。惧怕是它从遥远的祖先那里继承来的,经历了成千上万条生命才积累起来的。这是它从老独眼和母狼那里直接继承到的;而它们也是从以往一辈又一辈狼们身上获得的。惧怕!——荒野的遗产,任凭什么野兽都退却不了,用肉汤也交换不来。

　　所以,灰崽子知道惧怕,虽然它不明白惧怕是用什么材料做成的。它可能把惧怕当作生命的种种限制加以接受的。因为它已经知道这样的限制是存在的。它也知道了饥饿;在它不能解决饥饿问题时,它就感觉到了限制。洞穴墙壁坚不可摧,它母亲的鼻子毫不留情的拱翻,母亲爪子猛烈的击打,几次饥荒的饥饿都一筹莫展,桩桩件件都让它难以释怀,明白这世界不是自由的,明白生命是有种种限制和制约的。这些限制和制约就是法则。服从了法则，就能躲避伤害，得到幸福。

它不会按照人的方式破解这个问题。它只是区分出来各种伤害的事情和没有伤害的事情。这样分类之后，它就避开了伤害的事情、各种限制和制约，接下来就可以享受生命的种种满足和报偿了。

就是因为顺从了它母亲立下的法则，顺从了未知和未名的事情——惧怕的法则，它便顺理成章地远离那个洞穴口。它仍然把它当作一面光线的白墙。它母亲不在时，它大部分时间在睡觉，而在清醒的短暂时间里，它安静得出奇，忍住了在喉头痒痒得恨不得吼几嗓子的呜咽声。

一次，躺在地上醒来了，它听见那面白墙传来一种陌生的声音。它不知道那是一只狼獾，站在洞穴外面，抖动身子给自己壮胆，小心地嗅辨洞穴里有什么东西。灰崽子只知道那嗅辨声很陌生，一种无法分类的东西，因此就搞不懂，害怕——因为弄不明白的东西是造成惧怕的主要元素。

灰崽子脊梁上的毛发根根倒竖，却是悄没声地竖起来的。它怎么知道嗅辨这种事它听见后就应该把毛竖起来呢？这不是它的知识告诉它这样做，这不过是它内心惧怕的看得见的表现，在它自己的生命里算不得什么。然而，伴随惧怕而来的是另一种本能——那就是隐蔽。灰崽子吓得害怕得发狂，可是它躺着没动，没出声，冻住了一般，跟石头一样纹丝不动，看上去像死了。它母亲回家了，嗅辨出了狼獾的痕迹，钻进洞穴一个劲儿舔它，用鼻子拱它，那份爱意真够热烈了。灰崽子感觉出它躲过了一次重大的伤害。

然而，在灰崽子体内起作用的还有别的力量，其中最大的力量就是成长。本能和法则要求它顺从。但是，成长却要求它不顺从。它母亲和恐惧逼迫它远离那面白色的墙。成长就是生命，而生命生来便注定永远向着光明。因此，它体内上升的生命的潮水无法阻挡——它吃下去的每一口肉，呼吸的每一口气，都让潮水涌动。终于，一天，惧怕和顺从被生命的涌动一扫而光，灰崽子叉开腿向洞穴口爬去了。

与它体验过的别的墙不一样，这面墙在它接近时似乎在渐渐地远离它。它试探性地把鼻子往外拱时，坚硬的墙壁没有撞到它娇嫩的小鼻子。墙的质地似乎可以穿透，像光一样随高就低。它看见的状况似乎是有形的，因此它走进了它曾以为的墙里，在构成墙的质地里浑然一体了。

它迷惑了。它在固体里爬行。而且光线越来越明亮了。惧怕敦促它回去，可是成长却驱使它往前走。突然，它一头钻出了洞穴口。那面它以为身置其中的白墙，好像在它面前突然向后跳出了十万八千里。光线变得亮堂堂，令它苦不堪言。它被光亮晃晕了。还有，空间一下子空旷无比，让它晕头转向。它的眼睛自动地适应着强光，眼睛聚焦于越来越远的目标。起初，那面白墙跳到了它的视线以外。它这时又看见它了。还有，白墙样子改变了。它现在成了一面多彩多姿的墙，墙里有簇立溪边的树，在树后高耸的雄伟的山，还有高悬山上的天空。

一种巨大的恐惧向它袭来。这可比那可怕的未知之物厉害多了。在洞穴口边上蹲卧下来，注视这个世界。它害怕得不行。因为这世界是未知的，对它来说就是敌对的。因此，它整个脊梁都毛发倒竖，它的嘴唇弱弱地拢起来，要来一声凶猛的恫吓的嗥叫。不顾自己微不足道，心头忐忑，它要跟这大千世界比试比试，看看到底谁怕谁。

什么也没有发生。它继续注视，兴之所至，它忘了吼叫了。它还忘记了害怕。此时此刻，成长把恐惧轰走，自己反串好奇的角色。它开始打量附近的东西——一条小溪冰消雪融的河面在太阳下闪闪有光，一棵残存的松树生长在坡底，而坡本身，直达它这里，在它蹲卧的洞穴口下两英尺的地方齐刷刷没了。

且说灰崽子整日都住在平地上。它从来没有体验过掉下去的磕碰。它不知道掉下去是怎么回事。于是，它斗胆向空气迈出去一步。它的后腿还站在洞穴口上，身子却一头栽了下来。鼻子狠狠地撞在硬地上，它不由得大叫一声。紧接着它顺坡翻滚下来，一个滚又一个滚。它惊慌失措。未知之物终于震慑住它。未知之物野蛮地抓住它，要给它造成可怕的伤害。成长这时被惧怕轰走了，它于是像吓坏的小崽子一样嘎嘎叫了起来。

未知之物挥之不去，它不知道会有什么可怕的伤害，只好嘎嘎地叫个不停。一方面蹲伏在惊吓不已的状态中，一方面那未知之物仍在潜行，这是一件很难两全的事情。无知之物这时把它抓得紧紧的。寂静有害无利。另外，这不只是惧怕，还有恐怖，害得它浑身抽搐。

可是坡度渐渐地平缓下来，坡底杂草丛生。灰崽子到了这里翻滚得慢下来。等它终于停下来时，它痛苦难当地嘎嘎不止，接着扯起嗓子长长地哀号一声。自然而然的，仿佛有生以来受尽千辛万苦一般，它开始舔掉它一路翻滚而得的干土。

之后，它坐下来打量周围，如同地球上第一个登上火星的人一样满目新鲜。灰崽子撞破了那面世界的白墙，未知之物随之放开了它，却没有给它造成什么伤害。不过，登上火星的第一个人恐怕都没有它经历的陌生东西多。没有任何知识可借鉴，事前也没有告诫它会有这样惊心动魄的经历，它自己只好充当这崭新世界里的探索者了。

既然可怕的未知之物放过了它，它便把未知之物的种种恐惧抛到脑后了。它对周遭的万物万事都感到无比好奇。它审视它身下的杂草，不远处是苔藓浆果之类的植物，那棵残存的松树的干桩矗立在树丛中一块空地的边缘。一只松鼠在树桩底下跑来跑去，猛然向它冲过来，着实把它吓了一跳。它收缩了一下，嗥叫一声。但是松鼠反倒吓得仓皇而逃。松鼠跑上了干树桩，站在一个安全的地方野蛮地反击，叽叽喳喳地叫个不停。

这下给灰崽子壮了胆儿，而且尽管啄木鸟紧接着又吓了它一跳，它还是信心满满地上路了。既然信心满满，看见一只驼鹿雀莽撞地跳过来时，它就敢伸出一只逗弄的爪子招呼它。结果它的鼻子尖儿狠狠地挨了一啄，它吓得一哆嗦，嘎嘎惊叫。它这一叫可让驼鹿雀受不了，赶紧向安全地方飞去了。

不过灰崽子在学习。它朦胧的小脑子已经无意识地学会了分类。这世上有活物，有死物。而它必须当心那些活物。死物只是死死地待在一个地方；可是活物四处活动，你说不准它们会干什么事情。期待它们的事情却无法预料，对此它必须有所准备。

它笨笨地走来走去。它闯进了柴火堆里。它把一根小棍子看成了一条长长的路，不期紧接着打在了它的鼻子上，要么在它的肋骨上来了一下。表面其实一点也不光滑。有时它踩深了一蹄子，鼻头立马挨撞。更多的时候是走一步是一步，蹄子下磕磕绊绊的。它要是走在鹅卵石和石块上，它们会在它的蹄子下打滑；它由此又知道死东西也不总是死守一地，恒定不变，和它洞穴里的情况一点不一样；还有，越小的死东西越靠得住，不像大死东西总把它绊倒或者绊个跟头。不过吃一堑长一智。它走得越长，便走得越好。它在调整自己。它学着计算自己的肌体的活动情况，了解它的体力的种种局限，丈量物体与物体的距离，物体与它自己的远近。

它是新手的幸运儿。生就一个猎肉为生的野兽（虽然它并不知道这个），它第一次闯入这个世界，刚刚走出它自己的洞穴，就碰上了鲜肉。完全是误打误撞，它碰上了一只机警地隐藏在窝里的雷鸟。它绊倒在雷鸟窝里。它本打算绕过一根倒伏的松树桩。腐烂的树皮在它蹄子下脱落了，一声绝望的吠叫，掉下了环状的斜坡，叽里咕噜穿过干树叶和一块灌木丛，落在了灌木丛中央，掉在了地上，撞进了七只小雷鸟中间。

小雷鸟叽叽喳喳乱叫，起初它被它们吓着了。然后，它察觉它们很弱小，便胆大起来。它们在活动。它用一只爪子触动一只小雷鸟，小雷鸟的动作很快躲了过去。它看到活动的东西就来劲。它嗅辨一番，用嘴叼起一只小雷鸟。小雷鸟直扑棱，把它的舌头弄的直痒痒。与此同时，它来了饥饿感。它的牙齿咬了下来。脆弱的骨头咔嚓咔嚓响起来，热血顿时流进了它的嘴里。味道不错。这是鲜肉，像它母亲给它的东西一样，只是在它的牙齿之间还活泼泼的，因此味道更佳。这样，它就把小雷鸟吃了。它一口气把一窝小雷鸟都吃了才作罢。它随后像它母亲一样舔了一番脸颊，开始爬出那个灌木丛。

它遭遇了一阵长羽毛的旋风。它在这阵旋风的冲击和怒气冲冲的翅膀的拍击下，完全晕菜了，什么也看不清。它用两只爪子把头包住，吱哇乱叫。它站起来，不停吠叫，用它的爪子乱打。它用小小的牙齿咬住了一只翅膀，恶狠狠地又拽又扯。雷鸟和它对着干，用没有被咬住的翅膀不停地拍打。这是灰崽子的第一次战斗。它来劲了。它忘记了未知之物。它什么也不再害怕了。它打得很过瘾，撕咬这个向它攻击的活物。再说，这活物就是鲜肉。杀戮的欲望被唤醒了。它刚刚吃掉了一窝小活物。它一不做二不休，要吃掉这大活物。它忙得不可开交，幸福得不知道自己是幸福的。新的活法让它感到刺激，兴奋，太了不起了，它过去不曾体会过。

它死咬那只翅膀不放，从紧咬的牙齿间嗷嗷吠叫。雷鸟把它拉出了灌木丛。在雷鸟转身要把它拉回灌木丛时，它把雷鸟拖到一边，到了空地里。雷鸟始终在呱呱大叫，用翅膀攻击，羽毛像雪片一样飞舞。它被唤醒的兴奋劲儿不可阻挡。它种族的所有搏斗的血性都来到了它身上，在它体内涌动。这就是生活，尽管它并不清楚。它意识到了它自身在这个世界的意义；它生来就是干这个的——杀生并且为杀生而战。它在证明它自己的存在，生命能做的再没有比这个更了不起了；生命具备干什么条件时能充分利用，就达到了生命的顶峰。

过了一会儿，雷鸟停止了挣扎。灰崽子依然死咬着翅膀，它们都卧在地上，你看看我我看看你。它试图咄咄逼人地嗥叫，凶猛地嗥叫。雷鸟啄它的鼻子，而这时，经过前面的种种历险，鼻子很疼了。它往回缩，但死咬不放。雷鸟一下又一下地啄它。它一边退缩，一边呜咽。它试图离开雷鸟，却忘了它还死咬着雷鸟，所以拖着雷鸟后退。雨点般的喙啄落在了它受虐的鼻子上。搏斗的血性在它体内暗淡下去，接着，它放开了它的猎物，掉转尾巴，落荒而逃，在空地里很不光彩地撤退了。

它在空地的另一头卧下来歇息，离灌木丛的边缘很近，舌头伸出来，胸脯一起一落，鼻子火辣辣地痛，它因此一直呜咽不止。它躺在那里，突然感到什么可怕的事情就要来临了。未知之物的一切恐惧都向它扑来，它本能地缩回到灌木丛里藏起来。就在它退避之间，一阵风向它刮过来，一只巨大的带翼的身影掠过去，来者不善，不声不响。一只鹰从蓝天俯冲下来，差一点抓住它。

它藏在灌木丛里，惊魂未定，悬心吊胆地向外窥探，那只母雷鸟就在空地的另一头，从劫掠过的鸟窝飞出来。这是因为它损失惨重，没有觉察到带翼的横祸从天而降。但是灰崽子看见了，这是警告，给它上了一课——鹰呼啸而下，它身体倏然而过，离地很近，伸出的爪子一下子就把雷鸟抓住，雷鸟又痛又惊，呱呱直叫，那只鹰扶摇直上蓝天，带着雷鸟飞去了。

过了很长时间，灰崽子才离开了藏身之处。它收获颇丰。活物是鲜肉。活物是美味佳肴。可是，活物块头足够大时，它们就能伤害人了。最好还是吃小活物，例如小雷鸟，放过大活物，例如母雷鸟。不管怎样，它还是被野心小小不言地刺痛了一下，暗暗希望和那只母雷鸟再干一仗——可惜那只鹰把它叼走了。也许跳向它的小崽子，叼着它消失在近旁的灌木丛里。它的脖子被母黄鼠狼咬得生疼不已，不过种种感受倒是更难排解，它坐下来软弱无力地呜咽起来。母黄鼠狼那么小，却那么剽悍！它以后才能了解到，就大小和体重来说，黄鼠狼是世上所有的杀手中最凶猛、最讲复仇也最可怕的快手。不过这方面的知识很快就为它所有了。

它还在呜咽，母黄鼠狼却又露面了。母黄鼠狼没有攻击它，因为它的小崽子安全了。黄鼠狼更为小心地靠过来，灰崽子这下可以好好观察黄鼠狼苗条得像蛇一样的身体了，它的头挺直，急切，也跟蛇的相像。它尖厉的恐吓声让灰崽子脊梁上的毛挓挲起来，而灰崽子也冲黄鼠狼嗥叫，发出警告。母黄鼠狼越靠越近，随后猛一下蹿起来，迅猛得灰崽子都来不及看清楚，黄黄的身影便从它的眼前消失了。下一刻，母黄鼠狼却在它的喉咙旁，牙齿早咬进了灰崽子的毛和肉里。

一开始，灰崽子嗥叫，力图反抗；但是它太弱小了，而且这才是它闯入这个世界的第一天，它的嗥叫变成呜咽，它只好且战且退。可黄鼠狼一上口就再不松口了。黄鼠狼缠住它不放，使劲把牙齿往下咬，直取灰崽子生命的热血搏动的大动脉。黄鼠狼是一个吸血鬼，而且它一贯喜欢从喉咙这生命所在之处吸饮热血。

灰崽子眼看就死定了，因此也就不会有它的故事讲下去了，可就在这生死关头母狼冲进了灌木丛。黄鼠狼放开灰崽子，转而向母狼的喉咙咬去，没咬着，却咬住了母狼的嘴巴。随后母狼像甩鞭子一样把头甩了出去，甩开了黄鼠狼的咬合，一下子把黄鼠狼扔到了空中。而且，趁着还在空中，母狼的嘴一下子逮住了那个苗条的黄身子,黄鼠狼这下知道死神就在咔嚓作响的牙齿之间了。

灰崽子体验到了母亲方面又一次过分的溺爱。母狼找到灰崽子的喜悦似乎比灰崽子见到母亲的喜悦还要大。母狼用鼻子触摸它,爱抚它,舔黄鼠狼的牙齿咬的伤口。然后,它们两个,母与子,一起吃掉了这个吸血鬼,打过牙祭后才款款返回洞穴,大睡一觉。

第五章　吃肉法则

灰崽子成长飞快。它休息了两天，然后又从洞穴出来冒险了。就在这次历险中，它发现了那只小黄鼠狼，因小黄鼠狼的母亲已经被它分吃掉了，它也送小黄鼠狼上了黄泉路。还好，这次外出没有迷路。它要是累了，就走上回洞穴的路，睡上一觉。此后，它每天都外出，在越来越广阔的区域里游荡。

它开始准确地估算自己的力量和虚弱，懂得何时放开胆子，何时小心谨慎。它发现除了极少的时候，小心没大错是万全之策，只要对自己的勇猛了然于心，它便放任自己耍耍小脾气，释放小小的欲望。

一旦它碰上了一只迷途的雷鸟，它就总是一个气势汹汹的小魔鬼。它第一次在那棵残留的松树旁遇到松鼠时听到的吱吱叫声，现如今一听见就反应得十分放肆。看见一只驼鹿雀也十之有九会气得撒野；因为它永远忘不了它遭遇第一只驼鹿雀时自己的鼻子竟然被啄的情景。

不过有时候，它连驼鹿雀也顾不上称威风了，因为这些时候它感觉自己被别的四处猎食者盯上，命悬一线。它从来没有忘记那只鹰，那移动的影子总会吓得它躲进最近的灌木丛里。它不再蹄忙脚乱，不再蹒跚而行，已经掌握了它母亲的步伐，碎步快走，蹑手蹑脚，一副懒得用力的样子，实质是在飞快地滑行，既障人眼目，也让人觉察不到。

在猎肉为生这点上，它的运气一开始就注定了。那七只小雷鸟和小黄鼠狼是它初试身手的总和。它杀戮的渴望与日俱增，对饥饿的种种野心格外珍惜，因为那只松鼠叽叽喳喳叫得那么热闹，总是告诉所有的野兽狼崽来了。不过，鸟儿在空中飞行，松鼠能爬树，灰崽子只能等松鼠来到地上才能趁它不注意时扑上去一试身手。

灰崽子对母亲怀有无限的尊敬。母亲能猎到鲜肉，总会把它的那份美味带回来。更有，母亲无所畏惧。灰崽子从来没有想到，这种无所畏惧是阅历所得，是知识积累。它所得到的印象是力量说了算。它母亲代表着力量；而且随着它日渐成长，它感觉这种力量就是母亲的爪子的更加严厉的告诫。母亲不用鼻子狠狠拱它表示苛责，改用牙齿教训了。冲这点，它也会对母亲尊敬有加。母亲强迫它言听计从，它越成长，母亲的脾气越大。

饥荒又来了，灰崽子更清晰地知道饥饿再次来袭的滋味。母狼四处奔波觅食，身体都跑瘦了。母狼很少待在洞穴里睡觉，大部分时间用在猎食的道上，却白费光阴。这次饥荒持续时间不很长，但是饥荒就是饥荒，饥荒是无情的。灰崽子在母亲的胸脯找不到奶喝了，它自己也捕获不到一点鲜肉了。

过去，它玩耍着就能猎捕东西，感受捕猎的奇妙的快活；现在，它一心想的就是狩猎，却什么也捕获不到。它琢磨松鼠的习性非常用心，使出浑身解数偷偷地接近，以图一击致命。它研究这种木头里的老鼠，试图把它们从树洞里挖出来；它对驼鹿雀和啄木鸟的路数了解颇深。有一天，鹰的飞影没有把它驱赶到矮木丛里躲起来。它成长得更近强壮了，更加机智了，也更加有信心了。再说，它也孤注一掷了。因此，它在空旷地里盘踞而卧，肆无忌惮，向在天空翱翔的鹰挑衅。因它知道，在它头顶的蓝天飞行的家伙，是鲜肉，它肚子孜孜以求的就是这样的鲜肉。但是鹰没有俯冲下来干一架，灰崽子只好爬进一个灌木丛，为自己的失望和饥饿呜咽不止。

饥荒解除了。母狼带回家鲜肉了。还是很奇怪的鲜肉，和母狼以往带回来的鲜肉截然不同。那是一只小山猫，半大小山猫，如同小狼崽，可又不够大。这对它来说可谓一顿解馋。它母亲在别的地方喂饱了肚子；尽管灰崽子并不知道其余的小山猫都让母亲大快朵颐了。它还不清楚母狼孤注一掷的行径。它只知道毛茸茸的小山猫是鲜肉，它每吃一口就增添一份幸福。

填满的胃不运转了，灰崽子待在洞穴里，依偎在母亲旁边睡着了。母狼的一声吼叫把它惊醒了。它从来没有听见过如此可怕的嗥叫。也许这是它母亲这辈子发出的最可怕的嗥叫。事出有因，母狼心知肚明。山猫的窝被劫掠，惩罚随之而来。在午后阳光的强烈照耀下，灰崽子看见母山猫据守在洞穴口。看见这个身影，它的脊背顿时毛发倒竖。惧怕说来就来，无须本能告诉它。如果那身影还不足以令人丧胆，闯入者愤怒的喊叫却足以让人落魄，就听见一声嗥叫，继而一下子嗓门大作，变成了沙哑的叫嚣。

灰崽子感觉生命在体内异常活跃，便站起来在它母亲身边勇猛地嗥叫起来。但是它母亲嫌它多事，一下把它推到身后。因为洞穴口很低，母山猫无法一跃而进，当母山猫爬着冲进来时，母狼一下子扑在了母山猫身上，把它压倒在身下。灰崽子没有见识过这种格斗。只见嗥叫声、呼噜声和尖叫声混作一团，天昏地暗。两只野兽扭作一团，母山猫利爪和牙齿并用，而母狼只能用牙齿还击。

一次，灰崽子扑将上来，牙齿咬进了母山猫的后腿里。它咬住不放，野蛮地嗥叫。尽管它不知道它咬住山猫后腿的作用，但是它的体重拖住了那条腿的活动，因此减少了母亲的很多伤害。格斗发生了变化，它被压在了两个肉体的下面，它不得已松开了口。紧接着，两个做母亲的都以命相拼，而且，在它们没有再冲撞到一起之前，母山猫用大爪子扇了灰崽子一巴掌，把它的肩部撕开了口子，露出了骨头，迫使它躜到墙边。然后，一阵吵闹中灰崽子因为痛苦和害怕尖叫得更厉害了。不过这场格斗持续了很久，它有时间惊叫，再次体验勇气来袭；格斗结束时，它再次咬住了母山猫的一条后腿，牙齿间发怒地嗥叫不已。

母山猫死了。母狼也非常虚脱，生病一般。起初，母狼宠爱灰崽子，给它舔肩头的伤口；但是母狼失血过多，让它失去了体力，只得卧在它的死敌旁边苦熬了一天一夜，一动不动，呼吸微弱。它一个星期没有离开洞穴，万不得已去喝点水，也行动缓慢，疼痛难忍。一个星期头上，母山猫被吃光了，母狼的伤口也基本愈合，又能去狩猎道上活动了。

灰崽子的肩膀发僵，生疼，一段时间里它因为伤得厉害只能一瘸一拐地走动。然而，这世界好像变了。它信心大增，四处走动，感到勇猛过人，是和母山猫干仗前不曾有过的。它看到了生命更凶残的一面；它格斗过；它把牙齿深深地咬进了敌人的肉里；它活下来了。因为这一切，它行为举止更加肆无忌惮，它身上产生了一种全新的傲视弱小的心理。它不再害怕弱小的东西，临阵畏怯的表现基本上没有了，尽管未知之物从来没有停止袭击它，其种种神秘和恐惧挥之不去，捉摸不透，威胁不断。

它在猎食道上陪伴母亲，屡次目睹母亲杀戮猎物，并且开始在猎捕过程中参与其中。它自己尽管懵懂，却领教了鲜肉法则。世上有两种生命——自己的命和别人的命。它自己的命包括它母亲和自己。别人的生命则包括所有走动的活物。不过，别人的生命可以分门别类。一种是它自己这类杀而食之的，一种则包括非杀手和小杀手。另一种是杀死并吃掉它这种的，或者被它自己这种杀死并吃掉的。这样分门别类后，法则就产生了。生命的目标就是鲜肉。生命本身也是鲜肉。生命靠生命维持。世上有食者与被食者。这一法则便是：吃或被吃。它无法把这一法则归纳出来，用术语进行说教。它根本不想这个法则；它依靠这一法则谋生，根本用不着多想。

它看见身边实施这个法则的比比皆是。它把一窝小雷鸟悉数吞下。鹰把母雷鸟生擒。鹰也会把它吃掉。后来，等它成长得越来越凶猛时，它就把那只鹰干掉。它吃了那只小山猫。要不是母山猫自己被杀死并吃掉，它自己的小命就难逃一劫了。这个法则就是这样运转的。它身边的所有活物都依靠这一法则活着，它自己是这一法则的一部分、一分子。它是杀手。它唯一的食物是鲜肉，活生生的鲜肉，在它眼前快速奔跑的鲜肉，或者在空中飞行的鲜肉，或者爬树的鲜肉，或者藏在地下的鲜肉，或者和它对着干仗的鲜肉，或者转败为胜对它穷追猛打的鲜肉。

灰崽子要是用人的思考方式想问题，那它可以把生命概括为大胃口。这世界是一个排列了各种各样胃口的地方，追逐和被追逐，猎捕和被猎捕，吃和被吃，全然盲目，一团混乱，暴力和无序，吞食和杀戮的混沌，掌控这一切的是机会、残忍，率性而为，没有穷尽。

然而，灰崽子不会用人的方式思考。它不会用广阔的视角看待万物。它目的单一，一次只靠一种思想或者一个欲望。除了鲜肉法则，还有数不清的别的次要法则，也需要它领会和服从。这世界充满令人惊奇的事物。生命的躁动在它体内，肌肉是用来使用的，这是一种无休止的幸福。把鲜肉扑倒在地，便能体验刺激和欣慰。愤怒和干仗好不快活。恐惧本身，还有未知之物的神秘性，和它的生活息息相关。

还有种种安逸和满足。把肚子吃得饱饱的，在阳光下懒洋洋地打瞌睡——这样的东西是它投入热情和艰辛之后完整的回报，尽管它的热情和艰辛本身就是一种自我回报。它们是生命的各种表达，只要生命表达自己，生命就总是幸福的。因此，灰崽子与它敌对的环境不会争吵。它活力无限，非常幸福，非常自豪。

第三部　荒野诸神

第一章 火的制造者

灰崽子突然撞上了火。这是它自己的错。它一直大大咧咧的。它离开洞穴,跑下溪边来喝水。因为它睡意还浓,没有注意(它整夜都在猎食道上奔波,这时刚刚醒来)。它大大咧咧也许因为去水坑的小路它很熟悉。它经常走这条路,从来没有发生过意外。

它路过那棵残留的松树,穿过那片空地,在树林里小跑。它一边小跑,一边看看、闻闻。在它面前,一声不响地蹲在地上,是五个活物,这类活物它还从来没有见过。这是它第一次瞅见人。但是,那五个人看见它,并没有马上站起来,也没有龇牙咧嘴,也没有嗥叫。他们没有动弹,只是坐在那里,一声不吭。预兆不祥。

灰崽子没有动。它的每种自然本能,都督促它发疯般地逃走,多亏它体内另一种相反的本能说来就来,不突然,也不是第一次。一种由衷的敬畏征服了它。它被击垮了,没法动弹,感觉自己虚弱得一塌糊涂,渺小得一如尘埃。这就是掌控和力量,某种它无能为力的东西。

灰崽子从来没有见过人,然而涉及人的本能却与生俱来。它朦胧地意识到,人是通过战斗而"凌驾"于一切动物之上的动物。灰崽子现在不只用自己的眼睛,还用它所有祖先们的眼睛,仰望人——那些眼睛曾从包围着无数冬天的营火的黑地里张望,从安全的距离观看,从灌木丛的腹地窥视,一睹两条腿动物的风采,因为他们是所有活物的主宰。灰崽子中了因袭的遗产的魔咒,那就是数百年来的斗争和一代又一代积累的经验应有的惧怕和尊敬。这笔遗产对一条还只是狼崽的狼来说,不堪重负。如果灰崽子长成大狼了,那它会逃之夭夭。实际情况是,它吓瘫了,缩作一团,已经半推半就地屈服了,它就像第一只来到人的火边取暖的狼那样,已经半推半就地屈服了。

一个印第安人站起来,向它走过来,站在它旁边。灰崽子哆嗦得贴在了地面上。这就是那未知之物,终于现形了,有血有肉,向它弯下腰来,要伸手抓住它。它不自觉地毛发倒竖;它的嘴唇向后裂去,小小的牙齿一览无余。那只手,在它上方像厄运一样悬着,欲下不下,这个男人一边说话,一边大笑:"哇吧母——哇比萨——伊普——皮特——塔布。"(快看呀!白牙!)

另一个印第安人爽朗地笑起来,催促那个人快把灰崽子抓起来。就在那只手伸得越来越近时,灰崽子体内好斗的本能发作了。它经受了两种巨大的冲动——屈服或者战斗。两种冲动互相抵触的结果是妥协。它两者都做到了。它先是屈服,等那只手差点碰到它了。然后它战斗,牙齿猛地甩出去咬住了那只手。紧接着,它脑袋的一侧挨了一下,把它打翻在地了。随后一切好斗的情绪弃它而去。它很幼小,屈服的本能降服了它。它蹲卧在那里,嘎嘎直叫。但是那个被咬了手的人很生气。灰崽子脑袋的另一侧又挨了一下。它坐在那里,嘎嘎叫得更响亮了。

其余四个印第安人哄堂大笑,连那个被咬的人也笑起来。他们把灰崽子围起来,冲它发笑,而它因为惧怕和挨打呜咽起来。就在这时,它听见了什么动静。印第安人也听见了。不过灰崽子很清楚听见什么了,最后长长地哀号一声,与其说悲从中来不如说得意扬扬,然后戛然而止,等待它母亲赶来,等待凶猛的倔强的母亲及时赶来,它敢和所有的活物搏斗,杀死它们,从来临危不惧。母亲一边跑一边叫。它听见了它的幼崽在呼叫,赶来救它了。

母狼纵身跳进了他们中间,只见它母性毕现,又焦急又好斗,让它别有一种凶悍的派头。不过,在灰崽子来说,它护犊子的怒气看上去令人开心。它开心地轻轻叫了一声,跳过去迎接母亲,而那几个人形动物吓得连连后退。母狼把它的幼崽紧紧护在身后,面对几个男人,毛发竖起,喉咙里嗥叫声呼呼作响。母狼的脸歪了,一脸恶意,咄咄逼人,甚至鼻梁都从嘴唇缩到眼睛跟前,嗥叫声震耳欲聋。

随后,一个印第安人大叫起来。他喊了一声"吉彻"。这一嗓子令人吃惊。灰崽子感觉它母亲被这一声喊叫镇住了。

"吉彻!"那个人又叫道,这次的叫声又尖厉又专横。

然后,灰崽子看见它母亲,母狼,无所畏惧的母亲,匍匐下来,肚皮贴住了地皮,呜咽着,尾巴摆动着,做出各种相安无事的动作。灰崽子不懂怎么回事。它一时不知所措了。对人的敬畏再次涌来。本能都是真实的，它母亲证实了这点。母亲，也向那些人形动物臣服了。

那个人说过话，向母狼走去。他把手放在母狼的头上，母狼只是匍匐得更低了。母狼没有咬人，也没有威胁着要咬人。其他人走过来，把母狼围起来，触摸它，抓弄它，对这些动作它丝毫没有不满的意思。他们兴奋异常，嘴里发出了很多声音。灰崽子断定这些声音没有威胁的意思，一边爬到了母亲身边，尽管不停地把毛扽挲起来，但是尽量表示屈服了。

"一点不奇怪，"一个印第安人说，"母狼的老爹是一只狼。没错，它老娘是一只狗；在发情的季节，我兄弟不是把它老娘拴在树林里整整三个夜晚吗？所以嘛，吉彻的老爹是一只狼。"

"它跑走都一年了，格雷·比弗。"第二个印第安人说。

"一点不奇怪，萨尔蒙·唐格，"格雷·比弗答道，"那时正闹饥荒，没有肉给狗吃。"

"它跟狼过日子去了。"第三个印第安人说。

"好像是这么回事，舍里·伊戈尔斯，"格雷·比弗答道，把手放在了灰崽子身上，"这小东西是最好的证明。"

那只手摸到灰崽子时，它嗥叫一声，那只手立马缩回来，要打出去的样子。灰崽子见这架势赶紧掩住白牙，卧下来表示服从，而那只手又伸过来，抚摸它的耳朵，在它的背上一下一下抚摸。

"这小东西就是最好的证明，"格雷·比弗接着说，"显然，它老娘就是吉彻了。它老爹是一只狼。所以嘛，它身上狗的东西少，狼的东西多。它的牙齿很白，就给取名'白牙'吧。我开始叫它白牙了啊。它是我的狗。吉彻不是我兄弟的狗吗？这不是我兄弟死了吗？"

灰崽子就这样在这个世上有了自己的名字，卧在那里观察。人形动物们接着让嘴弄出了很多声音。随后，格雷·比弗从他脖子下吊的刀鞘里抽出一把刀，走到灌木丛里砍了一根小棍子。白牙一直看着他，只见他在小棍子两头各开了一个小槽，再用兽皮绳子缠在两个小槽上。一根绳子拴在吉彻的脖子上。随后，他牵上吉彻走到一棵小松树前，把绳子的另一头拴在松树上。

白牙跟在后面，卧在了吉彻身旁。萨尔蒙·唐格向它伸过手来，把它翻过来仰身躺着。吉彻焦心地一旁看着。白牙又感觉害怕了。它忍不住嗥叫一声，但是它没有咬人。那只手，指头弯着，没有伸直，在它的肚子上摸来摸去，逗着玩，还把它滚来滚去。仰趟在那里，四条腿朝天，很可笑，也不雅。再说，这样一种姿势实在一筹莫展，白牙从骨子里抵触。它毫无办法来保护自己。如果这个人形动物有意伤害，白牙很清楚它是躲不过的。它四脚朝天，怎么可以一跃而起呢？听人摆布，它控制了惧怕，它只是轻轻地嗷嗷叫。它忍不住要嗷嗷地叫唤；这人形动物倒也没有因为它嗷嗷叫而生气，打它的脑袋。更何况，匪夷所思的是，白牙感觉那只手来回抚摸时，体会到了一种无法言说的快感。等它被翻滚到一侧时，它不再嗷嗷叫了；等那些指头在它的耳朵根触摸时，那种快感有增无减；然后，最后抚摸一下抓挠一下后，那个人离开它，走开了，白牙的一切恐惧都没有了。它和人交往中还会有很多次惧怕；然而，这次是和人做伴而不害怕的标志，它最后会与人为伴的。

过了一会儿，白牙听见陌生的声音越来越近了。它分辨一番，立即知道这些声音是人形动物的。不一会儿，部落的其他人稀稀拉拉地跟着来了。人群里男人居多，女人和孩子也不少，大约四十来号人，大家都沉甸甸地背负着安营扎寨的行头。还有很多狗；这些狗，除了半大小狗，也都携带这安营的装置。它们的背上，一些袋子捆绑在身上，负重二十到三十磅不等。

白牙还从来没有见过狗，不过看见它们时，它感觉它们和自己一个类型，差别十分有限。不过，它们看见灰崽子和它母亲时，表现得和狼没有什么不一样的。一下子就冲过来了。白牙毛发竖起来，对着一群蜂拥而来的狗，个个龇牙咧嘴，它又吼叫又咬人，被压倒在它们身下时，感觉它身上被牙齿咬得很疼，它自己于是咬它上面的腿和肚子。场面混乱不堪。它听见吉彻一边寻找它，一边汪汪大叫；它还听见人形动物在嚷叫，棍子击打狗身的声音砰砰响，狗因为疼痛难忍叫得很惨。

几秒钟过后它就又站起来了。它这时看见人形动物用棍子和石头把那些狗往后驱赶，保护它，不让与不完全一样的它的同类那些野蛮的牙齿伤害它。它脑海里毫无道理地产生了一个清晰的概念，非常抽象的东西，按它自己的认定就是公正，它感觉到了人形动物的公道，而且知道他们到底是什么东西——法则的制定者和法则的执行者。还有，它很欣赏他们实施法则的强权。和它过去遇上的任何动物都不一样，他们不咬人，也不抓人。他们利用死物的强权加强他们自己的力量。死物任由他们支配。所以，棍子和石头，这些奇怪的家伙运用自如，像活物一样跳向空中，在那些狗身上造成了可悲的伤害。

在它想来，这种强权不同一般，无法想象的强权，超乎自然，如同神一样的强权。白牙按它的本质讲，是一辈子都不懂什么诸神怎么回事的；充其量它只知道一些东西是怎么都弄不懂的；但是，它对这些人形动物怀有的不解和敬畏，倒是有一比，那就是人若看见某个天上大仙站在山顶上，两只手各执霹雳抛向这个目瞪口呆的世界，不解和敬畏就会油然而生。

最后一只狗被赶跑了。这场混乱终于平息。白牙舔着伤口，寻思着这一幕，它首次见识了群体的残忍，它就这样被引进到了这个群体。它从来没有想到它这类野兽除了老独眼、母亲和自己之外还有别的野兽。它们本来自成一体，而在这里它一家伙见到了这么多野兽，显然属于它自己这一类。想到这些它不由自主地感到不爽，它的同类，第一次见面竟然猛扑过来，一心想把它整死。它同样对自己的母亲被一根棍子拴起来感到很不爽，哪怕是高高在上的人形动物干的这种事。这好比陷阱，好比捆绑起来。不过关于陷阱和捆绑，它其实一无所知。自由游荡，自由奔跑，想卧就卧下，这些才是它与生俱得的；它因此饱受殃及池鱼之苦。它母亲的活动范围严格限制在一根棍子的长度，而它也限制在这同一根棍子的长度范围里。

它很不喜欢这个。它也很不喜欢这些人形动物站起来接着往前走；一个尺码很小的人形动物牵住棍子的另一头，把吉彻当俘虏领在身后，而白牙又跟在吉彻身后，它不由得对这一新的历险轮到自己头上感到惴惴不安，暗自着急。

他们下到了河流的峡谷，远远超出了白牙浪荡的范围，一直来到峡谷的尽头，河流在这里流进了麦肯齐河。营地就扎在这里了,划子固定在高入云霄的竿子上,晾干鱼的鱼架竖立起来了;白牙两眼充满好奇,看得入神。这些人形动物的优势时时刻刻在加强。他们把拥有尖牙利嘴的狗管得服服帖帖。强权无处不在。不过在这狼崽看来,更了不起的是他们对死物的运用自如;他们说让不动的东西动起来,它们就动起来了;他们甚至能改变这个世界的面貌。

最后一点尤其让它大开眼界。它看见了竿子高高地搭成了架子;不过这事儿本身还不那么瞩目,因为这些家伙既然能把棍子和石头扔到很远的地方,原地搭起架子就算不得什么了。但是竿子架覆盖上帆布和兽皮后成了圆形帐篷,白牙只有目瞪口呆的份儿了。帐篷蓬蓬松松一大团,让它印象深刻。它们把它围了起来,四面八方都有,像某种有生命的东西生长迅速,一下子成了庞然大物。它们几乎遍及整个可见的营盘。它害怕它们。它们在它的头上横空出世,预兆不祥;风来了,它们随风晃动,摇晃得十分剧烈,它吓得缩起身子,两眼警觉地盯住它们不放,如果它们向它倾覆下来,那它要随时纵身逃之夭夭。

然而,没有多一会儿,帐篷带来的恐惧就无踪无影了。它看见女人和孩子从帐篷里进进出出,安然无恙,还看见狗们经常抢着往里钻,却被污言秽语和石头赶开了。又过了一会儿,它离开吉彻身边,向最近那顶帐篷的墙根爬去,一路小心翼翼。好奇心越来越强,催促它往前走——这就是学习、生活和行动,要积累经验就必须这样。爬到帐篷墙根的最后几英寸,爬得慢吞吞的,提心吊胆,苦不堪言。一天糗事不断,让它不得不防,随时应对未知之物千奇百怪难以想象的招数。它的鼻子终于触碰到了帆布。它等了一会儿，什么事情也没有发生。接着，它闻到了怪怪的帆布味儿和无处不在的人味儿。它用牙齿咬住帆布，轻轻地拖了拖。什么事情也没有发生，只是帐篷相连的部分动了动。它用劲儿拖了拖。帐篷的动静更大了。很好玩。它拖得越来越劲大，拖了一次又一次，整个帐篷都晃动起来了。然后，帐篷里传出来一声女人的尖叫，白牙吓得慌不择路地逃回到吉彻身边。不过此后它就不再害怕帐篷这个鼓鼓囊囊的东西了。

没过多久，它从母亲身边走开了。母亲的棍子拴在地上的一个橛子上，不能跟它一起离开。一只半大小狗，比它块头大一点，月份也大一点，向它慢慢地靠过来，几分不可一世，几分比试比试的样子。这小狗崽子的名字，白牙后来听人叫它唇唇。唇唇在狗崽里打过群架，已经颇有点倚强凌弱的劲头了。

唇唇和白牙属于一个类型，而且，也还只是一只小狗崽子，似乎没有什么危险；因此，白牙准备友好地会一会唇唇。然而，这个陌生狗崽四腿笔直地走来，嘴唇裂开，牙齿毕露，白牙也赶紧站直四腿，龇牙咧嘴起来。它们互相兜圈子，跃跃欲试，又嗥叫又炸毛的。这架势持续了几分钟，白牙开始喜欢起来，当作一种游戏。然而，突然之间，唇唇以迅雷不及掩耳之势，纵身扑上来，猛咬了一口，跳到一边去了。这一口正好咬在那只山猫咬过的地方，还在靠近骨头的地方隐隐作痛。这一口咬得突如其来，疼痛不已，白牙忍不住大叫一声；但是，紧接着，它怒火中烧，扑向了唇唇，撕咬得势不可当。

且说唇唇一直生活在营地，在狗崽中间征战多次了。三个回合，四个回合，五六个回合，唇唇的小牙齿咬在新来者身上，白牙终于顶不住，丢人地大叫起来，逃到母亲身边寻求庇护。这是第一次和唇唇干仗，以后还有很多次，因为它们从一开始就是对头，生来如此，生性注定水火不容，一直发生冲突。

吉彻用舌头舔白牙，安抚它，一心想用爱心留住它。可是，白牙好奇心很强，没过几分钟就胆子大起来，寻求新东西了。它来到一个人形动物身边，格雷·比弗，见他蹲在那里，拨弄一些小棍子和摊在他跟前的干地衣。白牙走到他附近，一旁观看。格雷·比弗嘴里弄出些声音，白牙听来不像有敌意，于是它又走近了一些。

女人和孩子抱来更多的小棍子和树枝，放在格雷·比弗跟前。这显然是一件重要的事情，因此白牙兴致极浓，早已经忘记眼前是一个可怕的人形动物。突然，它看见像雾的怪东西开始从格雷·比弗手下的小棍子和干地衣间冒起来。然后，在小棍子下面，出现了一个活物，弯弯曲曲的，颜色很像天空的太阳的颜色。白牙对火一无所知。火吸引住它了，像洞穴口上那团白光在它幼时吸引它一样。它向那火焰爬了几步。它听见格雷·比弗在它上面咯咯发笑，它听出来这笑声没有什么敌意。随后，它的鼻子触碰到了火焰，同时它的舌头也伸出去触碰了。

一时间，它瘫痪了。未知之物就暗藏在那些小棍子和地衣下面，野蛮地一把抓住了它的鼻子。它仓皇后跳，灼痛难当，吓得它嗷嗷直叫。听到它大叫不已，吉彻一下子蹿到棍子的这头，汪汪大叫，这下它更加愤怒，因为它对幼崽爱莫能助。但是格雷·比弗大笑不已，啪啪地打他的大腿，把所发生的事情讲给营地里别的人听，结果大家哄堂大笑。但是白牙蹲坐在后腿上，吱吱哇哇地惨叫，在人形动物中间成了一个无望的可怜的小样儿。

这是它所受伤害里最灼痛的。鼻子和舌头都被那个活物烫着了。它叫了又叫，没完没了，而且每声悲号都会引起人形动物那边哈哈大笑。它想用舌头舔舔鼻子减轻疼痛，但是舌头自顾不暇，两处疼痛相加，痛上加痛；因此它只好更加无望地无助地哀号。

随后它感到羞耻了。它明白了取笑以及取笑的含义。我们不知道一些动物怎么弄明白取笑的，不知道它们什么情况下就会被人取笑；不过，白牙就是这样知道人们在笑话它。它感到羞耻，因为人形动物竟然取笑它。它转身逃走了，不是因为火烧伤了，而是因为笑声伤害得它更厉害，伤害到了它的精神。它跑到吉彻身边，对着那个棍子的端头大吼，像一只发疯的野兽——向吉彻倾诉，因为吉彻是这世上唯一没有笑话它的狗。

黄昏降临，黑夜到来，白牙躺在母亲身边。它的鼻子和舌头还在灼疼，但是它被更大的麻烦搞得不知所措。它想家了。它感到空虚，需要安静，需要小溪边的宁静和崖壁那个洞穴的安静。生活变得太吵闹。人形动物熙熙攘攘，男人、女人、孩子，谁都在吵吵嚷嚷，叽叽喳喳。狗倒是有，可是更喜欢吵闹、吠叫，动不动就大闹一场，搞得乌烟瘴气。它所知道的那种生活的闲适与孤独一去不复返了。这里空气都不安生。空气里嗡嗡嘤嘤地没完没了。空气中的嘈杂不断变化强度，声调一下高一下低的，让它的神经和感官无所适从，它因此感到紧张、不安、焦虑，总感觉挥之不去的大祸会发生。

它盯住人形动物看，只见他们在营地来来往往，到处活动。

白牙观看人形动物的路数，和人古时候看待创造他们的神的路数差不多。他们是高高在上的东西，不折不扣的神。它模模糊糊地理解到，他们就是奇迹的创造者，如同诸神之于人。他们是主宰一切的生物，拥有未知之物的一切仪表，各种难以企及的潜能都具备，活物和死物都归他们掌控——让活动的东西听命，让不活动的东西活动起来，让生命，太阳颜色的烧灼的生命，从死地衣和干木头里生长出来。他们能把火造出来！他们是众神！

第二章　管　束

白牙白天碰到的事情应接不暇。在吉彻被棍子拴住以来，它在营地里四处奔跑，探寻，调研，学习。

它很快了解到人形动物的种种生活方式，但是了解归了解，了解多了依然不敢轻视。它了解他们越多，他们越证明他们高高在上，越显示出他们的神秘强权，越表明它们像神一样了不起。

经常看见诸神被打倒，祭坛崩塌，人因此会悲从中来；但对狼和野狗来说，蜷卧在人脚边，这种悲哀却从来不曾有过。人的诸神是看不见的，难以猜测的，是藏在现实外衣下的想象的水汽和雾气，是渴望善良和力量的游荡的幽灵，是进入精神王国的自我的无形的凸现——狼和野狗与人不一样，它们来到火边，发现它们的诸神有血有肉，活生生的，摸一摸实实在在，占有土地空间，需要时间实现他们的目标和存在。相信这样的神灵是不费什么力气的；没有什么力量能让人不相信这样的神。离开这样的神想都别想。这尊神就站在那里，站在两条后腿上，手持棍子，潜能无限，激情、怒气和爱，肉体和热血把神、神秘和强权统统包裹起来，一旦被撕破了，如同任何肉一样美味可口。

白牙面前的情况就是这样。人形动物是不犯错误的神，无法摆脱。它母亲吉彻呢，一开始听到叫它的名字就对他们臣服了，因此它也开始表示臣服了。它给他们让路，因为毫无疑问那是他们的特权。听到呼叫，它就立即赶来。他们进行威胁时，它就惶惶地蜷卧起来。他们命令它走开，它就赶紧走开。因为只要他们有什么希望，背后无非是加强他们希望的强权，伤害人的强权，在表明自己靠拳头和棍子显示强权，能扔飞石头，挥舞麻辣辣的鞭子。

它属于它们，如同所有的狗属于他们一样。它的行为唯他们的命是听。它的身体交给他们殴打，任凭他们践踏，这些它都得容忍。这就是它很快获得的教训。教训说来就来，不由分说，与它自己本质上很多强大而主导的东西都格格不入；而且，它分明不喜欢了解它，自己却一点也不知道它正在学习喜欢它。这是把自己的命运交到别人手里，是转嫁生存的种种责任。这事本身就是补偿，因为依靠别人总是要比一个人撑着容易得多。

不过，这种服从不是一天之内都会发生的，不可能把自己、肉体和灵魂，都交给人形动物。它不会扭头就忘记了荒野的遗产，失去荒野的种种记忆。有些天，它会悄悄来到森林的边缘，倾听遥远的地方有什么东西在呼唤它。不过它怎么去怎么回，烦躁不安，感觉很不爽，在吉彻身边轻轻地眼巴巴地呜咽，用焦虑的询问的舌头舔它母亲的脸。

白牙很快就熟悉了营地的各种生存方式。它知道拿肉和鱼喂它们时，那些年长的狗表现得很不公正，也很贪婪。它渐渐明白大人更公道，孩子更残忍，女人更心软，有可能扔给它一点肉或者骨头。和那些抚育着半大狗崽的母亲打过两三次痛苦的交道后，它逐渐明白离开这样的母亲远一些还是英明的策略，尽量躲开它们是上策，看见它们走来回避它们是上上策。

然而，唇唇是它命中的灾星。块头更大，月份更足，体力更强，唇唇瞄上了白牙，成了它迫害的特选对象。白牙不甘示弱，干仗足够勇猛，无奈它们不是一个级别。它的敌人块头太大。唇唇成了它的梦魇。只要它离开母亲去冒险，那个恶霸一准露面，紧紧跟在它的后面，冲它嗥叫，和它找碴儿，伺机而动，只要人形动物不在附近，就向它扑来，强迫它干仗，唇唇每次都赢，一赢了就喜形于色。这成了唇唇生活中乐此不疲的事情，也就成了白牙主要的折磨。

但是，这一影响并没有让白牙一蹶不振。尽管它饱受伤害之苦，总是被打败，但是它的精神没有屈服。不过负面的影响还是随之而来。它变得狠毒，坏脾气。它本来生就的野蛮性格，在这样无休无止的迫害下就变得更加野蛮了。它身上温和的爱玩的小狗可爱的一面很难看到了。它在营地里从来不和别的小狗玩耍嬉戏。唇唇不让这种事情发生。只要白牙在它们附近出现，唇唇就向它冲来，欺负它，威胁它，要么和它干架，一直把它赶走才罢休。

这样一来的结果是剥夺了白牙的很多童年生活，让它的举止比年龄更成熟。因为无法通过玩耍释放它的能量，它给自己加码，把能量用在脑力开发上。它变得狡猾了；它利用闲暇全身心投入，琢磨计谋。当营地的狗都来吃食，它因为阻拦得不到那份肉或者鱼时，它变成了一个精明的窃贼。它不得已为自己争取吃的，它争取得很成功，尽管它经常把那些印第安女人搞得苦不堪言。它学会了在营地潜行，玩弄手段，了解各个角落在发生什么事情，眼观六路耳听八方，有理有据地推测，想方设法成功地躲开它的无情的迫害者。

在受迫害的早期日子里，它玩了第一个真正的大计谋，并且因此第一次尝到了报复的滋味。如同吉彻和群狼在一起时偷偷把狗从营地勾引出来饱餐一顿一样，白牙如法炮制，把唇唇引诱到了吉彻报复的嘴边。在唇唇前面退撤时，白牙迂回逃跑，在营地的各个帐篷中间绕来绕去。它是一个奔跑好手，和它一样大小的狗崽子，谁都跑不过它，连唇唇也甘居下风。但是这次它没有竭尽全力奔跑。它把自己把握得很好，只比它的追逐者抢先一步。

唇唇，因为追逐兴奋不已，它的牺牲品又总是近在咫尺，便忘记了谨慎和地利。当它想到地利时已经为时晚矣。围绕帐篷跑得正欢，它一头撞上了卧在那根棍子端头的吉彻。它大惊，嗷嗷一声叫唤，随后吉彻便用惩罚的大嘴把它咬住了。吉彻被拴着，但是唇唇也很难逃脱它的大嘴。吉彻把它掀翻在地，它不能跑掉，而吉彻正好用牙齿啃它、咬它。

最后它总算摆脱出来，连滚带爬的，狼狈不堪，身体受到了伤害，精神也受到了打击。它的毛发浑身都乱七八糟，被吉彻的牙齿咬得一团一团的。它站在爬起来的地方，张着小嘴，长长地哀叫一声，好不心碎。但是，溃败到如此地步还没有完。就在它哀叫之际，白牙冲了过来，一口咬住了唇唇的后腿。唇唇早已无心恋战，不顾廉耻地夺路而逃，可它的牺牲品紧追不舍，搞得它心急火燎地跑回了自家帐篷。好在印第安女人伸出援手,这时白牙变成了一个绝不善罢甘休的魔鬼,在雨点般的石头追打下才跑开了。

这天终于盼到,格雷·比弗认定吉彻不会轻易跑掉,让它恢复了自由。白牙看见母亲自由了,欣喜不已。它陪伴母亲在营地欢欢喜喜地走动;而且,只要它紧紧跟在母亲身边,唇唇只能远远地待在一边。白牙甚至冲唇唇毛发竖起来,绷直腿走得不可一世,但是唇唇对它的挑衅视而不见。唇唇没有自作聪明,不管它多么想报复一下,但它只能等待白牙孤身一个时再做道理。

那天之后,吉彻和白牙溜达到紧邻营地的树林的边缘地带。它把母亲领到这里来,一步接一步,等母亲停下了,白牙试图引诱母亲走得更远。小溪、洞穴和静静的树林都在呼唤它,它想让母亲一起走。它跑出去几步,停下来,往回张望。母亲没有动。白牙呜呜地请求,在矮树丛里钻出钻进,忘情玩耍。它跑回母亲身边,舔它的脸,随后又跑走了。母亲还是不为所动。它只好停下来回望母亲,神情刻意而急切,全身都在向母亲示意,但是见母亲扭过头去张望营地,白牙也只好把心收回来。

远处的空地上有什么东西在呼唤它。它母亲也听见了。可是母亲还听见更响亮的呼唤,营火的呼唤,人的呼唤——这呼唤是所有动物向狼喊出来等待回应的,向狼和野狗喊出来,因为它们是兄弟。

吉彻转身慢慢地一颠一颠地向营地跑去。那根棍子只是肉体的管束,而营地对它的管束更强大。诸神虽然看不见,很隐秘,却威力不减,紧紧抓着不放,不让它离去。白牙坐在白桦树的影子里，轻轻地呜咽。松树的气味很强烈，树林的一丝丝芳香充斥空气，让它想起了往昔的生活，那时它还没有被管束住。可是它还只是一只半大的小崽子，人的呼唤和野性的呼唤，都还没有母亲的呼唤吸引力大。它短暂的生命的所有时光都是母亲陪伴度过的。独立的那天迟早会来的。于是，它站起来沮丧地跑回营地，走走停停，停停走走，坐下来呜咽，聆听森林深处袅袅不绝的呼唤之声。

母亲陪伴幼崽在荒野的时光固然短暂；但是在人的主宰下度过的时光更短暂。白牙的情况也如此。且说格雷·比弗欠着舍里·伊戈尔斯的债。舍里·伊戈尔斯要到麦肯齐河上游的大奴湖一趟。格雷·比弗为了抵债，为这趟出门送上一块红布、一掌海獭皮、二十发子弹，还有吉彻。白牙看见母亲被拉进了舍里·伊戈尔斯的独木舟，想跟母亲去。舍里·伊戈尔斯用棍子把它赶回了陆地。独木舟离岸而去。白牙跳进水里，在独木舟后面游泳追赶，对格雷·比弗让它回来的喊叫充耳不闻。即便是人形动物，一尊神，白牙也不为所动，因为失去母亲对它来说太可怕了。

然而，众神神通广大，难以逃脱，而格雷·比弗怒气冲冲地划起独木舟全力追赶。等他追上白牙，伸出手一把抓住了它的后颈。他没有立即把白牙扔进独木舟里。他用一只手抓起它，另一只手一下又一下地揍它。这是一顿狠揍。他下手很狠。每一下都打得很疼；而他打了不知多少下。

格雷·比弗痛下狠手，雨点般的巴掌落下，一会这边扇，一会儿那边扇，白牙前后躲闪，像一个急剧摇摆的钟摆。它心头百味翻滚，一阵接一阵。起初，它只是大吃一惊。随后是瞬间的惧怕，巴掌打下来猞猞地惊叫几声。然而，这种情绪很快就由愤怒取代了。它自由的天性毕露无遗，露出它的白牙，无所畏惧地当着愤怒的神的面吼吼大叫。这只能让神更加愤怒。击打更快，更狠，更疼痛难忍。

格雷·比弗不停地打，白牙不停地嗥叫。但是这场较劲不会一直持续下去。双方得有一个认输，而这一方只能是白牙。惧怕再次袭来。这是第一次真正地被人制服。它过去偶尔挨一棍子或者挨一石头比起这次挨揍，那就是抚摸了一下。它垮了，开始哭泣和呜咽。一时间，每揍一下它就呜咽一声；但是惧怕变成了恐惧，最后它的呜咽声断断续续，和惩罚的节奏脱节了。

最后，格雷·比弗停下手来。白牙被软塌塌吊在空中，还在哭泣。这似乎让它的主子感到满意了，粗鲁地把它扔到了独木舟的底上。与此同时，独木舟一直向下游漂去。格雷·比弗拿起了桨。白牙有点碍事。他野蛮地用脚踢开了白牙。这时，白牙的自由本性再次爆发，牙齿咬进了格雷穿着鹿皮靴的脚。

刚才那顿暴揍，比起它这时挨的击打，根本算不得什么了。格雷·比弗怒火冲天；白牙同样吓得暗无天日。不仅仅手，还有那支坚硬的桨，都抡到了它身上；它再次被扔到独木舟里时，它小小的身子浑身肿胀，生疼。又一次，格雷·比弗故意踢了它一脚。白牙没有再次咬他的脚。它又学了"管束"一课。不管什么情况下，它都千万别咬这尊神了，他是爷，是它的主子；爷和主子的身体是神圣的，它的牙齿哪里敢去玷污。胆敢玷污，那显然是罪上加罪，这行大罪没有宽恕，万恶不赦。

独木舟到岸后，白牙躺在船底呜咽不止，一动不动，听凭格雷·比弗的处置。格雷·比弗要它上岸，它才敢上岸，于是格雷·比弗一下子把他扔到了岸上，把它的肋侧狠狠地摔在地上，让它肿胀的身体更疼了。它颤颤巍巍地爬起来，站着呜咽。唇唇在河岸目睹了整个过程，这时向它冲过来，把它撞了一个跟头，一口咬住了它。白牙实在无能为力，无法保护自己，要不是格雷·比弗一脚踢过去，暴力十足地把唇唇踢到了空中，在十几英尺的地方啪嚓摔在了地上，它也许就挺不过去了。这就是人形动物的公道；即便到了这等可怜的田地，白牙还是体验到了一阵小小的感激之情。于是，它一瘸一拐地跟在格雷·比弗的身后，俯首帖耳地穿过村子回到了帐篷。这一次，白牙领悟到，惩罚的权利是诸神为自己所用的东西，绝对没有他们之下的低等动物的份儿。

那天夜里，万籁俱寂时，白牙想起了母亲，为母亲悲号起来。它的号啕声音太大，把格雷·比弗吵醒了，又揍它一顿。这之后，只要诸神在左右，它就只能轻轻地呜咽。不过，有时，它独自溜达到树林的边缘，便尽情地释放悲情，呜呜地哀号不止。

它一边哀号，一边聆听，想起了那个洞穴，那条小河，便向荒野跑去。但是它记起母亲，因此停下来。等出猎的人形动物外出并返回时，母亲才能在什么时候回到村子里。因此，它只好让人管束着，等母亲回来。

不过，这并非不幸的管束中唯一的事情。让它感兴趣的东西还很多。一些事情总在发生。诸神干出的奇怪事情没有穷尽，它总是好奇地观看。还有，它在学习如何和格雷·比弗相处。听话，不得违拗，唯命是听，是它获得的心得；听话了，它就不会挨打，才有活路。

不仅如此，格雷·比弗有时会扔给它一块肉吃，还护着它不让别的狗来抢吃。这样一块肉就是价值所在。这块肉，说来很奇怪，居然比印第安女人用手扔来的十几块肉都有价值。格雷·比弗从来不拍它，不溺爱它。也许他下手很重，也许他手握公道，也许他就是强权，也许是所有这些因素在影响白牙；一种依附的纽带维系在它和它那严厉的主宰之间。

暗中出招，还有更残酷的手段，棍子和石头，巴掌猛扇，管束的镣铐——加害它一身。当初制造它这类型的种种因素，可能让它们敢到人的火边来，这些因素是可以开发的。它身上的这些因素正在开发，营地的生活，实际上苦不堪言，却始终悄悄地让它喜欢上了。但是，白牙并不清楚这点。它只是为失去母亲心里痛苦，盼着母亲回来，如饥似渴地向往以往的那种自由自在的生活。

第三章 被逐者

　　唇唇继续让它过着暗无天日的日子，因此白牙就变得更加恶毒，更加凶残，超出了它与生俱来的东西。野蛮是它与生俱来的一部分，但是野蛮如此开发却超出了它的本质，在人形动物中间赢得了恶毒的名声。营地里只要出现麻烦或者吵闹、打架和争吵，或者女人因为一块肉被偷窃大呼小叫，人们一准会算到白牙的头上，一般说来它还就是祸根。人们不屑为它的行为一探究竟。人们只看结果，而结果是坏的。它是一个蔫坏鬼，是一个窃贼，一个恶作剧老手，一个麻烦制造者；激怒的女人当面骂它，它则从旁机警地瞄着她们，随时躲避飞过来的抛掷物；她们还指责它是一只狼，没用的东西，注定没有好下场。

　　它特立独行，在吵闹的营地里成了一个被逐者。所有的小狗都服从唇唇的领导。白牙和它们格格不入。也许它们感觉出它是荒野老林里出生的，本能地感觉到它身上的敌意，那是家狗从狼身上感觉到的。事情当然不止如此，它们和唇唇联合起来迫害它。而且，一旦宣称和它作对，它们就有充分理由继续和它对着干。一次又一次，它们谁都挨过它咬；它咬别人，别人咬它更多。它们中间很多狗，一对一都不是它的对手；但是没有谁与它单打独斗。这样的仗一旦打起来，营地的小狗就一呼百应，纷纷赶来和它一决雌雄。

它从这样的群体迫害中总结出两件很重要的事情：如何在群架中保护自己；如何在一对一的对决中干脆利落地给予对方最大程度的伤害。在寡不敌众的战斗里站稳脚跟就能活命，它对此深得要领。它在站稳脚跟的能力上，锻炼得像一只猫。即便成年狗用沉重的身子冲撞它，撞得它连连后退或者歪歪斜斜；它倒退也好，一旁歪斜也罢，在空中或者地上滑动也算，但是它总是保持腿在身下，蹄子站在大地上。

狗打架，在开始真的投入战斗之前，一般都有准备活动——吠叫啦，毛发直竖啦，伸直腿刨地啦。但是白牙另有心得，省去了这些预备活动。拖延意味着所有的小狗一起向它扑来。它必须赶快干完自己的事，躲到一旁。因此，它学会不宣而战。它瞬间发起攻击，出口就咬，下口要狠，出其不意，让它的敌人措手不及。这样，它学会了闪电战，击中要害。它还深得突然袭击的要领。一只狗在不知道会发生什么事情时，往往放松警惕，等它的肩膀或者耳朵被撕裂或者咬成碎条了，也就把它拿下一半了。

更有甚者，通过突然袭击把狗撞翻，是轻而易举的；一只狗被撞翻时，十之有九会在倒地的时刻把脖子柔软的下部暴露出来——这里是直取其性命的软肋。白牙对此心领神会。这招是一代一代的狼继承下来直接传授给它的。因此，白牙发起攻击时，它的方法是这样的：首先，发现一只孤单的小狗；其次，突然袭击,把它撞翻在地;第三步,用牙齿咬住它那柔软的喉咙。

刚刚长成了半大狗,它的嘴巴还不够大,力量不足,不能咬住喉咙就致命;不过,很多只在营地走动的小狗的喉咙都伤痕累累,这是白牙拿手好戏留下的标志。一天,白牙在树林边缘碰到一个敌人在单独活动,就一次又一次地把它撞翻,一次又一次地攻击喉咙,好不容易把大动脉咬断,要了它的命。那天夜里营地闹翻了天。它被查了出来,消息传到了那只死狗的主人那里,女人们想起所有偷肉的事件,格雷·比弗被很多气愤的声音围住了。但是,他把自家帐篷的门关得死死的,坚决不开,把小罪犯关在里面,他部落的人嚷嚷着要报仇,但是他就是不答应。

白牙遭到了人和狗的憎恨。在它的发育期,它从来没有体会到一刻安全。每只狗的牙齿都冲它来,每个人的手也不饶它。它的同类见面就冲它嗥叫,诸神则用咒骂和石头迎接它。它活得很紧张。它总是把神经绷得紧紧的,警惕着攻击,也警惕着被攻击,盯着突如其来的飞来物,准备随时躲避,冷静应对,一跃而起牙齿咬定或者仓皇逃离,嗥叫得咄咄逼人。

至于嗥叫嘛,它比营地里任何一只狗都叫得吓人,不管小狗还是大狗,都甘拜下风。嗥叫的用意是警告或者恐吓,什么情况下警告或者恐吓,它会待势而定。白牙知道如何嗥叫,什么时候嗥叫。它的嗥叫里什么成分都有,凶狠、恶毒和恐惧,一应俱全。它的鼻子不断抽搐像锯齿丛生,毛发竖立着一波一波地忽闪,舌头垂出口外像一条红蛇摆动并打几个弯又收回去,耳朵耷拉着,眼睛闪着仇恨的光,嘴唇向后裂去,白牙毕露,涎水滴滴,它这凶神恶煞样把就要进攻的一方镇得一愣。就是这一愣的瞬间，防卫失守，它就得到了关乎生死的时刻，一举定夺它的行动。不过，这种停顿往往会拖长时间，攻击延宕成了彻底的停战。在不止一只成年狗面前，白牙的嗥叫都逼迫对方体面地撤退了。

它自己成了半大狗群的被逐出对象，就要让这群狗迫害它付出代价，它的招数很血腥，效率奇高。不容许它本人和狗群活动，这一罕见的事态另有收获，那就是这个狗群的任何成员都不敢离开群体半步。白牙不允许。它在灌木丛打伏击，在路边打伏击，小狗们都害怕单独奔走。除了唇唇，它们都不得不成群结队，互相保护，对付它们孤立起来的那个可怕的敌人。一只小狗单独在河边漫游，那等于做一只死崽子，或者一只从路边埋伏的狼崽口中逃回营地的狗崽，吓得吱哇乱叫，闹得营地鸡飞狗跳。

但是，白牙的报复没有停止，哪怕小狗们已经彻底学乖，必须成群结队。它只要逮住单独行动的，就攻击，而它们只要成群结队，就攻击它。它们一看见它就开始在后面猛追，它跑得飞快，一般都会安全逃脱。在这样的追击中，在它的伙伴前奔跑的狗可就惨了！白牙学会突然转身扑向狗群打头阵的追击者，在群狗赶到之前，它就能把出头鸟彻底收拾一通。这样的情况屡屡发生，因为，一旦群吼起来，狗们就很容易忘记它们追逐的兴头正浓，而白牙自己却永远不会忘记。它一边奔跑一边偷偷往回看，随时准备着杀个回马枪，把冲出同伴行列的过激的追逐者放倒在地。

小狗生来喜欢玩耍，从这追逐的各种紧急事件中，它们意识到这种模拟战争也是一种玩耍。于是，追猎白牙成了它们的主要游戏——这是一种死亡游戏，而且始终是严肃的游戏。另一方面，它既然是跑得最快的，也就不怕到处闯一闯了。在徒然等待它母亲回来的这段时间里，它带领这群小狗在临近的树林里撒野地追逐。可是狗群十之有九会失掉它。群体的嘈杂和吠叫告诫它群狗来了，而它独来独往，蹄下生风，悄无声息，像它父亲和母亲的样子，成了树林里的一个活动的影子。还有，它和荒野联系更直接，是它们比不了的；它更了解那个群体的秘密和策略。它的拿手好戏是在流水中断绝自己的踪迹，然后静静地卧在灌木丛附近，听凭它们闷声闷气地吠叫，在它周遭此起彼伏。

它的同类恨他，人类恨他，强加于它的战争一次又一次，没完没了，而它自己也在进行没完没了的战争。它发育得很快而且朝着一个方向发育。没有土壤供善良和仁爱开花。它根本看不到这样的东西。它学到的准则是服从强者，欺压弱者。格雷·比弗是神，神通广大。因此，白牙服从他。但是，比它小比它弱的狗是弱者，是可以恣意践踏的东西。它的发育方向就是强权。为了面对伤害它的不断的危险，置它于死地的危险，它偷袭和保护的功能都超常发育了。它的活动远比别的狗迅捷，蹄子更灵敏，脾性更狡诈，用心更毒辣，反应更灵敏，身体瘦削但肌肉和肌腱却坚硬如铁，更有耐力，更残忍，更凶猛，更智慧。它具备了所有这些东西，要不然，它就没有立足之地，在它无法选择的敌对环境中也难以存活下来。

第四章　诸神的踪迹

这年的秋天，白天越来越短，寒冷袭人，弥漫在空气中，白牙得到了自由的机会。几天来，村子里到处闹腾。夏季的营地在拆除，部落在打理行装，准备出发，进行秋季打猎。白牙眼巴巴地从旁观望，一顶接一顶帐篷倒下，独木舟在河岸边装载，它看明白了。独木舟已经离开，一些在河的下游消失了。

它按兵不动，故意拖延，决意留下来。它瞅准机会溜出营地，钻进了树林。在开始结冰的流水河段，它断绝了它的踪迹。随后，它爬进一处茂密的灌木丛的中央，静静等待。时间流淌，它时睡时醒，过了几个小时。随后，它被格雷·比弗喊叫它名字的声音惊醒了。还有别人的喊声。白牙听得出格雷·比弗的女人也在搜寻，还有米特撒赫，格雷·比弗的儿子。

白牙害怕得发抖，而且尽管爬出藏身之地的冲动来袭，可它坚持不动。过了一会儿，喊声没有了，又过了一会儿，它爬出来，享受大功告成的喜悦。黑暗来了，它在树林中玩耍，自由自在地尽兴。然后，猛然之间，它意识到了孤独。它卧下来权衡，聆听森林里的沉寂，又因为沉寂而不安。没有动静，没有声音，似乎情况不妙。它感觉危险在迫近，看不见，摸不着。树干的或隐或现以及黑影团团令它忐忑不安，疑心有什么危险的东西隐藏其间。

夜气凛冽。这里没有帐篷温暖的一面供它蜷卧。冰冻就在它的脚下，它不停地抬起前蹄，这只抬了换另一只。它卷起蓬松的尾巴覆盖起来，这时它看见了一幕图景。一切都不陌生。在它的脑海里，记忆的图画一幅又一幅展现出来。它又看见了营地，帐篷，火焰。它听见女人的尖叫，男人的粗门大嗓，还有狗的声声吠叫。它饿了，想起一块块向它扔过来的肉和鱼。这里却没有肉，什么都没有，只有危机四伏，万籁俱寂。

管束让它软化了。不担责任的结果让它弱化了。它忘记了如何自食其力。黑夜向它张开大口。它的感官，已经习惯了营地的吵闹和熙攘，习惯了持续不断的景物和声音，现在却无所事事了。不只无所事事，也什么都看不见，什么都听不见。各种感官绷得紧紧的，从大自然的寂静和呆滞状态里捕捉异常的动静。没有动静，却又觉得什么事情随时会可怕地发生，各种感官因此不知所措了。

它猛然间吓了一跳。它看见地面上有什么东西冒出来，巨大而无形。原来是月亮照射下来的树影，阴云从月亮面前闪过去了。弄清了情况，它轻轻地呜咽一声；接着它就把呜咽强压下去，因为它担心各种潜伏的危险会盯上它。

一棵树在黑夜的寒冷中收缩，咔吧响了一声。这响声就在它头上。它吓得吠叫起来。恐慌攫住了它，它发疯地向村子跑去。

它很清楚它渴望保护，渴望人的陪伴。它闻见了营地炊烟的味道。耳朵边传来营地的声音和喊叫，异常响亮。它冲出森林，来到洒满月光的空地，这里没有影子，不是漆黑一团。但是它眼前没有村子了。它糊涂了。村子早已撤离了。

它发疯的奔跑突然停下来。它没有什么地方可去。它形单影只地在荒凉的营地溜达，嗅辨垃圾堆以及诸神扔掉的袋子和破烂。它这时很愿意那些气呼呼的女人把石块向它扔来，很高兴格雷·比弗的手怒气十足地向它揍下来；它甚至很喜欢唇唇和那一大群吠叫的胆怯的小狗冲过来。

它来到格雷·比弗的帐篷原在的地方。在帐篷的中心地带，它卧了下来。它向月亮伸出去鼻子。它的喉咙被生硬的痉挛搞得难受，嘴巴大张，在一阵心碎的哀叫中倾诉它的孤独和惧怕，倾诉它对吉彻的思恋，倾诉它往昔的忧愁和苦难，也倾诉它对未来的苦难和危险的担忧。这是一声狼的长嗥，扯足嗓子，张开大口，第一次这样长嗥，它以往从未有过。

白天来了，冲淡了它的恐惧，但是增添了它的孤独。赤裸的大地，眨眼工夫前还熙熙攘攘，两相对照更让它感到孤独难耐。它没有费多大工夫就拿定了主意。它一头冲进了森林，沿河岸一路奔去。一整天它都在奔走。它没有休息。它似乎生来就是奔跑的料。它雄狮般的身体没有把饥饿当回事儿。即便饥饿来袭，它还有坚韧的遗产，可以让它精力充沛，能让它驱赶抱怨的身体继续向前。

到了河流绕行陡峻的崖壁的地方，它翻越高山而行。遇到与主流汇合的小河和小溪，它或者蹚过或者游泳。它经常踏着开始结冰的河沿奔走，它不止一次踩破冰层掉进河流，在冰冷的洪流里拼命挣扎。它一直盯着诸神的踪迹，察看人们在哪里离开河流，进了内地。

白牙远比它同类的狗要聪明；然而，它脑子的视野还不够宽阔，无法遍览麦肯齐河的对岸。如果诸神的行迹跨河而过，又当如何呢？这个念头从来没有进入它的脑海。以后，等它行走路程更多，成长得更大更聪明而且对小路和河流了解更多了，它就可以抓住并领会这样的可能性了。不过，那种脑力还是未来的事儿。眼下它只好盲目地奔走，它奔走在麦肯齐河哪边就是它自己的河岸，它只会这样算计。

它奔跑了一整夜，在黑暗中盲打盲撞，阻碍重重，但是没有吓倒它。到了第二天中午，它连续奔跑了三十多个小时，铁一样的肉体也吃不消了。它脑子里的坚忍不拔让它停不下脚步。它四十个小时里没有进食，它饿得虚弱不堪。它一次又一次掉进冰水里呛水，同样影响了它。它一身漂亮的皮毛又脏又湿。它宽大的蹄掌肿胀起来，血糊沥拉。它开始瘸起来，一瘸，行走就费时了。更糟糕的是，天空的光线暗淡下来，雪开始飘落了——湿冷的多水的易化的黏身的雪，落在蹄子下滑溜溜的，把它行走的地面隐藏起来，把高低不平的地面覆盖住了，因此它蹄子下的路更难行走，更苦不堪言。

那天夜里，格雷·比弗本打算把营地扎在麦肯齐河远岸，因为猎捕的方向就在那边。然而，在这近岸一带，天暗下不久前，一只驼鹿来河边喝水，格雷·比弗的女人克鲁库奇瞅见了它。瞧，如果不是驼鹿来河边喝水，如果不是米特撒赫因为下雪没有偏离路线，如果克鲁库奇没有看见那只驼鹿，而且如果格雷·比弗没有用步枪幸运地打中驼鹿，那么，所有后来的事情都就截然不同了。格雷·比弗不会在麦肯齐河的近岸安营，白牙就会错过继续前行，或者死掉或者另辟蹊径，去找它那些荒野兄弟，成为它们中的一员——一辈子做一只狼。

夜幕降临了。雪下得更加纷繁，白牙一边磕磕绊绊地一瘸一拐地走，一边轻轻地哼哼给自己听，终于来到了雪地里一溜新踪迹上。印迹像是刚刚踩踏出来，它知道马上就要见分晓了。急切地呜咽不止，它从河畔跟回来，来到树木间。营地的嘈杂声飘进了它的耳朵。它看见了火焰，克鲁库奇在做饭，格雷·比弗蹲在那里咀嚼一块生肉脂。营地里有鲜肉了！

白牙满以为要挨一顿揍。它想到免不了一顿揍，身子缩起来，毛发竖起来。然后它向前走过去。它知道一顿暴揍在等着它，它害怕，也不喜欢。但是它知道，要想在火边享受舒适，就得挨一顿揍，诸神的保护才会有，狗们的陪伴才会有——说到底，狗群的陪伴虽有敌意，但是好歹那是陪伴，可以满足它群居的需求啊。

它蔫头耷脑地爬到了火堆边。格雷·比弗看见了它，嘴里不再咀嚼生肉脂了。白牙爬得很慢，卑躬屈膝，匍匐而行，屈从和臣服的样子实在可怜。它直接向格雷·比弗爬了过去，每爬一英寸就放慢一点点，一副苦不堪言的样子。最后，它卧在主人的脚边，这下完全把自己交给主人处置了，自觉自愿，肉体和灵魂，悉数上交。这是它自己的选择，它主动来坐在人的火堆旁，接受主人的统治。白牙浑身哆嗦，等待惩罚降落在它身上。它眼前的手在活动。它不由自主地畏缩了一下,期待暴揍来临。但是,那只手没有落下来。它偷偷向上瞄了一眼。格雷·比弗把那块生肉脂一分为二了!格雷·比弗把一块生肉脂喂给它吃!非常稳当地,甚至有点疑虑地,它先闻了闻那块生肉脂,然后接住吃了。格雷·比弗吩咐拿肉来给它吃,在它进食时还防护别的狗来抢食。饱餐一顿,又感激又满足,白牙躺在了格雷·比弗的脚旁,凝视着温暖的火苗,眨眼,瞌睡,心下十分清楚,明天会看见它,没有在荒凉的森林延绵带里凄惨地游荡,而是在营地的人形动物中间走动,和诸神在一起,它把自己交给了他们,此后它要依靠他们了。

第五章 誓 约

　　十二月临近时,格雷·比弗要到麦肯齐河上游一趟。米特撒赫和克鲁库奇跟他一起去。格雷·比弗亲自赶雪橇,由他过去交换来或者借来的狗拉着。第二架小一点的雪橇由米特撒赫赶,而这架雪橇则是由一队小狗拉套。这纯粹就是小孩子过家家。不过米特撒赫高兴坏了,因为他觉得开始在这个世界干大人所干的事情了。再则,他要学着驾驭狗,训练狗;而小狗它们需要调教拉套了。再不济,这小雪橇也派上用场了,因为雪橇虽小,也拉了近两百磅的装备和食物呢。

　　白牙曾见过营地狗拉套的艰辛,因此第一次给它套上挽具时没有愤愤不平。它脖子上套了一个填充了苔藓的轭,由两根缰绳连起来,而缰绳又和绕在胸前和背上的一个皮带连在一起。这条带子和一根长绳捆在一起,它依靠长绳拉着雪橇走。

　　雪橇队里有七只小狗。别的狗是当年早些时候生的,有九到十个月大了,而白牙才八个月大。每只狗都由一根绳子固定在雪橇上。没有两根绳子是一样长的,而两根绳子长短区别至少有一只狗的身长。每条绳子都拴在雪橇前端的一个圆圈上。雪橇自身没有滑板，是桦木皮做成的平底雪橇，前端翘起来，避免雪橇往雪里钻。这个结构可以使雪橇和载重最大限度地分散到雪地表面；因为雪是晶莹的粉末，很软。按照把重量最大限度地分散的同样原理，狗的套索后面的狗从雪橇鼻开始形成一个扇面，这样一来一只狗就不会踩到另一只狗的脚步上了。

这样的扇形结构还有另一种功能。绳子长短不一，阻止了狗从后面攻击跑在它前面的狗。因为一只狗要攻击另一只狗，那只能在更短的绳子里转身。这样一来，攻击的狗到头来只能和被攻击的狗面对面干仗，也就只能自找苦吃，驭手的鞭子随时会抽下来。但是，所有功能中最突出的功能，其实是那只力图攻击它前面的狗的家伙，不得不把雪橇拉得更快才能得逞，而雪橇行走得更快了，那只被攻击的狗就逃脱得更快了。如此这般，居后的狗永远无法追上居前的狗。它跑得越快，被追的狗跑得越快，所有的狗跑得也就越快了。雪橇跑得更快就顺理成章了，这样一来，一环套一环，人巧妙地加强了对畜生的掌控。

米特撒赫长得很像父亲，父亲拥有的老道之举他深得真传。早先他观察过唇唇迫害白牙的情况；不过那时候唇唇是另一个人的狗，米特撒赫充其量只敢偶尔向唇唇扔一两块石头。然而，现在唇唇成了自己的狗，他便开始对唇唇实施报复，把唇唇排在那根最长的绳子的顶头。让唇唇做了头狗，这显然徒有虚名；实际上把它所有名誉都剥夺了，不仅不能欺压和主宰狗群，这下自己倒成了狗群憎恨并迫害的对象了。

因为唇唇奔跑在最长的绳子的顶头，狗总是看见它在前面奔跑。它们所见的只是它蓬松的尾巴和欢跑的后腿——这一景比起它挓挲的毛发和白森森的牙齿，远不算那么凶猛和剽悍了。还有，按狗脑子的套路形成这样的看法，见它在前面奔跑而去追击它，总感觉它要一走了之。

雪橇一上路，狗队就开始追击唇唇，一追就追一整天。一开始它动不动就转身攻击它身后的追逐者，因为它们嫉妒它的威势，气不打一处来；可惜它刚一转身米特撒赫就及时把三十英尺的驼鹿肠子做的鞭子抽下来，准准地抽在它的脸上，逼迫它掉转尾巴向前奔跑。唇唇可以面对狗群，但是它不敢面对鞭子，它所能做的只有把它的长绳拉直，别让它的伙伴的牙齿咬到它的身侧。

不过，更了不起的心机暗藏在印第安人脑子的犄角旮旯。为了突出没完没了地追逐头狗的活动，米特撒赫让唇唇享受别的狗得不到的好处。这些好处引起了群狗的嫉妒和憎恨。当着群狗的面，米特撒赫会给唇唇一块肉，而且只给唇唇不给别的狗。群狗于是在鞭子莫及的地方气得直跳脚，而唇唇吞食那块肉，米特撒赫还在一旁对它严加保护。如果没有肉给唇唇吃，米特撒赫还会把群狗轰开，让它们以为他在给唇唇肉吃。

白牙对待这个活儿无怨无悔。它心甘情愿地服从诸神的统治，已经比别的狗奔走了更多的路程，它很明白，跟诸神的意志作对完全是自讨苦吃。此外，它遭受狗群的迫害，让狗群在诸般计划中都不必多虑，对人却崇拜有加。它没有学会依靠同类做伴。另外，吉彻差不多已被忘记干净；它自己保留的主要的内心表达，就是对它已经当作主人接受的诸神的忠诚。因此，它埋头干活儿，谨记纪律，俯首听命。它苦干的特点就是忠心耿耿，心甘情愿。这些都是狼和野狗经过驯化后的基本素质，白牙拥有这些品质的程度非同一般。

白牙和别的狗之间不存在什么陪伴关系，只有征战和敌意。它一向没有学会和它们玩耍。它只知道如何干仗，而且和它们打过架，在唇唇领着一群狗撕咬它的那些日子里，它成百倍地以牙还牙。不过，唇唇不再是领袖了——现在只是在缰绳头里领着同伴一路飞奔，雪橇在后面颠簸随行。在营地里，唇唇寸步不离米特撒赫或者格雷·比弗或者克鲁库奇。它不敢擅自离开诸神，因为眼下所有的牙齿都针对着它而来，它尝到了白牙受迫害时吃过的苦头。

唇唇被推翻，白牙就有机会做狗群的领袖了。但是，它特立独行，不适合做头头。它只是痛击它的队友。它也不把它们当回事儿。它们见它过来，就赶快躲到一边；狗队里最胆大妄为的也不敢从它口里夺食。恰恰相反，它们只是饥不择食地赶紧把自己的那份肉吞下去，担心白牙会抢吃它们的东西。白牙对法则了如指掌：欺压弱者，服从强者。它尽快吃下它那份肉，能吃多快吃多快。随后，没有吃完的狗就该倒霉了！一声吼叫，牙齿出击，那只倒霉的狗只好向不肯襄助的星象倾诉一腔悲愤，而白牙只管替它把口粮吃掉。

但是，每过一会儿，一只或另一只狗会奋起反抗，却很快被镇压。白牙不断受到这样的训练。它很在乎被孤立的身份，因此在狗群里自处中央，而且经常为此打架。不过这样的战斗都是速战速决。它总让对方猝不及防。它们来不及明白发生了什么事情，自己身上早伤口大开，鲜血淋漓，还来不及开始还击就挨了鞭子。

如同诸神的雪橇纪律是硬性的一样，白牙在它的同伴中间维持的纪律也是硬性的。它从来不给它们可乘之机。它强迫它们对它敬而远之。它们自己之间爱怎么办怎么办，那不关它的事儿。它只关心它们别搭理它，让它孤立，它一旦走到它们中间，它们都闪一边去，随时都要明白它可以任意摆弄它们。它们那厢胆敢直腿刨地，抬起嘴来，毛发竖起，那它就会立刻扑将过去，毫不留情，残忍无比，立马让它们相信它们犯了大错。

它是一个龇牙咧嘴的暴君。它的掌控像钢铁一般坚硬。它压迫弱者带着复仇心理。它小时候，母亲和它相依为命，孤立无援，为活命只得面对残酷的斗争，在荒野的恶劣环境里挺住并活下来，这可不是白挨的。它学会遇到超强力量擦肩而过就蹑足蹑蹄行走，也不是白学的。它欺压弱者，但是它崇拜强者。和格雷·比弗长途跋涉的一路上，在各营地里碰上陌生的人形动物，它都毫无例外地蹑足蹑蹄地走在大狗中间。

一晃几个月过去了。格雷·比弗还在旅途。在路上长时间奔波，拉着雪橇一刻不停地苦做，白牙的体力练出来了；而且随着体力增长它的脑力发育也似乎几近完成。它已经彻底搞明白了它生活其中的这个世界。它的眼界是惨淡的、唯物的。它所了解的世界是凶残的、冷酷的，一个没有温暖的世界，一个不存在抚爱、情爱和精神上的明亮温馨的世界。

它一点不爱格雷·比弗。没错，他是一尊神，却是一尊极其野蛮的神。白牙乐意承认他的主宰地位，但是这一主宰地位是以超常智慧和冷酷力量为基础的。白牙肉身的组织里有某种东西，让这一主宰地位成为不可或缺的东西，否则它就不会从荒野返回来，专门来呈献它的忠诚。它本质里深藏不露的东西从来没有发出声响。格雷·比弗这个人，只要一个和蔼的词儿，用手爱抚地触摸一下，就会让那些深藏不露的东西发出声响；然而，格雷·比弗没有爱抚，没有一句和蔼的话。这不是格雷·比弗的做派。格雷·比弗本质上是野蛮的，因此他野蛮地统治，用棍子实施公道，用痛击惩罚过错，对功劳给予奖赏，不用和蔼的态度，只是不动刑罚而已。

因此，一个人的手可以为白牙带来的天堂，它一无所知。再说了，它也不喜欢人形动物的手。它对人手深有疑虑。没错，人手有时扔给肉吃，可是更多的时候带来伤害。人手这东西，躲而远之的好。人手扔石头，挥舞棍子、大棒和鞭子，扇耳光，捶身子，而且，人手触摸它时，拧，掐，揪，招招都很阴险。在陌生的村子里，它还领教过顽童的手，才知道顽童的手带来的伤害也很残酷。还有，它的一只眼睛差一点让一个蹒跚学步的小家伙抠出来。往事不堪回首，它因此对所有的顽童怀有戒心。它一点不待见他们。一看见他们不祥的手伸过来，它就立即站起来。

那是在大奴湖畔的一个村子里，因为对人形动物的手一直怀有戒心，它终于把格雷·比弗教给它的那条法则触动了一下；就是说，咬了一尊神一口，犯下了不可原谅的罪过。在这个村子里，按照所有村子里所有狗的习惯，白牙去寻找食物。一个男孩正在用斧头剁冻驼鹿肉，碎屑飞溅到了雪地里。白牙追着肉屑溜了过来，停下来开始捡吃那些碎屑。它看见那个男孩放下斧头，拿起来一根短棍。白牙一跳闪到一边，正好躲开了打下来的痛击。那个男孩向它追来，而它，是村子里的陌生狗，在两个帐篷间逃跑，却一头撞进了死角，一面高高的土堤岸挡住了去路。

　　白牙无路可逃。唯一的出路就在两架帐篷之间，而这条路被那个男孩堵住了。手拿短棍准备击打，他向他堵住的猎物步步逼近。白牙来气了。它面对男孩，挓挲毛发，嗷嗷直叫，它的正义感发威了。它知道寻找食物的法则。肉总有浪费掉的，比如冻肉的碎屑，狗找到了就可以吃掉。它没有做错，没有破坏法则，可这个男孩却如此多事，要揍它一顿。白牙几乎不知道发生了什么事情。它气得忍无可忍了。它出击太快，连那个男孩也不知道发生了什么事情。男孩只明白他糊里糊涂地倒在雪地里，他拿短棍的手被白牙撕开了一个大口子。

　　白牙知道它破坏了诸神的法则。它把牙齿咬进一尊神那神圣的肉里了，什么都别说了，就等着一顿顶顶可怕的惩罚吧。它飞逃到了格雷·比弗身边，蹲卧在他腿后寻求保护，这时那个被咬的男孩和家人找来，非要进行报复。然而，他们的复仇落空了，悻悻而去。格雷·比弗捍卫了白牙。米特撒赫和克鲁库奇也护着它。白牙听见了这场嘴仗，看见他们怒气冲冲的比比画画，明白它的行为是正当的。这样一来，它又搞明白神外有神。有它的诸神，还有别的诸神，神和神是不一样的。正义与非正义也大有讲究，它必须从自己的诸神手里获取一切。它大可不必从别的诸神那里争取非正义。用牙齿回击非正义，是它的特权。这也是诸神的法则。

　　这天过去之前，白牙对这一条法则领会到了更多的内容。米特撒赫，一个人到树林里捡柴火，碰上了那个被咬的男孩。那男孩还带了别的男孩，双方争吵起来。随后，所有的男孩都攻击米特撒赫。米特撒赫穷于应付。拳头雨点般地向他围攻。白牙最先看到了这场群架。这是诸神的事情，不关它的事儿。随后，它明白挨打的是米特撒赫，它自己专有的诸神之一，正在遭受不白之冤。没有理性的冲动占了上风，白牙任性地干了它想干的事情。它气得发疯，一下子就冲进了那些打手中间。五分钟后，林地上四处都是那些仓皇而逃的男孩，许多男孩的鲜血滴洒在雪地上，说明白牙的牙齿大有用武之地。米特撒赫回到营地讲述了情况，格雷·比弗吩咐拿肉喂白牙吃。格雷·比弗吩咐了一次又一次，肉拿来很多，白牙大快朵颐，在火边睡下，才知道这一法则别有洞天。

有了这些经历的线索，白牙进而明白了财产的法则和捍卫财产的责任。从保护它的神的身体到保护它的神的财产，这是一步，而它走出了这一步。要保护它的神的所有，就要对抗全世界——甚至可以发扬光大，去咬别的诸神。从实质上讲，这样一种行为不仅是渎圣的，而且伴随着危险。诸神神通广大，一只狗根本不是对手；可是白牙学会面对他们，在交战中要出招凶狠，无所畏惧。责任大于惧怕，行窃的诸神知道不能触动格雷·比弗的财产。

举一反三，白牙很快又弄懂了一件事情，那就是行窃之神一般说来是一个胆小如鼠的神，一听到警告的声音就逃之夭夭。还有，它明白了它一发出警告，格雷·比弗就立马能赶来相助。它进而知道，窃贼不是因为害怕它夺路而逃，而是因为害怕格雷·

比弗。白牙不是依靠吠叫报警。它从来不吠叫。它的高招是直接赶跑闯入者，只要可能就把牙齿一口咬出去。因为它特立独行，和别的狗没有来往，它特别适合保护它主人的财产；在这点上，它受到了格雷·比弗的鼓励。一经鼓励，白牙就加倍凶猛，更愿意单独行动。

几个月过去了，狗和人之间的这种誓约联系得越来越结实了。这是一种古老的誓约，是第一只狼从荒野来到人的身边就约定俗成的。而且，如同所有后来的狼和野狗所作所为的一样，白牙自愿地践行这一誓约。誓约的条例很简单。为了占有血肉之躯的神，它用自己的自由来交换。食物和火，保护和陪伴，是白牙从神那里得到的一些东西。作为交换，它看护神的财产，保护神的身体，为神干活，服从神。

占有一尊神意味着服役。白牙的服役是尽责和敬畏，但是没有爱。它不知道爱是什么。它没有爱的经历。吉彻成了一种遥远的记忆。另外，它不只放弃了荒野，也放弃了同类，干脆把自己交给了人。这个誓约的内容就是：如果它有缘再遇上吉彻，它也不会背弃它的神而跟吉彻走。它对人的忠诚似乎成了一条法则，比热爱自由还重大，比热爱同类和亲人还重大。

第六章 饥 荒

　　春天就要来到了,格雷·比弗正好完成了他的长途路程。四月天,白牙一岁了,它把雪橇拉回了老家的村子,米特撒赫给它解下了挽具。尽管它离长大成人还有一段长路,但是白牙和唇唇旗鼓相当,成了村子里最大的一岁狗。在它父亲这边论,是一只狼,而从吉彻这边论,它继承了共同的身段和力量,已经和成年狗的身材相当了。但是,它还没有长结实。它的身体单薄而修长,而体力靠的是筋肉而不是块头。它的皮毛是纯灰色,狼的颜色,一眼看去就是一只不折不扣的狼。它从吉彻那里继承来的四分之一的血肉在它身上没有明显的标志。尽管在它的脑力构建上发挥着作用。

　　它在村子里游荡,认出了它在长途旅行之前认识的各尊神,心下甚是满意。然后认识那些狗,像它自己一样长大的小狗,虽然长大了,但是看上去没有它记忆里残留的样子那么大,那么不可一世。还有,它不像过去那么害怕它们了,在它们中间迈着四方步,别有一种惬意的洒脱,这对它来说是新东西,十分受用。

白西科，一只老灰狼，在早先的日子里动不动就把大牙齿露出来，吓得白牙蹑足蹑蹄，缩头缩脑，掉头就跑。从白西科身上，白牙领教了太多它自己的微不足道；而现在白牙从白西科身上却看出自己身上发生的变化和发育有多么大。白西科年龄不饶人，越来越虚弱，而白牙青春年少，越来越强壮了。

一头驼鹿刚刚被杀死，群狗正在分而食之，白牙看出狗世界里的关系发生了变化。它自己抢到了一只蹄子和一块胫骨，上面连着一块不小的肉。从你抢我夺的群狗里撤出来——实际上已经跑出了它们的视野，躲在一个灌木丛后面——它正要吞咽它的战利品，这时白西科向它冲过来。白牙还不知道它在干什么，早已撕咬了闯入者两次，纵身跳到一边去了。白西科被对手的鲁莽和敏捷吓了一跳。白西科站在那里，傻呵呵地注视着白牙，那块胫骨生鲜而红艳，就在它们之间。

白西科老了，早已知道自己过去习惯欺负的狗们勇气大增。这番痛苦的经历，它不得已强咽下去，唤起它所有的智慧来对付它们。搁在过去的岁月，它早就怒不可遏地扑向白牙了。可此一时彼一时，它威猛不再，只好吞下这口苦水。它穷凶极恶抟挈毛发，隔着那块胫骨，虚张声势地盯着白牙。而白牙，回想起这只老恶煞的过去，似乎怯场了，自己先缩了一下，变小了，脑子里在盘算着万全之策，退出争夺但不失体面。

关键时刻白西科出错了。它只要做出一副穷凶极恶的样子，虚张声势下去，一切就胜算在握了。白牙正处撤退之际，见状会悻悻而去，把那块肉让给它。然而，白西科没有再等。它大大咧咧地低下头去闻那块肉时，白牙的毛发微微抟挈起来。就是这个时刻，白西科要挽回局面也为时未晚。它只需站在那块肉前，仰起头，吼吼地叫。白牙见状一准会悄然走开。然而，那块生鲜肉在白西科的鼻子前太馋人，贪欲敦促它一口咬了下去。

对白牙而言，是可忍孰不可忍。几个月来它浅尝了主宰队友的滋味，眼见别人吞咽本属于自己的鲜肉，它不能袖手旁观，怎么都控住不住自己了。按照它的一贯做派，没有警告，它扑了上去。第一口上去，白西科右边的耳朵就被撕成了碎条。白西科被如此突然的袭击吓蒙了。然而，一口接一口，一口比一口惨不忍睹，同样发生得迅雷不及掩耳。它被撞倒在地。它的喉咙被咬。它好不容易站起来时，那只年轻力壮的狗又把牙齿两次咬进了它的肩膀。身手快捷得令人晕菜。它徒劳地向白牙反扑了一次，愤怒地一口咬去却咬空了。紧接着，它的鼻子被咬开了花，它摇摇晃晃向后退去，躲开了那块肉。

局面发生了逆转。白牙站在那块胫骨前，炸毛，威胁，而白西科躲在一旁，准备退却。它不敢冒险跟这身手敏捷的小年轻纠缠，而且又一次明白，心下也更酸楚，年岁不饶人，老了就是老了。它妄图维持自己的威风，只能是迟暮英雄所为。平静地回转身来，离开青年狗和那块胫骨，仿佛这两者都不屑它一理，不值它一顾，走得威仪凛然。还不止于此，而是一直走出视野，它才停下来舔那些血淋漓的伤口。

这在白牙身上产生的影响，是让它对自己信心更足了，也更加豪气冲天了。它在大狗中间走得不那么蹑足蹑蹄了；它在它们面前不那么谦让三分了。也大可不必见了麻烦绕道走了。远不止这点。相反，它知道要求别人慎重对待。它要求自己的权利，一路走来无人打扰，不给任何狗让路。它要强势压人，让人另眼相待，如此而已。它不再允许别人小看它，忽略它，像它做娃崽时的命运那样，或者像它的队友继续承受娃崽的命运那样。它们还得让道，给大狗们让道，高压之下还得把口中肉让出去。然而，白牙，不要陪伴，独来独往，不苟言笑，很少左顾右盼，不好对付，样子凶巴巴的，拒人千里之外，它那些迷惑的长辈要与它平起平坐。它们很快明白不要搭理它，既不要冒险敌对行为，也不必贸然上赶着套近乎。如果它们不搭理它，那它也不会搭理它们——它们领教过几次后，发现这样一种局面是双方可以接受的。

仲夏时节，白牙多了一种体验。它一声不响地一路小跑，去查看一架在村子边上撑起来的新帐篷，是它和猎人外出打驼鹿时架起来的，不料和吉彻撞了个满怀。它停下打量吉彻。它模模糊糊地记得吉彻，不过肯定不会忘记的，却也不是几句话就能跟它说清楚的。吉彻像过去那样向它伸出嘴嗥叫着要厉害，它的记忆一下子清晰起来。它被忘记的幼崽岁月，一切都和这声熟悉的嗥叫联系着，涌回到它身上。在它没有了解诸神之前，吉彻就是它宇宙的中心。那时熟悉的旧感情回到它这里了，在它内心涌动。白牙兴冲冲地向吉彻奔去，吉彻却用厉害的牙齿迎接它，它的脸颊因此一下子伤到了骨头。它一点也不理解。它赶紧跳回来，百思不得其解。

然而，这不是吉彻的过错。一只母狼生来就记不起一岁大或者更大的幼崽。因此，它记不起白牙。白牙是一只陌生的动物，一个闯入者；它目前膝下有一窝幼崽，让它有权利对白牙这样的入侵者发怒。

一只幼崽爬到了白牙跟前。它们是同母异父兄弟，只是它们不知道这个。白牙好奇地闻了闻那只幼崽，吉彻因此向它扑过来，又在它脸上咬了一口。它躲得更远了。一切古老的记忆和联想又消失了，进入了它们从中复活的坟墓里。它看着吉彻舔幼崽，时不时停下来朝它嗥叫。吉彻对它没有了价值。它没有吉彻陪伴已经学会活下去。母亲的含义被遗忘了。它计划事情不必把吉彻算在内了，如同吉彻的计划里没有它一样。

白牙还站在那里，发傻，发愣，种种记忆不复存在，搞不清这一切到底怎么回事儿，眼见吉彻第三次攻击它，有意把它从周围一带赶走。白牙自觉没趣，悻悻而去。它不过是一只它同类的母狼而已，它这类有这类的法则，那就是公狼决不能和母狼打架。它对这个法则一无所知，因为这一法则没有在脑子里归化出结论，也不是靠这个世界的经历可以获得的。它知道这是一种秘密的推动，如同本能的推动——这同一种本能让它对月长啸，对夜空的辰星嗥叫，让它惧怕死亡和未知之物。

数月过去了。白牙长得更强壮了，更重了，更结实了，而它的性格则沿着遗传和环境铺下的路线发展。它的遗传是一种有生命的材料，也许和泥土有关联。泥土具有许多可塑性，能够被模子塑造出许多不同的形状。环境用来塑造泥土，捏造出一个特别的形状。比如说，如果白牙压根没有来到人的火堆旁，那么荒野就会把它塑造成一只真正的狼。但是诸神给了它一个截然不同的环境，它便被塑造成了一只具有相当狼的成分的狗。但狗就是狗，狗不是狼。

因此，按照它本质的泥土和环境的压力，它的性格正在塑造成某种特别的形态。这是逃脱不了的。它变得越来越乖戾、不合群、独来独往、凶残异常；而狗越来越懂得和平对它来说比战争更可取，格雷·比弗毫不吝啬地开始奖赏它，一日胜似一日。

白牙好像从所有的品质里聚集力量，却遭受一种根深蒂固的弱点的折磨。它受不了被人笑话。人的大笑是一种可恨的东西。他们可以在他们自己中间笑话任何事情，爱怎么笑怎么笑，只要不笑话它自己就行，它不往心里去。但是笑话一旦冲着它来，它就立马会怒发冲冠。它严肃、威严、寡欢，一声大笑却会让它发疯到可笑的地步。它因此怒气难消，心神不宁，数小时内表现得像一个魔鬼。这种时候，哪只狗胆敢冒犯它，一准遭殃。它对法则了解太透彻，知道对格雷·比弗不能冒犯；格雷·比弗背后有棍子，有神的头脑。但是狗的背后却什么都没有，只有空白，当白牙被笑声逼疯，当场发作，狗们就只好逃到这个空白里去了。

白牙三岁上，麦肯齐河一带的印第安人发生了一次大饥荒。到了夏季，鱼没打到。到了冬季，驯鹿偏离了它们习惯的路线。驼鹿也很稀少，野兔几乎绝迹，猎捕的动物也不见踪影。没有了通常的食物来源，它们饿得虚弱不堪，只好互相攻击，彼此吞食。只有强者活了下来。白牙的诸神也在猎获动物。老弱病残都死于饥饿。村子里哀号四起，女人和孩子将就着过日子，为的是但凡有点吃的，先让那些瘦骨伶仃眼睛深陷的猎人填填肚子，因为他们在森林里追寻猎物，却往往徒手而归。

面对这样极端的情况，诸神被迫吃硝软的鹿皮靴和皮手套，而狗把它们背上的挽具和鞭梢都吞吃了。再则，狗相食，诸神吃狗。虚弱不堪的与更没价值的首先被吃掉。仍然活着的狗，目睹惨状，明白是怎么回事。几只顶胆大顶聪明的狗告别了诸神的火堆，反正这时已经成了一堆堆灰堆，逃进森林里去了。在那里，到头来，它们或者饿死，或者被狼吃掉。

困难时期，白牙也偷偷逃进树林里去。它比别的狗更适应这种生活，因为它还是幼崽时受过这种引导它的训练。它追踪小活物尤其拿手。它能隐藏起来一连几个小时，盯住小心翼翼在树上活动的松鼠的每个动作，耐心等待，饥饿带来多大痛苦它就有多大耐性，一直等到松鼠冒着风险来到地上活动。松鼠来到地上，白牙还是不能抢先出击。它还得等待，直到看准松鼠不能跑到树上避难时才一举出击。这时，直到这个时候，它从藏身的地方一闪而出，像一个灰色的抛掷物，难以置信的迅捷，从来都是一击中的——逃跑的松鼠这下再快也难逃了。

尽管捕捉松鼠屡屡得手，但是有一个困难还是阻止它活下去，不能靠松鼠一劳永逸。松鼠实在有限。因此，它被迫猎捕更小的活物。有时实在饥饿难耐，它只好从地下的地洞里把木鼠掏出来吃掉。就是跟像它一样饥饿因而凶猛几倍的黄鼠狼格斗，它也放得下架子了。

饥荒到了最严酷的时候，它偷偷跑回诸神的火堆旁。但是，它没有走进火堆里。它潜回了森林里，避免被人发觉，劫走捕兽器有时捕捉到的猎物。有一次，它甚至把格雷·比弗捕兽器里的兔子劫走了，眼瞅着格雷·比弗在森林里趔趄而行，经常坐下来歇气儿，虚弱得连气都捯不过来了。

一天，白牙碰到一只小狼，瘦弱不堪，松皮拉毛的，被饥荒折磨得快散架了。如果白牙自己不是饥肠辘辘的话，它也许会跟它走掉，从此加入荒野兄弟的队伍。事实上，它把那只小狼扑倒，咬死，饱餐了一顿。

命运似乎在眷顾它。在它寻觅食物最艰苦时，它总能猎杀到一些活物。还有，在它虚弱不堪时，它鸿运高照，没有比它大的动物碰上它。因此，一连两天吃掉一只送到它口中的山猫、身体强壮起来时，一群饿狼把它死死盯上了。狼群久追不放，凶相毕露，但是它比它们营养更充足，最后它把它们甩掉了。它不仅把它们甩掉了，而且，它寻迹绕了一个大圈子，向一只追逐它的筋疲力尽的狼靠上去。

这之后，它离开这个地区，回到了那个山谷，就是它出生的地方。这里，那个老窝，它又碰上了吉彻。吉彻故技重施，也逃离了诸神那些没有温馨的火堆，返回了它的旧避难所，生下了小崽子。白牙到来时，这窝小狼崽只活下来一只，而就是这一只也注定活不长久。在这样的大饥荒里，幼小的生命很难有活下来的机会。

吉彻见到它长大成年的儿子，丝毫没有一点感情。不过白牙也根本不在乎。它已经长大，不需要母亲了。于是，它一副见怪不怪的样子，掉转尾巴，向河流的上游跑去。在分叉口，它转向左边，一下子就找到了那个山猫窝，很久以前母亲和它联手与山猫拼死搏斗过。这个窝现在没有山猫居住了，它卧下来，好好休息了一天。

初夏时节，饥荒最后几天，它碰上了唇唇，它也早在树林里游荡，过着十分悲惨的日子。白牙碰上它完全在意料之外。它们从相反的方向沿着高崖根儿走来，绕过了一块岩石的角，一下子面对面相遇了。它们一时间停下来，各怀戒备，疑虑重重地你看看我，我看看你。

白牙的身体状况好得多。它狩猎一直不错，一个星期都吃得饱饱的。最后一次猎捕成功，它甚至吃得撑着了。然而，它看见唇唇的那一刻，脊梁上的毛发还是挓挲了起来。在它这厢，炸毛是不由自主的，过去唇唇欺负它，迫害它，肉体的反应总是和精神的反应相伴的。如同过去一样，它一看见唇唇就炸毛，嗥叫，而现在就自动地炸毛和嗥叫了。它没有浪费一点时间。事情干得很彻底，就是拿命来。唇唇试图后撤，但是白牙扑得很凶，肩膀撞肩膀。白牙的牙齿咬进了唇唇瘦瘠的喉咙。这是你死我活的搏斗，白牙临阵步伐不乱，挺腿刨地，眼观六路。然后，它接着上路，在崖壁根儿小跑而行。

这事发生后不久的一天，它来到了森林的边缘，一条狭窄的开阔地带一溜下坡延伸至麦肯齐河。它过去来这里晃荡过，原本什么也没有，现在出现了一个村子。它仍然隐身树木间，停下来审时度势，所见所闻所嗅，都十分熟悉。这是旧村子换了新地方。不过，所见所闻所嗅与它逃离村子时还是不一样了。没有呜咽和哀恸，欢声笑语飘进了它的耳朵。当它听见一个女人发脾气的声音时，它听出来那是吃饱肚子才会有的气愤。空气里有鱼的味道。有食物了，饥荒过去了。它斗胆走出了森林，一路小跑进了营地，直奔格雷·比弗家的帐篷。格雷·比弗不在家；但是克鲁库奇大惊小怪地迎住了它，喂了它一整条刚刚捕来的鱼，它卧下来等待格雷·比弗回家。

第四部　更高级的诸神

第一章　本类的敌人

倘若白牙的本质里有可能和它的同类兄弟般相处的话，不管这可能性多么渺茫，在它做了雪橇队的领袖之后，这样的可能性就全然不复存在了。因为现在狗们都憎恨它了——因为米特撒赫让它多吃多占肉而憎恨它；因为它得到了所有真实的和想象的好处而憎恨它；因为它总是在队伍的前头飞奔而憎恨它，它那摇摆的毛烘烘的尾巴和不停倒腾的后腿让它们的眼睛看得发疯。

白牙同样对它们恨得要命。当了雪橇队的领袖一点没有让它感到快意。不得已在嗷嗷叫唤的队伍前面奔跑，队伍中的每只狗三年来都受它蹂躏和摆布，这下简直让它无法忍受。然而，它必须忍受，要么就完蛋，可它体内的生命还不想就此完蛋。米特撒赫只要命令它上路，整个狗队便立即躁动不安，亟不可待，野蛮般吠叫着，纷纷向白牙扑去。

它还没有办法捍卫自己。如果它转身扑向它们，米特撒赫立马把火辣辣的鞭梢抽在它的脸上。它只有奔跑一条道。它无法用尾巴和后腿与一群嗷嗷叫唤的狗对抗。几乎没有什么武器可以迎战众多无情的牙齿。因此,它只好奔逃,它跑出去的每一步都在践踏自己的本性,更何况一跑就是一整天了。

　　一个人践踏自己的本性的各种推动力,必会让这种本性危害自身,这样的危害如同头发,本来是从身体里往外长的,却违反自然地与生长的方向相悖,往身体里长进去——成了一种发炎、化脓的伤害。白牙的情况就是这样的。它生命的每一种推动都催逼它向冲它的后腿猖猖不休的狗队反扑,但是诸神的意志不可违背;诸神的意志后面,为了加强意志,就是驯鹿肠子做的鞭子,热辣辣的鞭梢三十英尺长。因此,白牙只能痛苦地啃咬自己的心,因此发展出来一种恨,一种怨,与它本性的凶猛和倔强是相应的。

　　如果有什么生物是其同类的敌人的话,那么,白牙就当之无愧了。它不要求宽恕,也不给予宽恕。它不断被狗群的牙齿啃咬和伤害,它自己也不断地用牙齿把狗群咬伤。别的多数领袖等安营扎寨、把群狗的挽具解开后,就会萎缩到众神前寻求保护。白牙和它们不一样,不屑寻求这样的保护。它大模大样地在营地走动,白天它吃到的苦头,夜里它会如数奉还。在它没有成为队伍的领袖之前,狗群早已知道给它让路。但是现在不一样了。白天兴奋地追逐了它一天,下意识还在摇晃,脑子里不停地出现它奔逃的样子,主宰的感觉享受了一整天而挥之不去,狗们这下不会主动给它让路了。当它出现在它们中间时,打闹在所难免。它行走的路上都是咆哮、撕咬和吠叫。它呼吸的空气里充满了憎恨和怨恨,而这只能让它内心的憎恨和怨恨有增无减。

　　当米特撒赫大声命令狗队停下时,白牙才停下。一开始这会给别的狗造成麻烦。所有的狗都会扑向这可恨的领袖，却发现局面大不同了。白牙身后跟着米特撒赫，他手里的大鞭子抽得啪啪响。这下狗们才明白雪橇队奉命停下时，白牙不能围攻。不过当白牙没有听到命令就停下了，那它们是允许扑上去，只要它们有能耐，可以把白牙干掉了。有了几次经历后，没有命令白牙再也不停下了。它学得很快。它必须很快学会，事情本来就该这样，只要它还打算在赐给它生命的恶劣的环境里存活下来的话。

然而，狗们却永远不接受教训，在营地里不让白牙单独活动。每天跟在白牙后面叫嚷着向它挑衅，前一天夜里的教训早忘到爪哇国，当天夜里不得不再领教一番，如同会很快再忘掉一样。另外。它们都不喜欢它是相当一致的。它们感觉得出它们自己和它不是一类狗——这本身就足够引起敌意了。和它一样，它们都是驯化了的狼。但是它们通过一代又一代驯化过来的。荒野的很多东西都已经失去了，因此荒野对它们来说是未知之物，是恐怖，是威胁和警告永不消停的所在。但是对它来说，相貌、行动和冲动，都还和荒野息息相关。它就是荒野的象征，是荒野的化身；因此当它们向它龇牙时，那它们保护自己就不得不和潜伏在篝火以外的森林和黑暗中的影子的破坏力一争高下了。

不过，狗们还是学到了一个教训。白牙对它们来说，单挑那就是找死。它们和白牙集体作战，否则它会要它们的命，收拾了一个又一个，一个夜晚就全解决掉了。实际上，白牙从来没有机会干掉它们。它也许会把一只狗撞翻在地，不过狗群不等它接着向喉咙使出致命一招就围攻上来了。冲突的迹象一出现，整个狗队就聚集起来，一起面对它。狗与狗本来争吵不断，但是只要白牙酿成麻烦，它们的争吵就抛之脑后了。

另一方面，它们跃跃欲试，却无法干掉白牙。对它们来说，它出招太快，太凶狠，太机灵。白牙避开逼仄的地方，而且在它们意图包围它时，它就走为上策。至于把白牙放倒在地，它们中间没有一只狗有能力施展这一招。它的蹄子稳扎在地上，好比它和生命难以割舍。在这方面，在和群狗无休无止的战争中，生命和稳扎脚跟是一码事，谁都没有白牙更清楚这点。

因此，它成了自己同类的敌人，它们是驯养的狼，被人的篝火软化了，在人的力量的庇护影子下弱化了。白牙心怀仇恨，无法释怀。它这块泥土就是这样塑造的。它和所有的狗都有深仇大恨，不共戴天。它把这种深仇大恨演绎得淋漓尽致，格雷·比弗，这个生性凶狠野蛮的人，都不能不为白牙的凶猛击节叫好。他发誓说，像这样的狗还从来没见过；旁村的印第安人想到白牙在他们狗中大开杀戒的情况，也这样发誓说。

白牙快到五岁时，格雷·比弗又带它踏上了一次漫长的旅程，顺着麦肯齐河一路奔波，翻越落基山脉，下至波丘派恩河，抵达育空河，白牙在沿途很多村子的狗中引发的大麻烦，长久地记在人们心里。它对同类实施的复仇无以复加。它们都是些普通的没有戒心的狗。它们对白牙的闪电战和正面战毫无防备，因为它的攻击没有警告。它们不知道它的根底，不知道它是一个闪电屠夫。它们对它炸毛，挺腿刨地，发出挑战，而它，不屑浪费时间虚张声势，像弹簧一样扑将过去，一口就咬住它们的喉咙，它们还不知道究竟发生了什么事情并吓得无计可施时，它早把它们干掉了。

它能征善战。它三下五除二就解决战斗。它从来不会浪费体力，从来不扭作一团。它出击太快，不屑扭打，而且，如果扑空了，再扑依然快如闪电。狼不喜欢短兵相接，它也不喜欢，毫无二致。它不能忍受和另一个身子长久接触。那样危险多多。那会让它发疯。它一定要保持距离，没有阻碍，站在自己的腿上，不触碰活物。荒野依然和它息息相关，有它才能体现荒野。它在幼崽期就过惯了以实玛利的生活，荒野的感觉有增无减。危险潜伏在接触之中。接触就是陷阱，一个接一个的陷阱，对陷阱的惧怕深藏在它的生命里，编织进了它的组织里。

顺理成章，那些陌生狗，只要让它撞上，一准没有好果子吃。它能躲开它们的牙齿。它要么一击制胜，要么跳到一旁，不论攻击还是躲避，它都毫发无损。按照通常的情况，例外总是有的。有时，几只狗把它堵住，它来不及逃脱就会受到惩罚；有时，一只狗也会把它咬得很狠。不过这些都是事故。总体说来，它是一个卓有成效的斗士，无往而不胜。

它具有另一个优势，那就是正确地判断时间和距离。不过，它不是有意识地这样干。它不会计算时间和距离。这些都是自动的反应。它的眼睛看得很准，神经把所见准确地传给大脑处理。它身上的很多东西都比一般狗调整得好。它的零部件协调作战十分默契。它的神经、大脑和肌肉远比别的狗合作得好。它的眼睛把一种活动的移动影像传给大脑，无须有意识的努力，对限制行动的空间和完成行动所需的时间了然于心。因此，它能躲开另一只狗的剪扑，躲开其牙齿的攻击，而且同时能抓住瞬间的间歇进行自己的反击。身体和大脑，它这两样东西都组装得更加完美。

这点无须给它点赞。大自然待它更加慷慨大方，一般的狗比不了，如此而已。

夏季时分，白牙到达育空贸易站。格雷·比弗已经跨过麦肯齐河和育空河的大分水岭，利用春季在落基山脉以西的支脉间狩猎。随后，波丘派恩河的冰融化之后，他建造了一只独木舟，乘舟顺流而下，到达北极圈下方波丘派恩河和育空河交界处。这里就是哈德森湾公司贸易站；这里居住着很多印第安人，食物充足，令人感到从未有过的欣喜。那是一八九八年的夏天，成千上万的淘金者沿着育空河上溯，来到道森和克朗代克。这里再去他们的目的地还有数百英里，很多人已经在路上走了一年之久，不管谁都至少行走了五千英里了，而且有的人是从地球的另一面赶来的。

格雷·比弗在这里停下旅程。淘金热已经让他有所耳闻，他带来了几大包皮毛，还带了一包动物肠子缝制的手套和鹿皮靴。他不惜长途奔波来到这里，就是为了大捞一把。但是，他所期望的与他实现的真是小巫见大巫。他最狂妄的梦想，也没有超过百分之百的利润；他竟得到了百分之一千的利润。像一个地道的印第安人，他安顿下来不急不躁，稳扎稳打，哪怕这要消耗整个夏季和冬季剩余的时间才能卖掉他的货物。

正是在育空贸易站，白牙第一次看见了白人。与它熟识的印第安人相比，它看白人是另一种生物，一种更高级的诸神。他们让它感觉到他们具备超级强权，神脑就是依托在强权上的。白牙不能梳理清楚，它的脑子也不能把白色诸神是强权的强权归纳得头头是道。这只是一种感觉，仅此而已，不过仍然令人信服。它儿时看见的人建造的鼓鼓囊囊的帐篷，让它大开眼界，认定就是强权的所作所为，而它现在眼前的房子和大量圆木建起来的大贸易站，就更让它刮目相看了。这就是强权。那些白色诸神威力无比。他们比它熟悉的诸神——其中最有威力的非格雷·比弗莫属——具有更大的掌控权。而且在这些白皮肤的诸神中，格雷·比弗只是一个童神而已。

不用说，白牙只是感觉到了这些东西。它无法意识到这些东西。不过，动物就是靠感觉行动的，而不是靠思考行动的；白牙感觉白人是更高级的诸神，它做出的每一个行动都是基于这点。一开始它对白人怀有很大戒心。说不准他们会弄出些什么未知的恐惧，他们会造成什么未知的伤害。它津津有味地观察他们，很担心他们会注意它。最初的几个小时，它甘心偷偷摸摸地四处转悠，从安全的距离瞭望它们。后来，它看出来在他们跟前的狗没有受到什么伤害，也走得更近了。

反过来，他们怀着很大的好奇心观看它。它那副狼一样的尊容很快为他们所瞩目，他们指着它让这个看看，让那个看看。这种指指戳戳的行为引起了白牙的警惕，当他们想靠近它时它就向他们龇牙咧嘴，连连倒退。没有一个人能成功地把手放在它身上，好在他们及时罢手了。

白牙很快了解到，这些神很少有人——不超过十几个——住在这个地方。每隔两三天就有一艘轮船（强权的又一个巨大的证明）来到岸边，停靠几个小时。白人从那些轮船上下来，又登上轮船离开了。看样子说不清有多少白人。在第一天或是第二天，它看见了很多很多白人，它长这么大见过的印第安人都没有那么多；随着日子过去，他们相继来到育空河，靠岸停下，随后接着顺河而上，从视野里消失了。

不过，如果白色诸神神通广大的话，他们的狗可真不敢恭维。白牙很快了解到这点，是那些狗跟着主人上岸后和它厮混在一起了。它们形状不一，个头不一。有的腿短——太短了；有的腿长——太长了。它们有的见毛不见皮，有几只几乎没有长什么毛。而且没有一只狗知道如何打架。

它是同类的敌人，白牙本该和它们打架。它就真打架了，只是它们不堪一击，让它看不起它们。它们软弱，无助，只是咋咋呼呼，笨手笨脚地穷于应付，只会用死力气出招，而它凭借身手敏捷和狡诈心机取胜。它们汪汪叫着冲撞它。它往旁边一跳就闪开了。它们不明白它为什么要跳向一旁；就这么一瞬间它却撞上了它们的肩膀，把它们撞翻在地，一口咬住了它们的喉咙。

有时，这招挺管用，被撞倒的狗在土里打滚，一旁等待的印第安人的狗群起而攻之，把它撕成了碎片。白牙很有心计。它很早就明白，诸神看到自己的狗被咬死会很生气。白人在这方面也不例外。因此它把白人的一只狗撞翻并且把喉咙撕开大口子时立即后撤，让群狗围上去干残忍的扫尾活儿。这时，白人冲过来，把他们的一腔愤怒全都发泄在狗群身上，而白牙却逍遥法外。它会躲在一旁看热闹，眼见着石头、棍棒、斧头以及各种武器落在了它的伙伴身上。白牙非常有心机。

不过它的同伴也变得有各自的心机了；在这方面，白牙和它们一起长了心眼儿。它们了解到，只有轮船最初靠岸时它们闹了一阵子。一开始的两三只狗被撞倒并吃掉后，白人赶紧把他们的狗赶回船上，然后对肇事的狗进行了野蛮的报复。一个白人，眼睁睁看见自己的一只塞特种猎狗被撕成了碎片，便拔出左轮手枪。他啪啪连打了六枪，狗群的六只狗顿时一命呜呼或者奄奄一息——又一个强权的明证，深深地印进了白牙的意识里。

白牙对这一切很受用。它不爱它的同类，但它足够精明，不让自己受到伤害。起初，咬死白人的狗是一种消遣。过了一段时间，这一勾当便成了它的工作。它没有活儿干。格雷·比弗忙着做买卖，越来越阔了。因此，白牙在岸边和一帮名声不好的印第安人晃荡，等待轮船到来。一艘轮船来了，这个游戏就开始了。几分钟后，等白人从惊吓中醒过神来，这帮狗作鸟兽散了。游戏结束，单等下一艘轮船到来。

不过，很难说白牙是这帮里的一员。它没有掺和进去，而是置身帮外，总是自己一个，甚至一帮狗都怕它。不假，它和它们一起干活儿。它跟陌生狗找碴儿时那帮狗都在等待。等它把陌生狗撞翻了，这帮狗冲上去把活儿干完。同样不假的是，一帮狗冲上去时它早脱身了，让一帮狗接受愤怒的诸神的惩罚。

引发这样的祸端不费吹灰之力。它所要做的是等陌生狗上岸后，它略显身手就大功告成。陌生狗看见它总是向它冲过来。这是它们的本能。它就是荒野——未知之物，恐怖之物，永远是威胁，一个在原始世界的篝火外围的黑暗里徘徊的家伙，而它们哆嗦在火堆跟前，改造它们的本能，渐渐知道害怕荒野，却不知道它们也来自荒野，只是它们已经遗弃了，背叛了。一代又一代，代代相传，惧怕荒野的心理嵌入了它们的本性。自古以来，荒野代表恐怖，代表毁灭。在这整段岁月里，它们的主子给它们分发许可证，猎杀荒野的生灵。杀害荒野的生灵，它们既保护了自身，也保护了它们与之分享陪伴关系的众神。

因此，刚刚从温和的南方世界过来，这些狗，一路小跑下跳板，上了育空河岸，不料白牙欲体味一番不可遏制的冲动，扑将上来，一举歼灭。它们也许是城镇养大的狗，不过害怕荒野的本能是如出一辙的。不仅仅是在光天化日之下它们亲眼看见了狼一般的家伙站在它们面前。它们还用它们祖先的眼睛看见了它，通过祖先的记忆知道白牙就是狼。它们记起了亘古的世仇。

这一切让白牙的日子过得很逍遥。如果陌生的狗看见它就扑上来，对它说来再好不过，而对它们则是再坏不过。它们把它视为合法的猎物，而它把它们也看作合法的猎物。

它孤身一个待在洞穴里，第一次看见白天的光，第一次和雷鸟打架，和黄鼠狼打架，和山猫打架，这一切都不是白白经历的。幼时唇唇把它迫害得暗无天日，一群狗助纣为虐，也不是白白经历的。如果唇唇不存在，那它也许和别的小狗娃度过幼年，长得更像狗，也更有狗的样子。如果格雷·比弗眷顾几分感情和爱，那他也许可以唤起白牙本性深处的东西，把所有善良品质的举止都带到表面来。然而，这些东西都不是这样的。白牙的泥土已经塑造成型，它就成了这个样子了，乖戾，寡合，没有爱，凶悍无比，成了它的同类的敌人。

第二章　发疯的神

　　数量很少的白人住在育空贸易站。这些人在这个地区住了很久了。他们自称"酵子"，并因为把自己划在酵子层面感到无比自豪。因为别的人新来乍到，他们觉得什么都不是，看不上。从轮船里下到岸上的人都是新来者，新来者就当"生面"看待，他们总是因为这个叫法而泄气。他们需要用发酵面粉做面包。这就是他们和"酵子"互相憎恨的本能，可他们没有发酵面粉，不做面包又的确不成，那么就只好要来酵子做面包了。

　　这一切都算不得什么。贸易站的人看不起新来者，看见他们一筹莫展难免幸灾乐祸。尤其看到白牙和它那名声不好的一帮狗给新来者的狗造成劫难，他们就更欣喜不已了。轮船一到，贸易站的人必定会来到河岸看一场好戏。他们眼巴巴满怀期待，如同印第安人的狗一样，迫不及待地欣赏白牙把野蛮和狡诈表演得淋漓尽致。

　　他们中间有一个人还特别享受这场热闹。他一听见轮船汽笛鸣响，准准地第一个赶来现场；等殴斗结束，白牙和那群狗作鸟兽散，他会慢吞吞地返回贸易站，一脸说不尽的遗憾。有时，当一只温和的南方狗倒地，在一群狗的牙齿的攻击下垂死尖叫，这个人便会控制不住自己，乱蹦乱跳，扬扬得意，吱哇乱叫。他总是用犀利的贪婪的眼光欣赏白牙。

这个人被贸易站的人叫作"俊男"。没人知道他姓什么，这一带人们通常就叫他"俊男史密斯"。不过，他可一点都不俊。他这称号是反其意而用之。他真的是一点都不俊。大自然对他抠门极了。首先他是一个矬子；身架本来瘦弱得不得了，相比之下脑袋更是小头锐面了。头顶就像一个尖尖儿。实际上，他童年，还没有被他的伙伴称为"俊男"时，他本来就叫"针头"。

脑袋后面，从那个尖点儿，它的头一溜斜坡滑到脖子；而前面，那尖点儿则畅通无阻地一溜下滑，和一个低矮却异常宽绰的前额无缝连接起来。从这里开始，仿佛大自然后悔太抠门，用一只慷慨的手大把捏造他的五官。他的眼睛奇大，两眼之间相隔了两只眼睛那么大的距离。他的脸，和他身体的其余部分相比，大茶盘一般。为了突出这一必要的区域，大自然赋予了他一个突出的大颚。只见这大颚宽而沉，向外突出，向下垂去，似乎会稳稳地搁在胸脯上。可能这个模样是由于脖子纤细承受不住，无法恰如其分地支持这个累赘。

下颚给人凶猛果敢的印象。但是，有些东西不给力。也许物极必反，也许下巴过大，不管如何，这都是假象。远近都知道俊男史密斯是最没有骨气的一个，是爱哭鼻子的软蛋。画像讲究完整性，他的牙齿又大又黄，两颗上犬牙比别的牙齿都大，从薄薄的上嘴唇下露出来如同獠牙。他生就两只黄眼睛，浑浊不清，仿佛大自然用完了颜料，把各色颜料管的残渣都挤出来了。他的头发状况大同小异，长得稀稀拉拉，参差不齐，土色与黄色相间，泥色与黄色混搭，支棱在头上，丛生在脸上，出人意料地连成片，结成束，一眼望去像一丛丛风吹倒的谷物。

一句话，俊男史密斯生得奇形怪状，别的方面还总让人责难。他爱推诿责任。他这块泥土在创造他时就这般定型了。他在贸易站里为别人做饭，洗刷盘碟，脏活累活都是他的。人们倒也不歧视他。相反，人们对他相当宽容，很有人情味，如同人们容忍创造过程中捏造得残缺不全的生灵一样。再说了，他们也害怕他。他这种软蛋一旦怒气冲冲，人家难免担心背后中弹或者咖啡里下毒药。然而，总得有人把饭做熟，哪怕俊男史密斯有千般缺点，可他会做饭呀。

就是这个人对白牙另眼相看，对白牙的凶悍威猛喜不自胜，一心想得到白牙。一开始，他就斗胆接近白牙。白牙一开始不搭理他。后来，这种接近越来越多，白牙炸毛，龇牙，连连后退。白牙不喜欢这个人。对他的感觉不对劲。白牙在他身上嗅辨出来邪恶，害怕那只伸出来的手，还有轻轻地说出来的打算。因为这一切，白牙就憎恨这个人。

头脑简单的生物，好与坏理解得也简单。好的东西就是给人安逸、满意和缓解疼痛的东西。因此，好东西就让人喜欢。坏的东西就是带来难受、威胁、伤痛的东西，那么就会让人憎恨。白牙对俊男史密斯的感觉很坏。瞧这人身体奇形怪状，心灵歪曲，鬼鬼祟祟的，如同阴森的沼泽地缭绕的雾气，有害的东西从内里往外发散。不靠推理，不靠五官，靠的是别的更遥远的感官，白牙产生了一种感觉，那就是这个人不吉利，有邪恶，内怀伤害，因此是一个坏东西，表示憎恶是明智之举。

俊男史密斯第一次来访时，白牙在格雷·比弗的营地里。俊男史密斯还没有露面，远远到来的脚步声隐约可闻，白牙就知道来人是谁，开始炸毛。白牙非常放松地趴在那里享受舒适，这时一下子站了起来，而且，这个人刚刚到来，白牙早像狼一样悄悄地溜到了营房的边上。它不知道他们会说些什么，但是它能看见那个人和格雷·比弗在一起交谈。一次，那个人指向了白牙，白牙一见回应了一声吼叫，仿佛那只手眼看就要向它打下来，尽管实际上远在五十码之外。那个人听见白牙吼叫笑了起来；白牙蹑蹄蹑足地躲到可以藏身的树林里去了，而且它一边悄悄地在地面上行走，一边回头张望。

格雷·比弗拒绝卖掉这只狗。他做买卖已经发了，什么也不需要了。另外，白牙是无价之宝，是他养过的最强壮的雪橇狗，最好的头狗。更有甚者，麦肯齐河和育空河上下没有哪只狗可以和它相提并论。白牙能打架。它咬死别的狗，像人打死蚊子一样轻而易举（俊男史密斯听了这话眼睛亮起来，急切地舔了舔薄薄的嘴唇）。不，白牙出什么价都不卖。

然而，俊男史密斯了解印第安人的生活方式。他经常访问格雷·比弗的营地，总会在他的大衣下藏匿一个黑瓶子什么的。威士忌的一种效力就是让人口渴成瘾。格雷·比弗喝威士忌口渴成瘾了。他灼热的记忆和火烧火燎的胃口开始越来越多地对这种热辣辣的液体叫嚷了；而他的脑子，早被非同寻常的刺激搞得黑白颠倒，放任他胡作非为，只要能得到威士忌就行。他卖皮毛、手套和鹿皮靴挣得的钱开始流失。票子越花越快，钱袋越来越瘪，他的脾气却越来越急躁。

最后，他的钱和货物和脾气都没有了。他一无所有，只有口渴成瘾，口渴成瘾本身就挥之不去，他清醒时每呼吸一口空气都会让口渴成瘾更加难熬。这时，俊男史密斯又来和他谈买下白牙的事儿；不过这次出价是一瓶瓶威士忌，而不是美元了，格雷·比弗的耳朵越来越渴望听见这样的议价了。

"你能逮住这只狗你就带走好了。"他终于吐口了。

威士忌酒瓶转手了，但是两天之后，俊男史密斯却对格雷·比弗说："你把狗捉住。"

一天晚上，白牙悄悄溜进营地，心满意足地哼了一声，卧了下来。那个吓人的白神不在这里。几天来，他渴望用手触碰它的表示越来越迫切，这段时间白牙不得不躲出营地。它一点不知道那只挥之不去的手会带来什么邪恶。它只知道那只手邪恶多多，它最好躲得远远的。

然而，它刚刚卧下，格雷·比弗就摇摇晃晃向它走来，把一条皮带拴在了它的脖子上。他在白牙身边坐下来，手里抓着皮带的另一头。另一只手里拿着威士忌酒瓶，一次又一次向他的头上翻去，鼻子里哼哼唧唧的。

这样过了一个小时，脚踩地面的砰砰震动说明有人来了。白牙先听到了，分辨出来人是谁，毛发炸开，而格雷·比弗还在傻愣愣地点头。白牙试图稳稳地抽出它主子手里的皮带；但是那几根松开的手指抓紧了皮带，格雷·比弗清醒了。

俊男史密斯大步走进营地，站在了白牙跟前。白牙轻轻地冲这个惧怕之物咆哮，紧紧地盯着那两只手要干什么。一只手伸过来，开始往它的头上放。白牙轻声的咆哮变得紧张而粗哑。那只手继续慢慢地往下放，而白牙在下面紧缩身子，恶狠狠地盯着那只手，咆哮越来越短促，呼吸越来越快速，差不多快得窒息了。白牙突然咬了一口，牙齿像一条蛇一样出击了。那只手缩了回来，白牙的牙齿咬空了，咔嗒响了一声。俊男史密斯吓坏了，很生气。格雷·比弗在白牙的头上狠狠打了一下，白牙于是趴在了地面上，俯首帖耳的样子。

　　白牙两眼惊恐不安，盯紧了每一个动作。它看见格雷·比弗离去，拿了一根短棍走回来。然后，格雷·比弗把那条皮带交给了俊男史密斯。俊男史密斯准备离去。皮带越拉越紧了。白牙服从了，但是一下子扑过去，冲向了那个牵着它离去的陌生人。俊男史密斯没有跳开。他在等待这一下。他利落地挥起短棍，在半空中击中冲来的白牙，白牙一下子掉在了地上。格雷·比弗大笑一声，点头表示赞同。俊男史密斯再次拉紧那根皮带，而白牙一瘸一拐地爬行几下，晕头转向地站了起来。

　　白牙没有攻击第二次。那根棍子打一下足可以让它相信，白神知道如何使用棍子，它绝顶聪明，不会顶风作案。于是，它郁闷地跟在俊男史密斯的脚后，尾巴夹在两腿间，轻轻地低声嗷叫。但是，俊男史密斯眼神警惕地盯着它，那根棍子随时准备打下去。

　　到了贸易站，俊男史密斯把它牢牢拴住，去睡觉了。白牙等待了一个小时。然后，它用牙齿把皮带咬断，不过十秒钟它就自由了。它使用牙齿一点不浪费时间。它用不着一下一下啃咬。它把皮带一口咬断，横切下来，仿佛刀子割断一般。白牙打量了一下贸易站，一边炸毛和嗷叫。随后，它转身跑回了格雷·比弗的营地。它不该忠于这个陌生人，可怕的神。它把自己献给了格雷·比弗，它认为它仍然属于格雷·比弗。

但是，以前发生的事情再次发生——有点不同。格雷·比弗又用一条皮带把它拴上，第二天早上把它送交俊男史密斯。不同之处就出现在这里了。俊男史密斯把它揍了一顿。牢牢拴住之后，白牙只能徒劳地发怒，忍受惩罚。棍子和皮鞭交替向它打来，挨了它这辈子最惨的一顿暴揍。和这顿暴揍相比，它幼时被格雷·比弗的一顿打，就小巫见大巫了。

俊男史密斯喜欢这活儿。他享受其中的乐趣。他得意地看着他的牺牲品，两眼光焰阴沉，一边抽鞭子或者挥舞棍子，听白牙痛苦地哀叫和无可奈何地吠叫、咆哮。俊男史密斯的残忍就是软蛋们的那种残忍。在强人的施暴和怒骂面前，他自己哆嗦和哭叫，一旦颠倒过来，他就会拿比他软弱的人出气。所有生命都喜欢强权，俊男史密斯绝无例外。他在自己同类中无法施行强权，他就拿比他软弱的动物撒气，从而证明他有一条命。但是，俊男史密斯不曾创造自己，责怪他没有什么意义。他来到这个世界就肢体扭曲变形，智力跟畜生一般。他这块泥土就这样捏就，这个世界没法慈悲地塑造他。

白牙知道它为什么挨揍。格雷·比弗把皮带拴在它的脖子上，把皮带的另一头交给俊男史密斯掌管。白牙知道这是它的神的意志让它跟俊男史密斯去。俊男史密斯把它拴在贸易站的外面时，它很清楚俊男史密斯的意志要让它待在那里。因此，它违背了两尊神的意志，因此就受到这顿惩罚。它过去见过狗交换主人，也见识过那些逃跑者像它一样挨揍。它很聪明，可是它体内有比智慧更大的力量。有一种力量就是忠诚。它不喜欢格雷·比弗，然而，即使面对它的意志和气愤，它对他还是尽忠的。它没有别的办法。这种忠诚是构成它的泥土的品质。它这类特别具备这种品质；这种品质让它的种类和别的种类区分开了；这种品质让狼或者野狗从旷野回归，做人的陪伴。

挨打之后，白牙被拖回了贸易站。但是这一次俊男史密斯用一根棍子把它拴起来。一只狗放弃一尊神不容易，白牙也是这样的。格雷·比弗是白牙专有的神，而且，即使违背格雷·比弗的意志，它也要跟定他，不肯放弃他。格雷·比弗背叛了它，抛弃了它，但是这并不影响它。它把自己的身体和灵魂交给格雷·比弗不是平白无故的。只是在白牙这厢没有什么保留，这种契约不能说断就断。

于是，那天夜里，贸易站的人都睡下后，白牙用牙齿啃咬那根拴住它的棍子。棍子风干了，离它的脖子很远，它简直无法用牙齿咬断。它不得已把肌肉使用到极致，脖子都扭疼了，它才用牙齿咬住了棍子，勉强用牙齿啃咬；它用极大的耐性啃咬，用了一个又一个小时，它才终于把棍子咬断了。这件事满以为狗做不来的。这是无例可循的。然而，白牙做到了，一大早从贸易站跑出来，脖子上还带着一截棍子。

白牙好智慧啊。然而，它要是只是有智慧的话是不会回到格雷·比弗身边的，他已经两次背叛了它。因为它还有忠诚，因此它回去接受第三次背叛了。它的脖子再次被格雷·比弗拴上了皮带，俊男史密斯再次得到了它。这次，它被揍得比上次更惨。

格雷·比弗竟然不动声色地在一旁看着那个白人挥舞皮鞭。他没有保护它。它不再是他的狗了。暴打结束后，白牙生病了。一只温和的南方狗会这样一病不起，一命呜呼，但是白牙不会。它的学校生活更加严厉，它本身就是更加严厉的材料做成的。它把生命抓得异常强劲。但是它毕竟病得很厉害。一开始，它不能挪动身体，俊男史密斯不得不等了半个小时。然后，它晕头转向地跟着俊男史密斯的脚后跟回到了贸易站。

然而，这一次它被一根铁链子拴住，牙齿不管用了，徒劳地挣脱，又蹿又蹦，把钉进木头的弯钉都挣脱出来。几天之后，格雷·比弗清醒过来，身无分文，离开了波丘派恩河，长途跋涉，赶回麦肯齐河了。白牙留在了育空，成了一个半疯半兽的白人的财产。可是，一只狗的意识里哪里知道什么是发疯？对白牙来说，俊男史密斯可怕归可怕，可到底还是一尊神。他说死了是一尊疯神，但是白牙不知道疯狂是什么；它只知道它必须服从这个新主子的意志，他狂想也好幻想也罢，它只有唯命是从。

第三章　除了恨还是恨

在这尊疯神的拨弄下，白牙成了一个魔鬼。它被铁链拴在贸易站后面的一个围栏里，俊男史密斯在这里取笑它，激怒它，百般折磨，让它发疯。这个人早早地看出白牙对取笑格外敏感，便煞费苦心地捉弄过它之后，把重点放在取笑白牙上。这家伙笑声很大，充满挖苦，同时这尊恶神还用手指调笑地指着白牙。这种时刻，白牙会失去理智，在理智变成愤怒的过程中，它甚至比俊男史密斯还发疯。

起先，白牙只是它同类的敌人，一个凶猛无比的敌人。这时，它变成了所有东西的敌人，前所未有地凶残。它被折磨到这样无以复加的地步时，它就会盲目地憎恨，没有一丝理智。它憎恨拴住它的铁链，憎恨从栏杆空隙窥视它的人，憎恨那些跟在人身边的狗，因为它们在它一筹莫展时恶毒地冲它咆哮。它憎恨把它困住的围栏的每一根木头，而最恨的仍是俊男史密斯。

不过，俊男史密斯对白牙这样百般折磨是有目的的。一天，几个人聚集在围栏边。俊男史密斯走进围栏，手握短棍，把铁链从白牙的脖子上取下。它的主子走出围栏时，白牙恢复自由身，在围栏里四处冲撞，试图攻击围栏外面的人。它可怕至极，身长足足五英尺，肩部高两英尺半，体重比一只同等身量的狼多出很多。它从母亲那里继承了狗的更沉重的体格，因此它有体重，却不胖，浑身没有一点多余的肉，重达九十多磅。它身上全是肌肉、骨头和肌腱———一身打架的筋肉，无可挑剔。

围栏的门再次打开了，白牙一时踌躇。反常的事情发生了。它等待。围栏的门大开。这时，一只大狗被推了进来，围栏门随即砰然关上。白牙从来没有见过这样一只狗（一种猛犬）；然而，尽管闯入者身高马大，面貌凶恶，却没有镇住白牙。某种东西激起它的憎恨，不是木头，也不是铁链。它冲上去，牙齿一闪，那只猛犬的脖子被撕开了一个口子。猛犬摇了摇头，粗门大嗓地嗥叫起来，猛地向白牙冲过来。但是，白牙东躲西闪，无处不在，总是躲得干净利落，又总是用牙齿撕咬一口，及时闪到一旁躲过惩罚。

围栏外面的人嚷叫，拍手，而俊男史密斯欣喜若狂，白牙的撕咬和凶招让他喜不自胜。从一开始，猛犬就毫无胜算。猛犬过于笨重，反应迟缓。最后，俊男史密斯用棍子打退了白牙，那只猛犬被它的主人拖出围栏。接着，赌金开始清算，钱币丁零当啷落入俊男史密斯的手里。

白牙急切地跑过来看望围栏外面的人群。这就是斗狗了；这是现在让它有机会展示它的生命力的唯一方式了。被折磨，被激起憎恨，它做了囚犯，没有别的出路满足它的憎恨，只有它的主子看中另一只狗才让它发泄憎恨。俊男史密斯对它的威猛十分看好，因为白牙所向披靡，总是赢家。一天，三条狗被弄来和它搏斗，一只接一只轮流上阵。另有一天，一只成年狼，刚刚在荒野捕捉到，被人从围栏门推进来。还有一天，两只狗同时被推进围栏和它混战。这是它打得最惨烈的一仗，尽管它把它们最终双杀，可它自己被咬得半死不活。

这年秋天，第一场雪到来，软化的冰顺河漂下，俊男史密斯自己和白牙登上轮船，上溯育空河，到道森去。白牙这时在这一带已经声名远播。"打架狼王"之名威震四方，关它的笼子放在甲板上，通常会被一圈好奇的人围住。白牙冲他们发怒，吼叫，或者静静地卧地，心怀冰冷的憎恨琢磨人。白牙为什么憎恨人呢？它从来没有自问这个问题。它只知道憎恨，让自己沉迷其中。生活成了它的地狱。它生来不习惯野兽被紧紧囚禁的生活，任由人手拨弄。可是，它却被紧紧地囚禁起来。人们盯视它，从铁条间用棍子捅它，让它咆哮，然后取笑它。

他们这些人就是它的生存环境，他们在把它这块泥土塑造成一种更加凶猛的东西，与它的本质背道而驰。然而，大自然已经赋予它可塑性。许多别的动物也许会因此死掉或者精神崩溃，可它能够调整自己，活着，精神完好无损。也许，俊男史密斯是魔头，是恶煞，能够把白牙的精神摧垮。然而，白牙一如既往，没有精神一蹶不振的迹象。

如果俊男史密斯魔鬼附身的话，白牙也魔鬼附身了；两个魔鬼你冲我发怒，我冲你发怒，不得消停。在过去的岁月里，白牙在一个手持棍子的人前尚有智慧收敛，表示服从；可现在这种智慧离它而去。只要俊男史密斯一露面，就足以招致白牙怒气冲冲。当他们就要短兵相接时，白牙就会被棍子打回去，它只好嗷嗷叫，咆哮，龇牙。嗷嗷叫这最后一招，永远不可能剥夺它的。不管它被打得多么悲惨，它总是会嗷嗷叫的；等俊男史密斯离去，挑衅的嗷嗷叫声就在他身后响起，或者白牙冲向笼子的铁条，嗷嗷叫着发泄它的憎恨。

轮船到达道森时，白牙上岸了。然而，它依然过着一种公共生活，关在笼子里，被好奇的人围观。它被作为"打架狼王"进行展出，人们用金砂付出五十分就能一睹它的风采。它得不到休息。一旦它卧下来睡觉，就有棍子把它捅醒——这样一来观众才算没有白花钱。为了让展出令人感兴趣，它被逼得一直愤怒不已。然而，更坏的情况是，它生活的氛围恶劣。它被视为最可怕的野生动物，这点是通过笼子的铁条空隙得以体现的。人们说的每一个词儿，做的每个小心翼翼的动作，都让它感觉到它自己的穷凶极恶。这给它的凶焰增添了燃料。这样就只有一个结果了，那就是它的凶恶以凶恶为食，凶恶有增无减。这是它这块泥土的可塑性的另一个例子，它可以被环境的压力不断改造。

为了增添展出内容，它成了一只专业搏斗的动物。间隔长短不一，只要一场搏斗安排好了，它就被放出笼子，牵到距离镇子几英里的树林里。这种搏斗一般在夜里进行，这样一来就可以避开本地区骑警的干预。等待几个小时后，天色亮起来，观众和与它打架的狗一起到来。按照这一方式，它和各种体格和品种的狗展开殊死格斗。这是一片野蛮的土地，人是野蛮的人，格斗一般都以死相拼。

由于白牙继续打架，显然别的狗必死无疑。它从来不知道吃败仗的滋味。它早年的训练，那时它和唇唇以及一整群小狗打架，打下了良好基础。它韧性过人，能把地抓牢。没有哪只狗能让它松开蹄子。这是狼种的强项——向它冲过来，不管是直接的还是斜刺里的，希望撞在它的肩部，把它撞翻，都白搭。麦肯齐河流域的猎狗，爱斯基摩犬，还有拉布拉多犬，哈士奇狗以及马尔姆特狗——都在它身上试过这招，都以失败告终。它从未让人看见它被撞得蹄子松开地面的情况。人们对此争相传闻，每次都专门来看这招灵不灵了；但是，白牙总是让他们失望而归。

　　站稳了，快如闪电的攻击才得以施展。这招让它占尽了对敌作战的优势。不管对手有怎样的打架经验，都难敌一只像它一样快如闪电的狗。对手还要估计到的，是它攻击的直接性。一般狗习惯在攻击前先吼叫几声，毛发直立，汪汪叫个不停，因此，一般狗眨眼便会被撞翻在地性命难保，这才准备打架或者从惊吓中回过神来。这种情况屡见不鲜，因此形成了习惯，先把白牙拉住，等到另一只狗做好事前的准备，一切就绪，甚至让对方抢先一步攻击。

　　白牙拿手的所有优势中最难能可贵的，是它身经百战。它不管面对什么样的狗，都没有它深谙打架之道。它打的架越多，知道的接招技巧和方法越多，自己也积累的技巧越多，而它自己的方法几乎完善得无可挑剔了。

　　随着时间流逝，它越来越没有架可打了。人们找不到可以和它匹敌的对手而深感失望，俊男史密斯不得不用狼来和它打架。印第安人为此设陷阱捕捉到了狼，狼和白牙的恶斗往往能吸引来一大群围观的人。有一次，一只成年母山猫被捉来和白牙搏斗，这次白牙只得用命一搏。母山猫的闪电战和白牙旗鼓相当；母山猫的凶狠和白牙的不差上下；而白牙只能用牙齿作战，可母山猫除了牙齿还可以用锋利的爪子攻击。

母山猫一战之后，白牙的所有战斗停下了。再没有什么动物能和它一决雌雄了——至少，没有什么动物值得和它格斗了，因此，白牙只好参展到来年春季，直到蒂姆·吉南，一个菲罗玩家，来到此地。他带来了第一只斗牛犬，因为这种狗从来没有到过克朗代克。这只狗和白牙打一架就不可避免了，一个星期里，这场翘首期盼的斗狗，成了镇上一些地方街谈巷议的热论了。

第四章　死不松口

俊男史密斯把白牙的铁链取下来，向后退去。

白牙这次没有立即攻击。它一动不动地站着，耳朵向前竖起，机警而好奇，审视着与它面对的陌生动物。它过去从来没有见过这样一只狗。蒂姆·吉南嘟哝了一声"冲上去"，把那只斗牛犬猛一下向前推去。那只动物一跛一跛地向场子中间走去，五大三粗，很不雅观。它停下来，向对面的白牙眨巴眼睛。

围观人群嚷嚷道："向它冲去，彻洛基！""咬它，彻洛基！""吃掉它！"

不过，彻洛基看样子不急于开打。它转过头冲那些喊叫的人眨巴了几下眼，同时好脾气地摇了摇尾巴根儿。它不害怕，但是懒洋洋的。还有，它似乎不认为人们是要它来和眼前的这只狗打架的。它不习惯和那种狗打斗，它等待人们给它弄来一只真正的狗。

蒂姆·吉南走过去，向彻洛基伏下身子，用手在它的肩头两侧逆着毛发的方向捋下来，然后又顺着轻轻地摸过去。这些动作包含了很多暗示。这样抚弄显然有刺激的作用，因为彻洛基开始嗥叫，很轻，在喉咙深处震颤。人手抚弄和狗嗥叫之间出现了呼应的节奏。每次顺着抚弄快完时它喉间的嗥叫就会响起，而后渐渐消逝，等另一次抚弄开始才又渐渐响起。每次抚弄快完时节奏会加快，抚弄突然停止，嗥叫骤然响起。

这对白牙发生了作用。它脖子的毛开始立起，蔓延到了肩部。蒂姆·吉南最后猛推了一下，又退了回来。鼓动彻洛基向前扑去的动力消失时，它自己来劲了，继续向前冲去，弓形步跑得很快。接着白牙攻击了。围观的人突然喊叫起来，也来劲儿了。它一跃冲了过去，动作像猫而不像狗；还像猫一样十分敏捷地用牙齿咬了一口，利落地跳到一边。

斗牛犬的粗脖子被咬了一口，一只耳朵后面鲜血直流。可它毫无反应，甚至没有吼叫，只是转身追击白牙。这样的回合在双方之间展开，一个闪电出击，另一个坚持不懈地追击，围观的人参与其中的情绪兴奋起来，人们赌博的劲头来了，纷纷加大最初的赌金。一次，又一次，白牙冲上去，撕咬一口，毫发无损地躲开；可它这个陌生的敌人依然紧追不舍，不急躁也不慢，而是我行我素，坚定不移，全然一副有条不紊的架势。它的招数是有目的——它决意干某件事情，就一心一意地做，什么因素也不能让它分神。

斗牛犬的整个架势，每个动作，都和这一目的协同配合。这让白牙深感迷惑。它从来没有领教过这样一只狗。斗牛犬没有毛发保护。它的皮肉柔软，咬一口就鲜血直流。它没有厚厚的毛发抵挡白牙的牙齿，不像它同类的狗那样往往有厚毛抵挡一阵。白牙每次攻击，它的牙齿都会轻易地撕咬下一块皮肉，而这只动物似乎不能保卫自己。另一件令人泄气的事情是，这样的流血攻击竟然不能让对手惊叫不已，它和别的狗打架时习以为常的是对方咆哮不已。不吼叫，不呼噜恐吓，这只狗默然接受攻击。它丝毫没有因此松懈下来，停止追击。

彻洛基不仅没有慢下来。它转身和打旋还相当快，只是白牙总让它扑空。彻洛基也深感迷惑。它过去与狗搏斗，从来没有碰上一只狗，是它接近不了的。它很想接近，于是双方就扭打在一起了。然而，这只狗始终保持距离，这边跳跃躲闪，那边虚晃一枪。它伸出牙齿向对方攻击，却不深咬进去，咬住不放，而是瞬间就松开，再次闪开。

但是，白牙无法在彻洛基喉咙柔软的外围攻击得手。斗牛犬站在那里身架低矮，而它那阔大的嘴巴保护有加。白牙冲上去，跳回来，彻洛基的伤口越来越多。它脖子的两侧和头都撕裂开了。它鲜血淋漓，可一点没有沮丧的样子。它继续埋头追击，尽管有一次，一时间陷入困惑，完全停止追击，冲着围观它的人眨了眨眼睛，同时摇动粗短的尾巴根，表示了一下它战斗下去的意愿。

说时迟那时快，白牙向彻洛基扑过去又躲闪开，这下把这只斗牛犬耳朵剩余部分咬掉了。彻洛基这下有几分生气的样子，再次开始追击，在白牙攻击的圈子外面奔跑，试图把致命的牙齿咬进白牙的喉间。斗牛犬这下只差毫厘就得手了，可白牙突然向相反方向躲闪逃脱了危险，赢得了围观者的一片喝彩。

时间分分秒秒地过去了。白牙还在跳跃，躲闪，转身，冲上去又跳一边，每次都能伤害对手。斗牛犬俨然不依不饶，对它紧追不舍。它迟早会达到它的目的，一口咬定，解决战斗。与此同时，它坦然接受敌手攻击的所有伤害。它耳朵的毛发已经被撕咬得丝丝绺绺，脖子和肩膀被咬开了十几个口子，它的嘴唇也被咬破，鲜血淋漓——这一切都是闪电攻击的结果，它没办法预见，也无法防备。

一次又一次，白牙试图把彻洛基撞翻在地；然而，它们高低悬殊太大。彻洛基身量过分低矮，和地面贴得很近。白牙多次冲撞而不得手。它快速转身并反向转圈时，机会来了。它放慢了打转的速度，转过头来撞上了彻洛基。彻洛基的喉部暴露出来。白牙一口咬了上去；但是它自己的肩部很高，它用这样的力量冲撞时，因为用力过猛从斗牛犬的身上滑过去了。在白牙打架的历史上，人们第一次看见白牙蹄子离地了。它的身子在空中翻了半个跟斗，如果不是它扭转及时，猫一样敏捷，这股令它蹄子失控的冲力会让它摔个仰八叉。实际上，它重重的侧身摔在了地上。它马上翻身站起来，但是就在这一瞬间，彻洛基的牙齿咬住了白牙的喉咙。

这口咬得不准，太靠近胸部了；但是彻洛基毕竟咬住了。白牙一下子跳起身，发疯地往下扯，试图甩掉这只斗牛犬的身体。这让它发狂，对手紧咬不放，它拖着如此体重。它往起跳跃，自由度严重受到限制。这好比一个陷阱，它所有的本能都调动起来拼死对付。这是一次发疯的反抗。好一阵子它都完全处于发疯状态。它身上的基本生命把它控制住了。它肉体的生存的意志在全身涌动。它只是被肉体热爱生命的力量支配着。所有的智商都不管用了。仿佛它没有了脑子。它的理智被肉体盲目的求生渴望所取代，不顾所有的危险而行动，继续行动，因为只有活动才能表示它的存在。

它转了一圈又一圈，打旋，回身，反转，力图摆脱那拽住它喉咙的五十磅的重量。斗牛犬什么也不干，就是死咬不放。有时，很少的时候，它设法站在地上，抖起精神和白牙对抗。但是紧接着它就四蹄腾空，被白牙发疯的旋转抛离地面，拽着转悠。彻洛基在用本能证明自己。它知道它咬住不放就是干正确的事情，它感觉到了满意的无比快乐的刺激。一有这样的刺激，它就会把眼睛闭上，任由它的身体被拖来甩去，愿意不愿意，由此带来的伤痛全然不在话下。这根本算不了什么。咬死不放才是正事，它要咬下去。

白牙把自己累趴了，才肯停下。它别无良策，也搞不懂到底怎么回事。在它的身经百战中，它从来没有让这样的事情发生过。它和那些狗打架不是这个套路。和它们搏斗，咬一口，撕一口，闪到一旁。它半躺在地上，大口喘气。彻洛基依然咬定不放，使劲和它较劲，力图把它整个身子侧翻在地上。白牙抵抗着，能感觉到彻洛基在换口，稍稍放开，一起咬合，做一次咀嚼的活动。每次换口都靠它的喉咙更近一点。斗牛犬的招数就是先紧紧咬住，一等机会来了就得寸进尺。白牙要是挣扎了，彻洛基只是咬住就万事大吉了。

彻洛基脖子突出来的背面，是白牙唯一能用牙齿咬住它的身体的部分。它咬住了肩部露出来的脖子的根部；但是它不会打架的咀嚼法，它的嘴巴也不适合这种咀嚼法。它只是一下又一下地用牙齿咬。然后，它们的姿势调换过来了。斗牛犬总算对付着把身子仰过来，依然紧紧咬着白牙的喉咙，翻在它的上面。如同一只猫，白牙把后腿弓起来，用爪子刨进敌人的腹部，开始收紧爪子长长地往下撕扯。彻洛基要不是赶快旋转它的咬合，摆脱白牙的爪子，调整到合适角度，它的五脏六腑也许就被白牙刨出来了。

这样的咬合是无法摆脱的。这就像命运本身一样，不可抗拒。这种咬合慢慢地沿着颈静脉往上移动。多亏白牙脖子的皮子松弛，上面的毛发也很厚，才一息尚存。这让彻洛基的嘴里团了一大块毛，让它的牙齿无法咬进去。一点又一点，只要有机会，它就把白牙松弛的皮和毛往嘴里塞。结果它慢慢地扼住了白牙的气息。随着时间分分秒秒地过去，白牙的气息越来越弱了。

这场搏斗看上去就要结束了。彻洛基一方的人扬扬得意起来，提出一些可笑的有利条件。白牙这边的人相比之下就扫兴多了，拒绝十赔一或者二十赔一的赌金，尽管有一个人冒冒失失地要以五十赔一的赌资结束这场搏斗。这个人就是俊男史密斯。他往圈子里跨了一步，指向了白牙。然后，他开始大笑，嘲弄和鄙视尽在笑声中。这招产生了他想得到的效果。白牙变得怒气冲天。它使出储备有限的力气，站了起来。它转着圈挣扎，它的敌人的五十磅体重坠在它的喉咙上，它由愤怒转变成恐慌。它的基础生命再次统治了它，智商在肉体求生的意志跟前逃遁了。转了一圈又一圈，正转了反转，磕磕绊绊，跌倒了又站起来，有时甚至站立在后腿上，把它的敌人带离地面，它徒劳地挣扎着甩掉紧咬不放的死神。

最后，它支撑不住了，向后翻去，精疲力竭了；斗牛犬立即移动咬合，离喉咙更近了一些，把皮毛折叠住的肉咬得越来越稀烂了，让白牙窒息得更难以喘息。胜利者赢得的掌声欢呼声一阵接一阵，好多声音都在喊："彻洛基！""彻洛基！"对于掌声和欢呼声，彻洛基把尾巴的短根儿摇动得十分起劲。然而，赞扬的呼声并没有让它分神。尾巴和大嘴巴之间没有什么协调的关系。尾巴可以摇动，嘴巴依然紧紧地咬住白牙的喉咙，死不放松。

这时候，围观的人转移了注意力。丁零零的铃声传来了。赶狗拉雪橇人的吆喝声清晰可闻。除了俊男史密斯，大家都很焦虑，担心警察会把他们收拾一通。但是他们看见两个人赶着雪橇和狗沿着雪道上行，而不是下行。他们显然外出勘探一趟，顺小河过来了。他们看见一群围观的人，便把狗停下，走过来加入人群，好奇地看看人们在嚷嚷些什么。赶狗拉雪橇的人留着一撇小胡子，但是另一个人，一个更高更年轻的人，胡子刮得干干净净，充沛的血液在寒冷的天气里奔流，令他肤色红润。

白牙其实已经停止了挣扎。它不时痉挛几下，抵抗一阵，没有任何效果了。它吸进一点点空气，一点点空气都越来越难吸入了，因为彻洛基无情的咬合越咬越紧了。如果不是斗牛犬最初一口咬得太靠下，差不多咬在了白牙的胸口上，即便白牙的皮毛厚实得像盔甲，那它的喉咙的大动脉也早被撕裂了。向上一点一点换口让彻洛基费去了很长时间，而且因为换口还让它的嘴巴塞满了毛发和皮折褶。

与此同时，俊男史密斯的深度的兽性已经冲上了他的头脑，他仅有的一点点清醒都被兽性操控了。他看见白牙眼睛开始黯淡时，他深信不疑地知道这场斗狗输定了。随后，他失去了控制。他冲向白牙，野蛮地猛踢白牙。围观的人嘘声四起，纷纷抗议，不过如此而已。这种局面还在继续，俊男史密斯不断猛踢白牙，随即人群里出现了一阵骚动。那个高个子新来者用力挤进人群，肩膀左抗一下右抗一下，没有礼仪，没有温和。他挤进圈子时，俊男史密斯刚踢出去一脚。全身的力气都用在脚上，结果身体失衡摇晃起来。这时，新来者的拳头狠狠地砰然打在俊男史密斯的脸上。俊男史密斯站在地上的一只脚离开地面，整个身体抛向空中，连连后转，摔在了雪地上。新来者转向人群。

"你们这些软蛋！"他嚷叫道，"你们这群软蛋！"

他自己怒火中烧——气得失去了理智。他两只灰色的眼睛似乎是金属打造的，钢铁一般坚硬，逼视着人群。俊男史密斯站起身，向他走来，吸溜着鼻子，一副软蛋的模样。新来者很不理解。他不知道一个懦夫是多么软蛋，还以为他是回来打架的。于是，他喊了一句"你这畜生！"第二拳又朝俊男史密斯的脸狠狠打去，将他打倒在地。俊男史密斯看出来只有雪地是他的安全之地，躺在他倒下的地方，不再费劲往起站了。

"过来，马特，来帮一把，"新来者向赶狗拉雪橇的人招呼道，后者也跟着他挤进了圈子。

两个人向两只狗俯下身来。马特抓住白牙，等彻洛基松开口时随时把白牙拉出来。那个年轻人两手抓住斗牛犬的嘴巴，使劲往外掰。这是徒劳的。年轻人又拉又拽又拧，每使一下劲儿就高声嚷叫一下："畜生！"

人群开始乱套，一些人对破坏这次斗狗表示不满；但是等新来者停下手头的活儿瞪向他们时，他们都不吱声了。

"你们这些该死的畜生！"他终于忍不住吼了一声，又开始干他的事情。

"没有用，斯科特先生，你这样无法扳开那张嘴。"马特最后说。

两个人停下来，审视两只摽在一起的狗。

"流血还不算多，"马特结论说，"也咬得不是很深。"

"可是这狗随时会咬深的，"斯科特答道，"这里，你看看！它在一点一点换口。"

年轻人为白牙越来越操心和焦虑了。他一次又一次狠狠地击打彻洛基的头。但是彻洛基就是不松口。彻洛基摇了摇尾巴根，表示它明白为什么挨打，但是它知道自己是对的，只有紧紧咬住不放才算尽到了责任。

"你们没有人能帮上忙吗？"斯科特冲着人群凶巴巴地吼道。

可是没有人肯帮忙。相反，人群开始冷嘲热讽他，净出一些歪点子。

"你得用什么东西撬开。"马特提议说。

年轻人把手伸进胯间的枪套，抽出来左轮手枪，试图把枪管捅进斗牛犬的嘴巴里。他猛捅一下，狠狠地捅着，钢制枪管磕碰牙齿的声音听得清清楚楚。两个人都跪在地上，弯着腰侍弄两条狗。蒂姆·吉南走进了圈子。他在斯科特身边站住，在他的肩上拍了拍，阴阳怪气地说："别把牙齿弄断了，客人。"

"那我就拧断它的脖子。"斯科特回击说，继续用左轮枪管往里捅，往外撬。

"我说别把牙齿弄断了。"菲罗玩家又阴阳怪气地重复道。

如果这话是想威胁人,没有用处。斯科特一直没有停下来,尽管他冷冷地抬头看一下,问道:"你的狗吗?"

菲罗玩家咕哝说是。

"那过来把嘴撬开。"

"哦,客人,"蒂姆·吉南不耐烦地拉长调子说,"我跟你交底儿吧,这事儿我自己也没有办法。我不知道如何拆招。"

"那就躲一边去,"年轻人答道,"别打搅我。我忙着呢。"

蒂姆·吉南还站在他身旁,不过斯科特不再搭理他了。他千方百计把枪管捅进彻洛基嘴巴的一侧,接着往另一侧捅去。这步完成后,他稳稳地小心地往开撬,每撬一下彻洛基的嘴巴就张大一点点,而马特同时把白牙被咬烂的脖子往外拉一点点。

"过来接住你的狗。"斯科特断然命令彻洛基的主子说。

菲罗玩家顺从地低下身来,把彻洛基牢牢地接在手里。

"当心!"斯科特告诫说,最后撬了一下。

两只狗终于分开了,斗牛犬挣扎得很厉害。

"带它走。"斯科特命令道,蒂姆·吉南拖着彻洛基回到了人群里。

白牙挣扎着要站起来却力不从心。最后总算站了起来,但是它的腿软得支撑不住它,它缓慢地歪倒在雪地上。它半闭着眼睛,眼光黯淡。它张开嘴巴,舌头伸了出来,软塌塌地垂下来。它整个样子看上去像一只被勒死的狗。马特给白牙检查了一下。

"刚好咬进去,"他宣布说,"不过它呼吸还正常。"

俊男史密斯站起来,过来看白牙。

"马特，一只上好的拉雪橇狗多少钱？"斯科特问道。

赶狗拉雪橇的人还跪在地上，俯身打量白牙，计算了一会儿。

"三百块吧。"他回答道。

"像这样一只被咬得不成样子的狗值多少？"斯科特问道，用脚碰了碰白牙。

"一半价吧。"赶狗拉雪橇的人断定一下价位，说。

斯科特向俊男史密斯转过身来。

"你听清楚了吗，畜生先生？我要买下你这只狗，我给你一百五十块钱。"

他打开钱包，数出钞票。

俊男史密斯把手背在了身后，拒绝接住递过来的钱。

"我不卖。"他说。

"哦，你卖的，"另一位不容分说地说，"因为我要买。这是你的钱。狗是我的了。"

俊男史密斯两手还背在身后，开始向后退。

斯科特向他一步跨了过去，抡起拳头要打。俊男史密斯缩起身子准备挨打。

"我有自己的权利。"他嘀咕说。

"你自毁权利，这狗不是你的了，"斯科特答道，"你是要接住这钱呢？还是我不得已再揍你一顿？"

"好吧，"俊男史密斯因为悬心吊胆而勉强答道，"不过要钱不是本意，"它找补说，"狗是我的财路。我不想让人断了财路。人有自己的权利。"

"没错，"斯科特回答说，一边把钱递给他，"人有自己的权利。可是你不是人啊，你是畜类。"

"等我回到道森再说，"俊男史密斯威胁说，"我要去告你。"

"你回到道森敢胡说八道，我会把你赶出镇的。明白吗？"

俊男史密斯咕哝一声。

"明白吗？"另一位大吼一声，不可一世的样子。

"明白了。"俊男史密斯咕哝说，退缩到一边去了。

"明白什么了？"

"明白了，先生。"俊男史密斯号叫一声。

"好家伙！他还要咬人呢！"有人嚷嚷道，大家哄然大笑。

有的人已在离去；有的人三五成群地站着，一边观望一边说话。蒂姆·吉南站在一群人里。

"那家伙是谁呀？"他问道。

"威登·斯科特。"有人答道。

"威登·斯科特是干什么的？"菲罗玩家追问道。

"一个采矿行家。他和大人物有交情。你要是不想找麻烦，那就离他远远的，听我说没错。他跟官家来往密切。黄金局长和他特别要好。"

"我想他是个人物嘛，"菲罗玩家感慨道，"所以从一开始我就让着他。"

第五章　不服软

"没救了。"威登·斯科特承认说。

他坐在自己小木屋的台阶上,注视着赶狗拉雪橇的人,后者听了耸了耸肩,表示同样束手无策。

他们都在注视拴在链子一端的白牙,只见它炸毛,吼叫,气势汹汹,和雪橇狗对峙。马特把雪橇狗收拾了几次,就是用棍子告诉它们别去招惹白牙,它们便知道让白牙自己待着;不过即使它们待在很远的地方,也显然知道白牙的存在。

"这是一只狼,驯服不了的。"威登·斯科特说。

"哦,我看倒未必,"马特表示反对说,"它身上狗的东西也许不少呢,你不也说过嘛。不过有一件事我可以肯定,而且谁也没法否定。"

赶狗拉雪橇的人欲言又止,冲着鹿皮山很有信心地点了点头。

"嗯,你知道什么就别卖关子了,"斯科特等了一定的时间后不耐烦地追问道,"有屁快快放。什么事?"

赶狗拉雪橇的人用大拇指向后指了指白牙。

"狼或者狗，一码事——它已经驯化了。"

"没有！"

"我跟你说驯化了，都习惯拉雪橇了。看仔细一点。你看见它胸口的痕迹了？"

"你说对了，马特。俊男斯密史得到它之前，它是一只雪橇狗。"

"所以再做雪橇狗就在情理中了。"

"你是怎么想的？"斯科特急切地问道，随后打消了希望，一边摇头一边补充说，"我们养了它两个星期了，要说有什么变化的话，它现在变得更野了。"

"给它机会，"马特建议说，"暂时给它松松绑。"

另一位不置可否地看着马特。

"对了，"马特接着说，"我知道你试过了，可是你没有试过棍子。"

"那你试试去。"

赶狗拉雪橇的人拿起一根棍子，向链子拴着的白牙走了过去。白牙盯着那根棍子，那样子像关在笼子里的狮子盯着驯兽师手里的鞭子。

"看它一直盯着棍子，"马特说，"好迹象。它不傻。只要我拿着棍子，它就不敢碰我。它没有完全疯掉，没错。"

马特的手伸向白牙的脖子时，白牙炸毛，咆哮，趴了下来。白牙盯着渐渐靠近的手，同时也紧盯着另一只手里悬在它头上的棍子。马特把白牙脖子上的铁链取掉，向后退去。

白牙没有意识到它自由了。它转到俊男史密斯的手里很多个月了，在这么长的时间里，除了把它放开去和其他狗打架，它从来没有过片刻的自由。打架一结束，它就又被关起来，总是这样。

它不知道如何是好。也许诸神又要在它身上玩什么新魔咒了。它走得款款的，小心翼翼，等待随时遭到袭击。它不知道干什么好，一切都和过去不一样。它提高警惕，远离这两尊观察它的神，一步三回头，走向小屋的一个角落。什么也没有发生。它越发迷惑了，又走了回来，在十几码处停下，专注地看着那两个人。

"它不会跑掉吧？"新主人问道。

马特耸了耸肩。"只能赌一把了。只有试一试才知道究竟。"

"可怜的家伙，"斯科特嘟哝说，动了恻隐之心，"它需要有人给些人情啊。"他找补一句，转身进了小屋。

他拿了一块肉，扔给白牙吃。它跳向一边，从远处疑虑重重地审视那块肉。

"滚开，少校！"马特大声警告说，但为时已晚。

少校向那块肉了追了过去。就在少校咬住那块肉的一瞬间，白牙攻击了少校。少校被撞翻在地。马特冲过来，但是白牙比他更快。少校摇摇晃晃站起来，鲜血从它的脖子流下，洒满了一片蔓延的雪地。

"太糟糕了，可少校也活该。"斯科特语无伦次地说。

不过马特已经飞起一脚踢向了白牙。只见一跳，牙齿一闪，一声尖叫。白牙惨叫一声，连滚带爬回退了好几码，而马特低头查看他的腿。

"它把我咬了个正着,"马特说着,指向撕开的裤子和内裤,血迹在往外渗。

"我告诉你没希望了,马特,"斯科特说,声音满是泄气,"我原想到一件事,也一直惦记着,却又不想再想它。不过现在我们想想吧。只能这样干了。"

他说着,很不情愿地去掏他的左轮枪,打开枪膛,看看子弹装好了没有。

"是这样,斯科特先生,"马特反对说,"这狗九死一生,你不能指望它一下子就成了身穿白衣的发光的天使。给我点时间。"

"看看少校吧。"另一位回答说。

赶狗拉雪橇的人看了看那只遭受攻击的狗。它躺在雪地里,周围都是鲜血,显然只有一口游气了。

"活该。你说的没错,斯科特先生。它要抢白牙的肉,结果搭上了性命。这不出所料。连口中食都护不住的狗,那可算不上好狗。"

"可是看看你自己,马特。狗就算活该,可我们人总该有个界限吧。"

"我也活该,"马特固执地争辩说,"我为什么要踢它呢?你亲口说它干得对。那么我就没有权利踢它。"

"打死它是出于好心,"斯科特坚持说,"它驯服不了。"

"现在是这样的,斯科特先生,给这可怜的家伙一次搏斗的机会吧。它未必有过这样的机会呢。它去地狱里走了一遭,这是它第一次取下了链子。给它一次公平的机会,如果它表现得不好,那我亲自打死它。这行了吧!"

"老天知道我不想打死它,也不想让人打死它。"斯科特答道,把左轮枪收了起来,"让它自由跑动吧,看看它到底要怎么样。只当试一试吧。"

他走到白牙跟前,开始温和地安慰地和它交谈。

"最好拿着棍子。"马特告诫说。

斯科特摇了摇头,继续试图赢得白牙的信任。

白牙疑虑重重。有事情要来了。它把这尊神的狗干掉了,要被陪伴它的神揍一顿了,除了一顿可怕的惩罚还能指望什么呢?不过面对一顿暴揍,它不能服软。它炸毛,龇牙,两眼警惕,整个身子都警惕起来,准备逆来顺受吧。这尊神没有拿棍子,因此忍受着让他走得更近些。神的手伸出来,开始往它头上落下。白牙缩作一团,越缩越感到紧张。危险来了,某方面的背叛,或者此类事情。它熟悉诸神的手,它们已经证实了主宰功能,造成伤害的手段很精明。另外,它被触摸让它很反感。它咆哮得更有威胁了,收缩得更加低矮,可那只手还在往下降。它不想咬这只手,它忍受着这只手到来的危险,直到身上的本能涌来,对生命的贪婪的渴望让它身不由己。

威登·斯科特相信他反应足够灵敏,可以躲开狗的撕咬。然而,他还没有领教过白牙让人刮目相看的闪电战,它出击如同一条盘卧的蛇那般准确和猝不及防。

斯科特惊叫一声,另一只手紧紧地举着被撕咬的手。马特恶狠狠地咒骂了一句,一下子跳起来。白牙萎缩下来,连连后退,炸毛,龇牙,两眼恶狠狠的,充满威胁。现在它只能期望一顿暴揍,像它遭受俊男史密斯的暴揍一样可怕。

"喂！你要干什么？"斯科特突然叫起来。

马特冲进了小木屋，出来时提着步枪。

"不干什么，"马特慢悠悠地说，装出大大咧咧的平静样子，"只是履行我说的诺言。我估计该我来打死它时，那我来就是了。"

"不，你不能打死它！"

"我能。你看我的吧。"

如同马特被白牙咬了，他亲自为白牙求情一样，现在轮到威登·斯科特为它求情了。

"你说好要给它机会的。喂，给它机会吧。我们刚刚开始，不能一开始就放弃呀。这次是我活该。而且——快看看它！"

白牙待在小屋角四十码远的地方，嗷嗷吼叫，一副穷凶极恶的样子，却不是对着斯科特，而是对着赶狗拉雪橇的人。

"哎哟，我的老天爷，它也太吓人了！"赶狗拉雪橇的人惊讶得嚷嚷道。

"看看它多么智慧，"斯科特忙不迭地说，"它竟然知道火器是干什么的，和你一样呢。它很有智慧，我们冲这种智慧就应该给它一次机会。快把枪收起来。"

"好吧，我同意，"马特同意道，把枪靠在那堆木柴上。

"你快再看看！"他紧接着又大声叫道。

白牙已经平静了，停止了咆哮。

"这倒真值得试验一下了。再看看。"

马特过去取步枪，与此同时白牙咆哮起来。他离开了步枪，白牙裂开的嘴唇合上，把牙齿藏住了。

"哦，再玩一下。"

马特拿起枪,慢慢地靠在肩头。白牙随着拿枪的动作开始咆哮起来,而且等持枪的动作渐渐达到顶点时,它咆哮得越来越凶了。但是,等到步枪对准它时,只见白牙横向一跃,跳到了小屋角的后面去了。马特站着盯着雪地的那块空地,白牙刚刚还待在那里的。

赶狗拉雪橇的人一脸严肃地把枪放下来,随后转身看着他的雇主。

"我同意你的看法,斯科特先生。这只狗绝顶聪明,不能滥杀。"

第六章　仁义的主人

白牙看着威登·斯科特走近时，它炸毛，吠叫，表明就是不受惩罚也不会屈服。它咬破那只手二十四个小时过去了，现在那只手缠着绷带，吊带吊着，不让流出血来。在以往，白牙经历过延迟的惩罚，因此它焦虑这样的惩罚迟早会落到它头上。还会有别的可能吗？它已经犯下了亵渎神明的事情，把牙齿咬进了一尊神的神圣的肉里。自然而然，和诸神打交道，某种可怕的事情在等着它。

神坐在几码远的地方。白牙没有看见什么危险的东西。诸神要施行惩罚时，他们都是站着干的。另外，这尊神没有拿棍子，没有拿鞭子，没有拿火器。这尊神往起站的工夫，它可以躲到安全的地方。这个时刻，它可以等着看。

神一直很安静，没有什么动作；白牙的咆哮渐渐地变成了吼叫，又渐渐地滑进喉咙，终于停止了。然后，神说话了，起初听起来是他的声音，白牙脖子上的毛立起来，吼叫涌到了喉头。但是，神没有做出什么敌意的动作，继续平静地谈话。一时间，白牙的吼叫随着他的话音或高或低发生变化，在吼叫和话音之间形成了相应的节奏。但是神说起话来没完没了。他和白牙交谈，这可是白牙过去从来没有见识过的。他说得温和，说得安慰，有一种温情，不知怎么，也不知哪里触动了白牙。不顾它自己和本能发出的种种严厉的警告，白牙开始对这尊神信任了。它有了一种安全感，却是它和人打交道的所有经历中不存在的。

过了很长时间，神站起来，进了小木屋。白牙见他出来时焦心地审视着。他没有拿鞭子或者棍子或者武器。他那只受伤的手后面也没有隐藏什么。他像刚才一样坐下来，还坐在原来的地方，有几码远。他拿出来一小块肉。白牙竖起耳朵，疑虑重重地审视那块肉，一边看那块肉，一边看神，警惕着每一个动作。它的身体紧绷着，一看有敌意的迹象就随时跳开。

惩罚迟迟未见。神只是拿着那块肉往它的鼻子跟前塞。肉闻起来似乎也没有什么不对的。可是白牙还是有疑虑；尽管那块喂它吃的肉在那只手里越塞越近，但是白牙还是拒绝动它。诸神都绝顶聪明，这块肉确实没有什么害处，可谁能说背后没有什么控制术呢。根据过去的经历，尤其是和印第安女人打交道，肉和惩罚往往具有灾难性的联系。

最后，神把那块肉扔到白牙蹄子边的雪地上。白牙仔细地闻了闻那块肉；但是它没有看那块肉。白牙一边嗅辨那块肉，一边目不转睛地看着这神。什么事情也没有发生。它把肉叼起来，吞咽了下去。还是什么事情也没有。神于是又送给它一块肉。它还是拒绝从那只手里接受肉，神于是又把肉扔给了它。这个活动反复了好多次。但是，这时候神不再把肉扔给它吃了。神一直把肉拿在手里，坚持不懈地喂给它吃。

肉是好肉，白牙饿了。一点一点，万分小心，它开始接近那只手。最后，它决定吃掉那只手递过来的肉。它始终没有让眼睛离开神。向前伸直头，耳朵向后抿去，毛不由自主地竖起来，在脖子周围挓挲着。吼叫在喉头呼呼噜噜响，在警告神切不可戏耍它。它把肉吃掉了，什么事情也没有发生。一块又一块，它把所有的肉都吃掉，还是什么事情也没有发生。惩罚还在推迟。

它舔了舔肉块，等着。神接着说话。神的话里有善意——某种白牙从来没有经历过的东西。它内心涌起了一些感情，过去从来没有产生过。它感觉到了某种奇怪的满足感，仿佛一些需要得到了满足，仿佛它生命的一些空虚正在填充。然后，它的本能又在刺激它，提醒过去的经历别忘了。诸神一贯狡诈，为了达到目的会使用意想不到的招数。

啊，它早想到了！现在说来就来了，神的手，伤害得很狡诈，向它直戳过来，往它的头上放。不过神继续说话，他的声音柔和，似在安慰它。除了那只有威胁的手，这声音还是让人信任的。可除了那令人放心的声音，那只手却让人不相信。白牙被互相抵触的感情和冲动撕扯着，好像它会成片地飞起来。它受到控制的影响是那么可怕，用一种不常有的优柔寡断把它体内因为控制而挣扎的反击力往一起硬拉。

它妥协了。它咆哮，炸毛，抿耳朵。但是它没有撕咬，也没有跳开。那只手下来了。那只手越来越近。那只手触摸到它倒竖起来的毛发的尖儿。它收缩在那只手下。那只手随着它往下落，往它身上按得更紧一些。畏缩，几乎在颤抖，它仍然设法把自己往一起硬拉。这是一种折磨，那只手触摸它，冒犯了它的本能。一天之内，它不能忘记人的手给它造成的恶果。然而，这是神的意志，它竭力服从。

　　那只手抬起来又放下，拍拍，抚摸一下又一下。这个动作持续不断，不过那只手每次抬起来，手下的毛发会随即立起。那只手每次落下来，它的耳朵会抿下来，喉头会响起空洞般的嗥叫。白牙嗥叫，嗥叫，一次又一次地警告。不过这样的嗥叫意味着它明确声明，它不管受到什么伤害，它都准备反击。神隐而不露的动机什么时候就暴露了，谁也说不准。柔和的激发信任的声音随时会勃然大怒，那只温和的爱抚的手会变成一把大铁钳把它死死抓住，让它孤立无援，领受惩罚。

　　然而，神温软地交谈，那只手一直抬起和落下，拍拂得没有敌意。白牙经受着双重的感情。这个动作对它的本能来说很不是滋味。这个动作约束了它，与它向往个人自由的意志背道而驰。然而，这个动作没有肉体上的痛苦。恰恰相反，这个动作还很惬意，肉体上很享受。那个缓慢的悉心的拍拂动作变成了耳朵根的揉搓，肉体的惬意有增无减。然而，它还是害怕，保持着警觉，期待意想不到的邪恶，一种感受或者另一种感受到了顶点并且摆布它，让它一会儿受苦，一会儿享乐。

　　"嘿，老天爷，真有你的！"马特不禁感叹道；他正好走出小木屋，袖子卷起来，两手端着一盆洗碗的脏水，正要倒掉，这时看见威登·斯科特正在拍拂白牙。

　　这时，白牙的叫声打破了寂静，随即往后跳了一步，野蛮地冲他咆哮。

马特看着他的雇主,一副很不赞成的凄苦神情。

"要是你不在意我说出我的感受,斯科特先生,那我就口无遮拦地说你是十七种该死的傻瓜,一个傻瓜都和另一个傻瓜不一样,个个傻瓜都不一样。"

威登·斯科特带着一种超然的神气微微一笑,站起来,向白牙走过去。他安抚地和白牙交谈,不过没有说多久,就慢慢地把手伸出来,放在白牙的头上,接着进行刚刚被打断的拍拂。白牙忍受了,两眼疑虑重重地一直盯着站在门口的那个人,而不是拍拂它的人。

"你也许是一个一流的采矿好手,当之无愧,"赶狗拉雪橇的人神谕般地表达自己的看法,"不过你小时候失去了生活的机会,没有去成马戏团还是屈才了。"

白牙听见了他说话的声音嗥叫起来,但是这一次它没有跳离那只正在爱抚它的头和脖子的手,任凭又长又安抚的捋摸来了一下又一下。

对白牙来说,这是结束,却是开始——结束过去的生活,结束憎恨的统治。一种崭新的理解不了的更为公正的生活姗姗来迟。这还需要威登·斯科特多思考,没完没了的耐性,才能成全。白牙这厢呢,什么都不要求,只要脱胎换骨就行了。它不得不无视本能和理智的涌动和冲击,把经历搁置一边,把谎言交给生活本身。

生活,如它早已领教的,不仅与它现在过的这种日子已经没有多少相似之处;而且所有逝去的潮流都会与它现在投入其中的潮流背道而驰。总而言之,方方面面都算上,它不得不找准一个方向，长远而浩瀚，是它主动从荒野回来并且接受格雷·比弗为主子时所找到的方向完全不能相提并论的。那时候，它只是一个幼崽，生下来软绵绵的，没有形状，听任环境的拇指对它进行捏弄。但是现在情况大不一样了。环境的拇指已经把活儿干得很好了。它在那拇指的捏弄下，已经被改造，被锤炼，成了"打架狼王"，凶狠、残忍、不懂爱、不可爱。完成这一转变，如同生命倒流，可此时它不再有青春的可塑性了；此时它身体的组织已经变得粗糙，疙疙瘩瘩的；此时它身上的经线与纬线把它编织成坚硬的结构；此时它的精神面貌已经变成了铁，它所有的本能和原理已经经过锤炼，成为规则、谨慎、厌恶和欲望了。

然而，在这个新方向里，还需环境的拇指捏弄它，捅戳它，软化已经变硬的东西并且塑造成更漂亮的形状。威登·斯科特其实就是这根拇指。他已经触到了白牙本质的根芽，用仁爱触碰生命的各种已经消退的几乎毁灭的潜能。其中一种潜能就是爱。它要取代喜欢的位置，因后者曾经是它和诸神交往的过程中刺激它的最高感情。

但是，这种爱不是一天之内就到位的。这种爱始于喜欢，从喜欢慢慢发展成爱。白牙被允许自由自在了，但它不逃跑了。因为它喜欢这尊新神了。这种生活比关在俊男史密斯的笼子里的生活当然好多了，而且它拥有一尊神是很有必要的。它的本质需要人来主宰。当初它告别荒野，匍匐在格雷·比弗的脚下，接受预料中的暴揍，它依赖人的烙印就打在了它身上。那时漫长的饥荒已经过去，格雷·比弗的村子里又有了鱼，它第二次从荒野返回来，身上再次打上这个烙印，可就无法根除了。

于是，因为白牙需要一尊神，因为它喜欢威登·斯科特而厌恶俊男史密斯，它就留了下来。为了报效大恩大德，它责无旁贷地保卫主人的财产。雪橇狗睡下后，它在小木屋附近巡视，第一天夜里来访者来到小木屋，只好用棍子打开它，还得威登·斯科特赶来救护。不过，白牙很快学会区别窃贼和好人，从步子和姿势上便能看出端倪。来人走得脚步砰砰响，直奔木屋门去，白牙就听之任之——尽管十分警惕地盯着来人，等到屋门打开，主人把来人迎了进去。来人要是蹑手蹑脚，绕来绕去，心怀叵测地左顾右盼——便会受到白牙的迎头攻击，颜面丢尽，慌不择路地溜之大吉。

威登·斯科特责无旁贷地救赎白牙——或者更准确地说，救赎人类带给白牙的过错。这是原则和良心问题。他感觉白牙受到的不公正待遇，是人类欠下的一笔债，必须偿还。因此，他义无反顾，对"打架狼王"特别仁爱。每天他定点定时安抚和宠爱白牙，并且做得一丝不苟。

白牙一开始怀疑、敌视，渐渐地喜欢上这样的宠爱了。但是有一件事情它从来没有放弃——它的嗥叫。它会嗥叫，从这种宠爱开始到结束，它会一直嗥叫。不过这种嗥叫有了新的调子。陌生人听不出这个调子，因为在陌生人听来白牙的嗥叫是展示一种原始的野蛮，令人心颤，血液凝固。不过白牙另有原因，因自它幼小时在洞穴里第一次发出生气的吼声以来，多年来气势汹汹的咆哮已经把喉咙的声带弄硬了，现在要表示它感觉到的温情，已经无法软化它的声音。然而，威登·斯科特的听力和同情心能够听出来这种淹没在凶猛中的新调子——那种表达满足的最细微的暗示，斯科特能听出来。

随着日子过去，喜欢和爱的演变在加速。白牙自己开始感觉到这点了，尽管在它的意识里，它不知道爱是什么。爱在它看来只是它生命的一种空虚———一种饥饿，喧闹着要人填满的思慕的空虚。它是一种疼痛，一种不安；它只有通过接触新神的存在才会得到安逸。在这种时候，爱对它来说是快意，一种发狂的极度刺激的满足。可是离开它的神时，疼痛和不安就会复燃；它体内的空虚冒出来用空虚挤压它，饥饿啃咬了又啃咬，不肯停下。

白牙处在发现自己的过程中。尽管它已然成年，改造它的模子野蛮刚硬，它的本性还是在继续扩展的。它体内的奇怪的感情和不习惯的冲动纷纷萌发。它旧有的行为准则在发生改变。在过去，它喜欢舒服，疼痛停止，不喜欢不自在和疼痛，因此相应地调整它的行动。但是，现在情况不一样了。因为它内心里有了这种新的感情，它为了自己的神经常选择不自在和痛苦。因此，早晨，它不再漫游和找食，或者躺在隐蔽的犄角里，而是在没有情趣的屋门廊阶等待几个小时，只为与神谋面。到了夜里，神回屋子里了，白牙会离开它在厚雪里刨出来的温暖的睡觉窝，只为接受手指友善的拍拂和问候。肉，即便是肉，它也会放弃，和神待在一起，接受神的抚摸或者陪着神到镇上去。

喜欢已经被爱取代。爱成了铅锤，坠入它的深处，而喜欢是从来不曾抵达那里的。它的深处因此回应了这一新东西———爱。给予它的东西，它如数反馈了。这是一尊真神，爱神，温暖的发光的神，在神的光芒下，白牙的本性像花朵在太阳下一样绽放了。

但是白牙不善展示。它太老旧，塑造得太结实，因此不善于用新的方式表达自己。它太镇静，固守自己的孤立太用力。漫漫岁月，它对静默、孤僻和阴郁，悉心耕耘。它长这么大从来没有吠叫过，而且它现在看见神过来也不会吠叫一声表示欢迎。它从来不会挡道，从来不会在表达爱时夸大其词或者卖弄愚蠢。它从来不跑过去迎接它的神。它在远处等待；不过一直等待，一直等在那里。它的爱带有崇拜的本质，无言，无语，一种寂静的敬意。它只是目不转睛地注视，表达它的爱，而且两眼不停地跟随着它的神的每一个动作。还有，在它的神看着它和它说话时，它有时会流露出一种笨拙的自我意识，这是爱努力表达自己而它身体又无法表达的结果。

它学会多方面调整自己，适应新的生活方式。它很清楚它务必和主人的狗保持距离。不过，它唯我独尊的本质不能徒有其名，因此它开始时把它们收拾了一顿，让它们明白它的崇高身份和领袖地位。这步棋走到了，它懒得和它们为伍。它来了，它们让路，在它们中间来去自由，而它行使自己的意志时，它们服从就好。

它用同样的方式容忍了马特——只当是它主人的一件东西。它的主人很少喂它。马特给它喂食，这是马特的正事；可是，白牙很清楚它吃的是它主人的食物，是它的主人通过他人之手来喂它的。马特这人竟然要给它套上挽具，让它和别的狗拉雪橇。马特做不到。还是威登·斯科特给白牙套上了挽具，让它拉套，它才明白怎么回事了。马特赶它，让它干活儿，正如同它驱赶主人别的狗拉套干活，这都是它主人的意志。

克朗代克的雪橇和麦肯齐河的平底雪橇不同,下面装有滑板。赶狗的方法也不一样。狗队不是扇面形式。狗们单线拉套,一只狗排在另一只狗后面,两个纵列齐头并进。在克朗代克的雪橇里,领袖就是领袖。最精明最强壮的狗担当领袖,狗队服从它,惧怕它。白牙理当尽快地获得这一位置,无可厚非。此外它一概不能满足,马特因此费了不少劲,遇到很多麻烦,才明白了这点。白牙亲自选定了这一位置,马特经过一番周折,骂了很多难听话,才认可了它的选择。尽管白牙白天在雪橇里拉套,夜间照例守护它主人的财产。因此,它无时无刻不在尽职尽责,警惕,忠诚,不愧为狗中翘楚。

"我是有话非说出来才痛快,"一天马特说,"不得不说,你是一个精明透顶的家伙,你掏钱买下这只狗是物有所值啊。你照脸打了俊男史密斯一拳头,把他拾掇得服服帖帖。"

威登·斯科特两只灰色眼睛顿时怒焰闪闪,恶狠狠地嘟哝道:"那个畜生!"

春天临近尾声时,白牙遇到了大麻烦。事前没有任何警告,它的主人不见了。实际上有过告诫,但是白牙弄不懂这样的事情,不懂打理行李是什么意思。它后来才记起来打点行装之后,主人就不见了;可是当初它毫无戒备之心。那天夜里它等待主人回家。午夜时分,料峭的寒风把它驱赶到小屋后面避风。它在这里昏昏欲睡,半醒半睡,耳朵在捕捉那熟悉的脚步传来的第一声。然而,凌晨两点,它焦虑不安,把它驱赶到寒冷的前门廊阶,它卧下来等待。

然而,主人没有到来。早上屋门打开时,马特走了出来。白牙眼巴巴地看着他。平常的谈话没有了,它无法弄明白它想知道的事情。日子如梭,可是主人就是不见了。白牙生来压根不知道生病是怎么回事,却生起病来。它病得很厉害,等病得实在不行了,马特只好把它弄进小木屋里。马特赶紧给他的雇主写信,连带把白牙的情况交代了几句。

威登·斯科特在团城看到了来信。信文如下:

那只该死的狼不干了。不吃不喝,一副病恹恹的样子。所有的狗都来招惹它。你近况如何,我不知道怎么跟它交代。也许它要死了。

马特说的没错。白牙停止吃喝,心气儿没有了,任凭狗队的每只狗来欺侮它。在小屋里,它卧在火炉旁的地上,对食物没有兴趣,对马特置之不理,对性命也听之任之了。马特可以温和地和它说话,可以骂它,结果一个样;它至多抬起黯淡无光的眼看马特一眼,随后把头垂在前爪之间,样子一如往常。

终有一个夜晚,马特蠕动嘴唇,给自己念东西听,嘟嘟哝哝的,却被白牙的一声低声呜咽吓了一跳。白牙站起来,两耳向门边倾立,聆听得十分专注。不一会儿,马特听见了脚步声。门开了,威登·斯科特走进来。两个人握了握手。随后,斯科特环顾屋子。

"狼在哪里?"他问道。

随后他看见了它,站在它一直卧在火炉附近的地方。白牙没有像别的狗那样冲过来。它站着,看着,等着。

"真了不得！"马特嚷嚷道，"看它把尾巴摇得！"

威登·斯科特大步穿过屋子，向白牙走过去，同时招呼它。白牙向他走来，没有大步跳跃，只是快步跑来。它拙于自我表现，但是越走越近时，它的眼睛流露出奇怪的神情。很像一种无法交流的茫无边界的感情，涌向它的两眼，如同光亮闪耀。

"你走了以后，它从来不会这样看我。"马特感叹说。

威登·斯科特没有听马特说话。他蹲下来，和白牙脸对脸，宠爱它——搓磨白牙的耳根，在脖子和肩膀上长长地一下接一下地抚摸，用指节轻轻地弹敲它的脊梁。白牙嗷嗷叫着表示回应，嗥叫的低吟袅袅，从来不曾有过。

不过这还不是全部。它满腔的喜悦，满腔的大爱，一直在涌动，挣扎着非表达不可，终于找到了一种表达的新方式。它突然把头向前拱来，在主人的胳膊和身体之间插进来。在这里，头脸都躲避起来，只有耳朵露在外面，不再嗷嗷地叫，只是不停地左碰一下，右捅一下。

两个男人面面相觑。斯科特两眼亮闪闪的。

"老天！"马特吃惊地说。

过了一会儿，他平静下来，说："我始终认定这只狼是一只狗嘛。看看它！"

仁义的主人回来了，白牙恢复得很快。它在小屋子里过了两夜一天。然后它就跑到外面了。雪橇狗忘记了它的凶悍。它们只记得最近的病象，虚弱不堪。它从小木屋出来时，它们纷纷向它扑过来。

"说说你在屋里怎么讨欢吧，"马特开心地嘟囔道，站在屋门口看热闹。"让它们见鬼去，你这只狼！让它们见鬼去！——多多为善！"

白牙无须鼓励。仁义的主人回来了，这就足够了。生命又在它身上流动，光荣绽放，不屈不挠。它喜不自胜地投入战斗，感觉打架就是把它感觉更多的东西说出来，要不就说不出来了。结局只能有一个。狗队溃不成军，丢尽颜面，天还没黑下来，狗们就蔫蔫地溃退回去，一只接一只，服服帖帖，低眉顺眼，对白牙俯首称臣。

白牙学会撒娇后，常常感到不好意思。这就是最后的交代。它没有更深的表示。它过去一贯特别在意的一样东西，就是它的头。它一向不喜欢别人触动它的头。头是它身上的荒野，害怕伤害，害怕陷阱，因为伤害和陷阱让它产生恐慌的冲动，不让触碰。这是它本能的命令，头必须自由。现在，这是仁义的主人，撒欢是把自己摆在一个无望无助的姿势的故意而为的动作。这是一种彻底信任的表达，是绝对的投降，仿佛它在说："我把自己交在你手里了。听由你随便处置。"

一天夜里，斯科特回来不久，他和马特玩了几把游戏牌，准备上床睡觉。"十五对二，十五对四，还有一个对子，算六分，"马特把积分记在木板上，这时忽听外面一声惊叫，一声咆哮。他们面面相觑，站起身来。

"狼把人咬了。"马特说。

紧接着，因恐惧和痛苦而发疯的嚎声传来，他们闻声赶出来。

"拿灯来！"斯科特喝道，一个箭步赶出来。

马特提着灯跟了出来，借着光亮他们看见一个人仰躺在雪地里。他的胳膊交叠起来，护在脸和喉咙上。他用这个姿势极力保护自己，躲开白牙的牙齿。这是自救必须的。白牙怒不可遏，对着那个不堪一击的目标进行攻击，凶狠异常。肩膀，交叠胳膊的手腕，外衣袖子，蓝法兰绒衬衫和汗衫，都撕得稀烂，而那两条胳膊被撕咬得血口大开，鲜血直流。

这是他们两个最初看见的情景。紧接着，威登·斯科特一把抓住白牙的脖子，把它拖开。白牙挣扎、咆哮，不过没有再扑上去撕咬，在主人大声吆喝下很快安静下来。

马特帮助那个人站起脚。他一边往起站，一边放开交叉的胳膊，露出了俊男史密斯那张野兽一般的脸。赶狗拉雪橇的人一下子甩开手，那动作好似一个人抓住了燃烧的火。俊男史密斯在灯光下眨巴眼睛，打量周围。他看见了白牙，马上一脸恐惧。

就在这时，马特看见了雪地上有两样东西。他把灯凑过去，用脚尖指给雇主看——一条拴狗的铁链子和一根粗棍子。

威登·斯科特看了看，点点头。无须多话。赶狗拉雪橇的人把手放在俊男史密斯的肩上，让他向后看。无须多话。俊男史密斯吓了一跳。

与此同时，仁义的主人拍了拍白牙，跟它说："想偷走你，是吧？可你不愿意让他得手！哦，哦，他打错了算盘，不是吗？"

"千万想到它身上有十七个魔鬼呢。"赶狗拉雪橇的人窃笑道。

白牙依然激动，毛发挓挲，嗥叫了又嗥叫，毛发慢慢地收回来，低吟声渐渐远去，隐约可闻，但是吠叫还在喉间隆隆作响。

第五部　驯化

第一章　漫长的雪道

就在空气里，白牙感觉到了即将到来的灾祸，即便还没有明显的征兆。模模糊糊，它感觉到变化在即。它不知道怎么变化，为什么变化，但是它感觉到诸神自己有什么事情会发生。很微妙，他们感觉不到，只是他们把他们的意图暴露给这只在小屋廊阶前转悠的狼狗了，而且尽管它从来没有到小屋里去，但它知道他们脑子里在打主意。

"你快听听！"一天夜里，赶狗拉雪橇的人在晚餐桌旁大声嚷道。

威登·斯科特在听。从门边传来低低的焦虑的呜咽，像喘息间的抽噎，刚刚能听得见。随后是一声长长的嗅辨，白牙自己确信它的神在里面，没有神秘地单独地悄然离去。

"我相信这只狼只认你了。"赶狗拉雪橇的人说。

威登·斯科特望着他的同伴，两眼几乎在恳求，嘴上却说得言不由衷。

"我带一只狼去加利福尼亚成何体统？"他追问道。

"我还要问问你呢。你带一只狼去加利福尼亚成何体统？"不过这话显然让威登·斯科特不满意。另一位似乎在用模棱两可的态度试探他。

"白人的狗来它面前是找死，"斯科特继续说，"它一见面就会把它们干掉。我会因为它惹是生非遭到起诉，不等我破产，当局就会把它捉走，电刑处死。"

"它是一个名副其实的凶手。"赶狗拉雪橇的人议论说。

威登·斯科特看着他，满腹狐疑。

"带它走无论如何不行。"他不容商量地说。

"带它走无论如何不行，"马特学舌道，"唉，可你为什么不能雇一个人专门照顾它呢？"

另一位的疑虑缓解了。他大喜，点了点头。接下来的沉默中，门口传来低低的几分啜泣的呜咽声，然后是长长的敏锐的嗅辨声。

"它想念你都成了相思病，这是不可否认的。"马特说。

另一位突然怒气冲冲地瞪了伙伴几眼。"该死，伙伴！我还有脑子，知道什么是万全之策！"

"我同意你的话，只是……"

"只是什么呢？……"赶狗拉雪橇的人和缓地反问一句，随后觉得不是滋味，气不打一处来。"哦，你用不着这么怒不可遏的样子。看看你的举动，没有人会认为你有什么脑子。"

威登·斯科特心里斗争一番，然后也和缓一点地说："你是对的，马特。我们自己没长脑子，问题就出在这里了。"

"一路上带着一只狗，难免让人笑掉大牙。"停顿一会儿，他又忍不住说。

"我同意你说的。"马特答道，可他的雇主对他的话又不满意了。

"伟大的沙达那帕鲁斯王在上，它怎么就知道你要离开，我真搞不懂。"赶狗拉雪橇的人接着说，一脸无辜的样子。

"我也搞不懂，马特。"斯科特答道，苦恼地摇了摇头。

这天到底来了，从打开的屋门，白牙看见那个要命的旅行包放在地上，仁义的主人把行李都装在里面了。还有，来来往往的，小屋子里一向安静的气氛不复存在，罕见的纷乱和不安满眼都是。毋庸置疑，证据确凿。白牙早就感觉到了。它眼下得出了结论。它的神准备再次逃走。既然上一次他没有带它走，那么，这次，他也不会带它走的。

夜里，白牙发出了长长的狼嗥。它幼小的日子里，它就嗥叫过，那时它从荒野回到村子里，发现村子没了，只有一堆垃圾表明格雷·比弗家的帐篷的所在地，因此它这时只好对着繁星仰天长嗥，告诉星辰它心里很苦。

木屋里两个男人正要上床睡觉。

"它又绝食了。"马特在床铺上感叹说。

威登·斯科特在自己床铺上咕哝了一声，把毯子踹了一下。

"那次你走了，它一蹶不振，这次你走后它病死饿死，我一点不会意外。"

另一位的床铺上的毯子又乱动了几下。

"唉，闭上嘴巴！"斯科特在黑暗里叫道，"你比女人还能嚼舌。"

"我同意你说的。"赶狗拉雪橇的人答道,可威登·斯科特从话音里听不出马特是否在取笑他。

第二天,白牙的焦虑和不安更加明显了。它的主人只要离开小木屋,它就寸步不离地跟在他身后,而主人待在屋子里时它在门口的廊阶前转悠。门开着,它能看见行李放在地上。那个行李包旁多了两个大帆布包和一个箱子。马特正在把主人的毯子和皮大衣卷进一张油布里。白牙看着马特干活儿,一个劲儿呜咽。

后来,两个印第安人来了。它紧紧地盯着他们,看见他们扛起行李,由马特领着下山,而马特提着被褥和那个行李包。但是,白牙没有跟他们走。主人还在小屋里。过了不久,马特回来了。主人来到了门口,把白牙喊了进去。

"你这可怜的家伙,"主人温和地说,摸摸白牙的耳朵,拍拂它的脊梁骨,"我要出远门了,老伙计,可你不能跟着去啊。现在给我嗥叫一声——这是最后的告别,好好嗥叫一声吧。"

可是,白牙就是不嗥叫。不仅不叫,一番渴望的探求的审视后,它开始讨欢,把脑袋拱进了主人的胳膊和身子之间,藏了起来。

"船鸣笛了!"马特喊道,育空河上传来轮船到来的低沉的鸣笛声,"你长话短说吧。记住把前门锁上。从后门出来。快点走吧!"

前后门同时砰然关上了,威登·斯科特等着马特从前门绕过来。门里传出来一声低沉的呜咽和啜泣。接着,又长又深的嗅辨声一下又一下传来。

"你务必照看好它,马特。"斯科特说着,两个人一起开始下山了。"给我写信,告诉我它生活得怎么样。"

"敢情,"赶狗拉雪橇的人回答说,"可是你听听!"

两个人都站住了。白牙嗥叫得如同狗的主人死去时那般悲哀。它在诉说一腔哀痛,叫声冲天,声声都是巨大的令人心碎的倾诉,余音里还有颤动的痛苦,然后叫声又冲向天空,悲情发泄了一拨又一拨。

"极光"号是这年第一艘从外面来的轮船,甲板上挤满了发财的冒险者和垂头丧气的淘金者,如同当初发疯地到这内地来一样,如今发疯地逃往外面去了。在跳板附近,斯科特和马特在握手告别,马特准备马上上岸去了。但是,马特正要再次握紧斯科特的手时,手却无力再握了,因为不错眼珠地看斯科特身后有什么东西。斯科特转过身来一看究竟。白牙蹲伏在甲板上几英尺的地方,眼巴巴地看着他。

赶狗拉雪橇的人轻声骂了一句,口气惊讶不已。斯科特只是惊讶地看着白牙。

"你锁好前门了吗?"马特追问道。

另一位点了点头,问道:"后门怎么样啊?"

"打个赌,我锁上了。"马特急切切地答道。

白牙把两只耳朵抿了回去,一副讨乖的样子,但是原地待着,根本没有过来的样子。

"我得把它带到岸上去吧。"

马特向白牙走了几步,但是白牙躲开了他。赶狗拉雪橇的人向白牙跑了几步,而白牙拱进了一堆人的腿间。窜来窜去,拐来拐去,转来转去,在甲板上兜圈子,就是不让抓住它。

仁义的主人开口说话时,白牙却十分顺从地走了过来。

"这么多月来我一直喂它，它却不到我身边来，"赶狗拉雪橇的人很有怨气地嘟哝道，"可你——你们认识以来你根本就没有喂过它，它却找你。我真搞不懂它是怎么知道你是老板的。"

斯科特一直在拍拂白牙，突然凑近身子，指向白牙嘴上刚刚划出来的伤口，以及两眼中间的一道口子。

马特弯下身子，用手在白牙的肚子下抚摸。

"我们就是忘记了窗户。它肚子下面还有不小的伤口呢。一定是撞开窗户才出来的，老天爷呀！"

但是，威登·斯科特没有听马特说话。

"极光"号拉响了汽笛，宣布马上要开船了。人们急急忙忙走下跳板上了岸。马特解下自己脖子上的印花大手帕，要给白牙拴在脖子上。斯科特一把抓住了赶狗拉雪橇的人的手。

"再见吧，马特，老伙计。关于这只狼呢——你不用写信汇报了。你看，我已经……"

"怎么！"赶狗拉雪橇的人惊叫道，"你不会是说……？"

"我就是这个意思。还给你的花手帕吧。我来写信向你汇报白牙的情况吧。"

马特走到跳板的中间时停了下来。

"它无论如何受不了那边的气候啊！"马特回身喊道，"天热了你一定要把毛剪一下！"

跳板收了回去，"极光"号起航离岸了。威登·斯科特最后挥手告别。然后，他转身站在白牙身旁，俯下身来。

"你应该嗥叫一声，你这家伙，嗥叫吧。"斯科特说，一边拍拂白牙的头，抚摸它抿起来的耳朵。

第二章　南　方

　　白牙和主人在旧金山上了岸。它惊讶不已。在它的内心深处，任何理智推论和意识活动都达不到的深处，它已经把强权和神脑联系在一起了。它走在旧金山平滑的人行道上时，白人如眼前这般匪夷所思的诸神，无论如何都没有想到。它过去熟悉的原木小屋被高楼大厦所取代。大街上挤满了危险之物——四轮马车、两轮马车、汽车，昂首阔步的大马拉着大货车；巨怪一般的缆车和电车在大街上嘀嗒叮当地穿行，不断地大呼小叫，十分吓人，那样子像它熟知的北方森林里的山猫一样可怕。

　　所有这一切都是强权的明证。这一切之中，这一切之后，都是人在统治和控制，一如远古，通过主宰事物，确立自己的强大。这景象庞大、震慑。白牙完全被镇住了。惧怕抓住了它。它幼小时，从荒野走进格雷·比弗的村子时，感觉到自己的渺小和弱小，而现在，它长大成人，为一身力气感到自豪，却依然感到自己的渺小和弱小。诸神多不胜数！他们熙熙攘攘，让它头晕眼花。街道上轰隆隆的鸣响震耳欲聋。喧嚣宏大，没完没了，万物都在活动,把它搞得不知所措。它从来没有像现在这样感觉它万般依赖仁义的主人,紧紧跟在主人的身后,不管发生什么事情都紧盯主人不放。

然而,白牙不过是目睹了城市的噩梦般的景象——这一经历如同一个噩梦,失真而可怕,在梦中久久萦绕不去。它被主人安置在一辆行李车上,用链子拴在堆放箱子和旅行袋的一个角落里。一个矮胖的茁壮的神在这里张罗,咋咋呼呼的,把行李包和箱子提来提去,搬进门里,堆成堆,或者传递给门外等待行装的别的诸神,把行李箱磕碰得砰砰响。

白牙被主人丢弃在这地狱般的行李堆里。至少白牙认为它被遗弃了,后来它嗅辨出来主人的帆布包和它在一起,便担负起保护它们的责任。

"你可算来了,"一个小时后,威登·斯科特出现在门边时,那个管理行李车厢的神嚷嚷道,"你的狗不让我动你的行李啊。"

白牙从行李车走出来。它感到吃惊。噩梦般的城市不见了。这行李车在它眼前不过像一个房子,它当时走进行李车时城市把它包围起来。过了一段时间,城市不见了。城市的喧嚣不再让它耳朵轰鸣。眼前是微笑的乡村,阳光普照,安静得令人发懒。不过,它没有时间为这样的转变感到惊奇。如同接受所有很难理解的作为以及诸神的种种表现一样,它接受了眼前的一切。这是它们的习惯。

一辆四轮马车在等待。一个男人和一个女人向主人走来。那个女人的两臂伸展开,把主人的脖子紧紧地抱住了——一个有敌意的动作!接下来,威登·斯科特从拥抱中脱出身来,走近白牙,因为白牙已经变成了一个嗥叫的发怒的魔鬼。

"没事,妈妈,"斯科特紧紧地拉住白牙,给它慰藉,"它以为你要伤害我呢。好了。好了。它很快就明白怎么回事儿了。"

"这么说,儿子的狗不在身边时我才能对儿子表示爱呀。"她笑起来,尽管她吓得脸色发白,有些虚弱。

她看着白牙,因为白牙还在嗥叫,炸毛,目光凶恶地瞪人。

"它需要学习,它会明白的,用不了很久。"斯科特说。

他温和地和白牙说话,直到把白牙安抚下来,随后他的声音严厉起来。

"卧下,老兄,你快卧下来!"

这是主人过去教给它的一招,白牙服从了,尽管它卧得很勉强,闷闷不乐的样子。

"这下好了,妈妈。"

斯科特向母亲张开两臂,不过两眼一直没有离开白牙。

"卧着!"他警告道,"卧下!"

白牙一声不响地炸毛,它半卧半起,这时又卧下来,看着那个敌意的动作又做了起来。不过没有造成什么伤害,那个陌生的男人接着拥抱主人也没有什么伤害。随后,行李袋子被装上了马车,两尊陌生的神和主人跟着上了马车,白牙紧追不舍,警惕地在后面小跑,而且冲着奔跑的马儿拃挲毛发,警告它们它在监视着呢,它们拉着它的神在地上跑得这么快,可不能伤害他。

十五分钟后,马车转弯进入一道石头门道,道路两边是一溜形成拱形交错在一起的胡桃树。两边都是铺开的草坪,很开阔,这里那里可见枝繁叶茂的橡树间杂其间。在不远处,与这片悉心照料的嫩绿草地形成鲜明对照的是太阳晒干的干草地，一片焦黄；再往远处是淡黄色的山和缓坡的草地。这块草坪尽头，山谷蔓延上来的第一道缓坡上，可见一所大门廊的多窗户的宅邸。

白牙没有什么机会看到这一切。马车刚刚进入这地带，一只牧羊犬就向它扑过来，眼睛贼亮，尖嘴，一副正义凛然的怒气冲冲的样子。牧羊犬站在它和主人中间，不停地撕咬它。白牙没有嗥叫，发出警告，只是毛发直立，准备一声不响地一击致命。它没有完成出击。它停住了，冲击十分别扭，前腿刨地做势，发力戛然而止，差一点坐卧在后腿上，一点不愿和这只狗发生冲突，自己单方面进行攻击。这是一只母狗，它同类的法则成了它们之间的一道屏障。它要是攻击这只母狗，那是违背它的本能的。

然而，牧羊犬却不一样。因为是一只母狗，它不具备这样的本能。另一方面，作为牧羊犬，它却本能地感觉到了荒野，尤其感觉到了狼的存在，因此反应异常激烈。在它看来，白牙是一只狼，是世世代代袭击它的同类的掳掠者，它模模糊糊记得自己的祖先因此才来放牧和守护羊群。因此，白牙放弃对它的攻击后，做好架势避免它的攻击，它依然向白牙扑去。白牙不由自主地嗥叫，因为白牙感觉它在用牙咬它的肩膀，可白牙宁愿挨咬也不打算攻击它。白牙退守了，自觉地把腿绷直，尽力绕开它。白牙躲来躲去，打转，折返，但是没有用。牧羊犬总是挡在它想过去的路上。

"来这里，克丽！"那个陌生的男人在马车里喊道。

威登·斯科特笑了。

"别担心，爸爸。有规矩才好。白牙不得不学习很多东西呢，它现在开始学习正好。它会调整好自己的。"

马车继续向前,而克丽挡住了白牙的路。白牙试图加快跳跃超过克丽,在草坪上绕圈奔跑;但是克丽在内圈跑,绕圈比较小,因此总是抢先一步,用两排白生生的牙齿对付白牙。它反着跑圈,跨过车道跑到另一块草坪,克丽又迎头拦住了它。

马车上拉着它的主人走了。白牙看见马车一闪消失在那些树间。局面刻不容缓。它试图另绕一个圈子。克丽紧追不舍,跑得很快。随后,突然,它向克丽反扑过来。这是它打架的老招式。肩撞肩,它准准地撞上了克丽。克丽不只是被撞翻了。克丽因为跑得太快,它被撞得滚了好几个滚,一会儿仰身,一会儿侧身的,挣扎着稳住自己,用爪子抓地,因为伤害自尊和威严,尖叫不已。

白牙没有等待。路障清除了,这就是它想要的。克丽在后面紧追,一直吠叫不已。这是跑直道,要说真正奔跑起来,白牙可以好好给克丽上一课。克丽发疯地跑,歇斯底里地跑,倾尽全力地跑,每次跳跃都用够力气;可白牙始终能躲开它,一声不响,不费力气,像一个幽灵在地上飘忽不定。

绕过宅邸来到停车处时,白牙追上了马车。马车已经停下来,主人正在下车。这时刻,白牙还在全速奔跑,却突然意识到从侧面来了攻击。这次是一只大猎犬向它扑来了。白牙试图和它对抗,可是它跑得太快,大猎犬近在咫尺。大猎犬攻击到了它的肋侧;白牙正在全力前冲,对攻击猝不及防,被撞翻在地,身体打了一个滚儿。它翻身起来,一副气势汹汹的样子,耳朵向后抿去,嘴唇裂开,鼻子缩起,牙齿碰得嗒嗒响,差一点咬住大猎犬的喉头。

主人跑过来了，但是还有好一段距离；幸亏克丽及时赶到，救了大猎犬的命。白牙还没有扑上来咬出致命的一口，它还在跳跃之中，克丽赶到。克丽刚才攻击失策，被白牙赶超，更别说它还被无礼地撞翻在地，因此它像一阵飓风一样冲过来——尊严受到侵犯，是可忍孰不可忍，它本能地恨死了这个荒野来的掳掠者。因为白牙正在扑来，克丽攻击得正是时候，白牙再次被撞翻，滚在地上。

这时，主人赶到了，一把抓住了白牙，而他父亲把那两只狗叫走了。

"嘿，一只北极来的可怜的孤狼，这可真算得上一次热烈的欢迎了，"主人说着，一边用手抚摸白牙，让白牙安静下来，"它这辈子四脚离地只有过一次，可这次三十秒内就被撞翻了两次。"

马车已经赶走，另一些陌生的神从宅邸走出来。一些人恭恭敬敬地站在远处；但是其中两个女人又做出有敌意的动作，搂住了主人的脖子。不过白牙已经开始容忍这样的行为了。这个动作好像没有什么伤害，诸神弄出来的声音确实不是在吓唬人。这些神还主动靠近白牙，但是白牙嗥叫一声，警告他们离它远一点，而且主人也说了一句什么话。这样的时候，白牙学会紧紧地依偎在主人的两腿边，接受主人在它头上的抚摸。

那只猎犬听见有人喊："迪克！卧下，老兄！"便跃上台阶，在门廊的一边卧下来，一边吠叫，一边阴沉地瞅着闯入者。克丽得到一个女神的照看，她还抱住它的脖子，拍拂它，爱抚它，但是克丽大感迷惑，很着急，呜呜地叫，不安生，为这只狼被允许待在现场感到气愤，认为诸神在犯一个严重的错误。

所有的神都走上台阶，进了宅邸。白牙紧紧跟在主人身后。迪克在门廊里嗥叫，白牙站在台阶上，毛发挓挲，嗥叫一声表示回击。

"把克丽带到屋里，让那两只狗在外面打一架吧，"斯科特的父亲建议道，"不打不成朋友。"

"那白牙为了表示友谊，一定会在葬礼上充当主要的致哀者呢。"主人笑道。

老斯科特一脸疑惑地先看了看白牙，随后又看迪克，最后看着他的儿子。

"你是说……？"

威登点了点头。"我就是这个意思。那样你不到一分钟就会得到一只死迪克了——最多也不会超过两分钟。"

他向白牙转过身来。"好吧，你这只狼。进屋子里的还得是你啊。"

白牙挺直腿走上了台阶，穿过门廊，尾巴撅得直直的，两眼一刻不停地盯着迪克，警惕它从侧面攻击，同时准备迎接未知之物在这宅邸会向它使出什么凶招，不管什么招数它都得应对。然而，没有什么恐惧的东西向它袭来，而且等它进来后细细地巡视一遍，寻找一下，并未见异常。然后，它满意地在主人的脚边唧哝一声，观察着所有动向，随时准备跳起来和它感觉到的种种恐怖拼死搏斗，因为它觉得在这宅邸陷阱一样的屋顶下，一定潜藏着恐惧。

第三章　神的领地

　　白牙不仅天生适应环境能力强，而且已经去过很多地方，知道调整的意义和必要性。这地方叫"延绵长景"，是法官斯科特的寓所，白牙很快自由自在起来。它和那两只狗没有再闹出麻烦。它们了解南方诸神的生活习惯，比它强多了。在它们眼里，它只是有资格和诸神在屋子里做伴而已。它这样一只狼，过去不曾有过，诸神已经同意它住下来，它们只是诸神的狗，主人要怎么办它们认可就是了。

　　迪克最初不得不经过一些硬碰硬的交往，此后便平静地接受了白牙，权当这寓所的财产了。要是以迪克的处世方式，它们应该成为朋友；但是白牙对友谊不上心。它对别的狗的所有要求，就是别打扰它。它这辈子与同类都不合群，现在依然希望独来独往。迪克的主动接近让它很不爽，因此它冲迪克嗥叫起来。在北方时它已经弄明白，它必须和主人们的狗保持距离，现在它并没有忘记这点。不过它坚持自己的私密性，要求私人空间，因此它根本不搭理迪克，迪克这只心地善良的狗最后也就放弃了，对它没有多大兴趣，权当它是马厩边的拴马桩了。

克丽则不是这样。克丽之所以接受它，那是因为这是诸神的命令，它可没有理由让白牙一直逍遥法外。它生就了一种记忆，那就是白牙及其屡屡侵犯克丽的祖辈们，犯下了罄竹难书的罪过。惨遭屠戮的羊圈不是一天或者一代可以抛之脑后的。这一切是克丽的一根尖刺，刺痛它进行报复。克丽当着允许白牙逍遥法外的诸神，无法明火执仗地报复，但是却无法阻止它要些花招让白牙如芒刺在身。它们之间有世仇，由来已久，而它克丽，就是要让白牙明白有仇必报。

因此，克丽利用女性的优势，总跟白牙找碴儿，让白牙吃苦头。白牙的本性不允许它攻击克丽，而克丽屡屡找碴儿又让白牙不能听任它胡闹。克丽向它扑上来时，它用皮毛保护着的肩膀对付克丽，随后挺直腿脚大摇大摆地离去。要是克丽逼得它太狠时，它不得已绕个圈子，用膀子抗开它，扭头不跟它一般见识，脸上和眼睛里流露出一种忍耐和容忍的表情。不过，有时候，白牙的后腿挨了一口，只得落荒而逃，然后转变成一副男不跟女斗的大度。不过，按规矩它想方设法保持一种威严，近乎肃穆的样子。只要可能，白牙就忽略克丽的存在，决意躲开它。当它看见或者听到克丽到来，就站起来，一走了之。

对白牙来说，还有很多别的事情需要学习。北方的生活本身就很简单，相比之下，延绵长景的事务纷繁复杂。首先，它不得不研习主人的家庭。它在某种程度上准备这样做。如同米特撒赫和克鲁库奇属于格雷·比弗一样，分享他的食物、他的火堆和他的毯子，眼下在延绵长景一个道理，这宅邸的居民都属于它仁义的主人。

　　但是在这事上，区别还是有的，而且区别多多。延绵长景比格雷·比弗的帐篷的地盘要大很多倍。很多人都需要考虑在内。法官斯科特和他的妻子。主人的两个妹妹，贝丝和马丽。主人的妻子爱丽丝，然后还有他的孩子，威登和莫德，一个四岁，一个六岁，都还在蹒跚学步的年龄。没有人给它一一介绍这些人，因此它对他们的血缘以及关系一无所知，而且永远也无法了解清楚。然而，它很快就弄懂他们统统都属于主人的。然后，通过观察，只要有机会，它就研习他们的行为、语言和发音的语调，慢慢地也懂得了他们和主人的亲密程度和喜欢程度。通过这种判断和标准，白牙相应地对待他们。主人的价值观就是它的价值观；主人爱惜的，白牙就爱惜，而且悉心守护着。

　　它对待两个孩子也是这种态度。它这辈子都不喜欢孩子。它憎恨他们的手，也害怕他们的手。在印第安人的村子里，它领教了孩子们的残暴和残忍，教训够人瞧的。威登和莫德一开始接近它时，它吼吼叫着警告他们，恶狠狠地瞪他们。可主人给了它一巴掌，骂了它一句，随后它就收敛了，听任他们乱摸，尽管它在他们的手下嗥叫了又嗥叫，嗥叫得没有丝毫温和之意。后来，它观察到男孩和女孩是主人的掌上明珠。随后，他们拍拂它时，也就无须主人扇巴掌和叫骂了。

　　然而，白牙从来没有让感情满满过。它迁就主人的两个孩子，面子上说得过去却也真诚，忍受他们的胡闹一如病人忍受一次痛苦的手术。当它实在忍受不了时，它就站起来，毫不犹豫地离开。不过，过了一段时间后，它渐渐地喜欢这两个孩子了。只是依然不会张扬。它不会主动走到他们跟前。它只是看见他们时不再走开，而却等待他们走过来。再后来，它发现自己看见他们走来时，眼睛里会有喜悦之色，而在他们离开它去找别的娱乐时，它竟然会流露出奇怪的遗憾，目送他们离去。

这一切都是循序渐进的结果，需要时间。两个孩子之后，它关注的是法官斯科特。所以如此可能有两个原因。首先，法官显然是主人不可或缺的，其次呢，法官不喜欢张扬。白牙喜欢在宽大的门廊里卧在他的脚边，陪他看报纸，感受一次又一次地欣赏它一眼或者表扬一句——毋庸置疑，这是他认可白牙露面和待在身边的明证。不过，只是主人不在附近时它才这样。主人一旦出现，所有别人都不复存在，白牙谁都不再放在心上了。

白牙让家庭的所有成员拍拂它，把它当回事儿；不过它从来不会像全身心报效主人那样对待他们。他们怎么宠爱它都不能让它喉咙里响起示爱的呼呼声，而且，不管他们怎么尝试，它也无法从心里领情，到他们跟前去讨欢。这种放弃和投诚的表示，绝对信任的表示，它只给主人保留着。实际上，它只是把家庭成员当作仁义主人的所有物看待，仅此而已。

白牙早早地区分出家人和仆人的身份。仆人都害怕它，而它只是管住自己不攻击他们。这是因为它认定他们同样是主人的所有物。白牙和他们之间不过存在一种中立状态而已。他们为主人做饭，洗刷碗碟，干别的事情，正如马特在克朗代克所做的事情。一句话，他们是这个家的附属物。

住宅外面有更多的东西让白牙去了解。主人的领地宽敞、复杂，不过也有尺寸和界限。这块地延伸到县级公路就截止了。外面是所有神共有的领地——道路和街道。在别的围栏里面，是别的神专有的领地。很多条法则管束着所有这些东西，判定行为是否得当；不过，它不懂诸神的语言，它也没有什么方法学习他们的语言，只能凭经验办事。它听从自己的自然冲动行事，有时这些冲动就会让它触犯某种条例。这样的错误犯过几次后，它就弄懂了法则，然后就服从法则了。

不过，最有效的教育还是主人的手扇来的巴掌，以及主人的呵斥声。因为白牙怀有深爱大爱，主人打来的巴掌给它造成的伤害，要比格雷·比弗和俊男史密斯的暴揍厉害得多。他们打它只是肉体上的伤害；肉体下的精神还在发怒，抖擞而无形。但是主人的巴掌总是很轻，伤害不了皮肤。然而，伤害却深入骨髓。巴掌是主人表示不赞成了，白牙的精神因此而萎靡。

实际上，巴掌很少有扇下来的时候。主人的吆喝就足够了。白牙听声听音，知道它做对了还是做错了。听主人的吆喝，它便能规范自己的行为，调整自己的动作。这就是指南针，它看着指南针识图，习惯新地方的新生活。

在北方，家养的动物只有狗。所有别的动物都生活在荒野，如果它们不是过分凶猛，狗是可以捕捉到它们的。那些日子，白牙整天都在活物中寻找食物。它从来没有想到南方的情况截然不同。不过，这时它住在克拉拉山谷，很快就学会了。一大早起来，它在宅子的角落里游荡，碰上了一只鸡从鸡棚里逃出来了。白牙的自然冲动是要把它吃掉。三跳两跃，可怕的大嘴张开，牙齿一闪，吼声一起，就把那只出来冒险的鸡逮住了。这鸡是农场饲养的，又肥又嫩，白牙馋涎欲滴，认定这是一顿丰盛的美味。

这天晚些时候,它在马厩附近又碰上了一只逃离的鸡。一个马夫追着逮它。他不了解白牙是狼种,因此他拿了一根轻巧的马鞭当武器使。马鞭打来的第一鞭,白牙把鸡丢给了马夫。一根棍子可以阻拦白牙,但是一根鞭子不行。一声不响,不知畏缩,白牙向前冲时又挨了一鞭,白牙一跃扑向了马夫的喉咙,马夫大叫:"我的天爷!"赶紧连连后退。他扔下鞭子,两臂护住了喉咙。这样一来,他的小臂被咬得皮开骨见。

他吓得魂飞魄散。白牙的凶猛明摆着,它一声不响的攻击才让马夫知道了厉害。依然用撕烂的流血的胳膊紧紧护着喉咙和脸,他打算退回马厩。要不是克丽及时赶到,他退回马厩都千难万难。如同克丽救了迪克的命,这次它又救下了马夫的命。克丽疯婆子一般冲向白牙。它一直以来都是对的。它比莽撞的神更了解白牙。它所有的怀疑都事出有因。这家伙就是古老的劫掠者,又故技重演了。

马夫脱身溜进了马厩,白牙后撤躲避克丽的利牙,或者用肩膀对付它的利牙,不停地转圈子。可是克丽如同以往,几次很有面子的惩治白牙之后还不肯罢休。相反,克丽越来越兴奋,越来越生气,最后,白牙只好让尊严随风飘去,从克丽眼前穿过田地逃走了。

"它会明白鸡是不可乱碰的,"主人说,"不过要我抓了它的现场,它才会接受教训。"

两个夜晚过去,白牙又采取行动了,而且比主人预料的升了一大级。白牙已经密切观察过鸡舍,对鸡的习惯也了如指掌。到了夜间,鸡上架歇下了,白牙爬上了一堆新拉来的木头顶上。它从这里跳上鸡舍的屋顶,穿过梁木跳到鸡舍的地上。不一会儿,它钻进了鸡窝,屠戮就开始了。

清早,主人从门廊里走出来,看见五十只白色的莱克亨鸡被马夫摆成了一排。他轻轻打了个口哨,开始不免惊奇,随后忍不住倍加赞赏起来。他的两眼同时看着白牙,而白牙丝毫没有羞愧或者罪过感。它颇为自己感到自豪,仿佛它真的干出了彪炳千秋的业绩。它原本就没有意识到这是犯罪了。主人面对这件令人不快的事件,把嘴绷得紧紧的。然后,主人对白牙这个不知就里的罪犯大加训斥,他的声音完全像天神发怒了。他还把白牙的鼻子按在那些死鸡上,同时结结实实打了白牙一巴掌。

白牙再也没有袭击过鸡舍。袭击鸡舍是犯法的,它终于弄懂了。后来,主人把它带进了鸡场。白牙的自然冲动窜遍了它的全身。它服从了冲动,但是被主人的声音抑制住了。他们在鸡场里逗留了半个小时。冲动一次又一次在白牙身上涌动,正当它要服从冲动时,它被主人的声音遏制住了。就这样,它弄懂了法则,当它离开鸡的领地时,它学会了对鸡的存在视而不见。

"你永远不可能让咬死鸡的凶手立地成佛。"法官斯科特在午餐桌上难过地直摇头,把儿子讲的教训白牙的事情权当作耳旁风,"一旦成了习惯,尝到血腥味儿……"法官又把头摇了摇,表示可悲。

然而,威登·斯科特不同意父亲的说法。

"我跟你说我会怎么做,"他最后提出来挑战,"我把白牙和鸡关在一起,待上一个下午。"

"想想那些鸡吧。"法官反对说。

"再来点条件，"儿子接着说，"它咬死的每只鸡，我包赔你一块大洋。"

"不过你也应该要父亲赌点什么呀。"贝丝插话说。

妹妹支持了贝丝，餐桌旁的人齐声附和，法官斯科特点头同意了。

"好吧。"威登·斯科特想了一会儿说，"下午过去时，如果白牙没有咬死鸡，它在鸡场里待的每十分钟，你都要当面对它说，如同你坐在法庭上庄严地进行宣判一样，严肃而审慎地说：'白牙，你远比我想的有才。'"

一家人待在一个有利的位置，一起观看这场演出。大家没有看到热闹场面。主人把白牙关进鸡场，把它留在了那里，它卧在地上睡着了。它站起来一次，走到水槽边喝了一次水。它很平静，不理会那些鸡。在它看来，鸡根本不存在。到了四点钟，它发起一次冲刺，蹿上鸡舍的顶上，跳下鸡舍外面的地上，然后大模大样地向宅邸走去。它懂得了法则。在门廊里，当着全家人的面，法官斯科特和白牙面对面，缓慢地肃穆地说了十六遍："白牙，你远比我想的有才。"

但是，法则是复杂的，白牙搞不懂的地方很多，经常让它颜面扫地。它得明白，属于主人的鸡是不能碰的。那么还有猫，还有兔子，还有火鸡；所有这些动物它也不能碰。事实上，部分地弄懂了法则后，它才认识到所有的活物都碰不得。在农场后面，一只鹌鹑可以在它的鼻子下面跳跃。它着急，渴望，浑身绷得直发抖，但是它控制住了本能，站在那里一动不动。它得服从诸神的意志。

后来，有一天，在农场后面，它看见迪克惊扰了一只大兔子，立即追了过去。主人在一旁观看，什么也没有干涉。不但没有干涉，还鼓励白牙一起追击。由此它弄懂了，追逐大兔子没有禁忌。终于，它弄懂了全部法则。它和所有的家养动物之间，敌意一定不能有。如果有敌意的话，也得保持中立态度。但是别的动物——松鸡、鹌鹑和棉花兔，都是从来没有效忠人的荒野动物。它们是狗可以猎捕的合法的猎物。诸神只保护驯服的动物，驯服的动物之间不允许殊死的打斗。诸神对他们的臣民掌握着生与死的强权，诸神对自己的权利很在意。

过惯了北方简单的生活，圣克拉拉山谷的生活就复杂多了。这些复杂的文明所要求的主要事情，就是控制和约束——自我的平衡如同薄翼的震动一样微妙，同时又像钢铁一样坚硬。生活有千张面孔，白牙发现它必须面对一切——因此，当它进城时，例如在圣何塞，只能跟在马车后面奔跑，或者在马车停下时在街上溜达。生活在它眼前流动，纵深，广阔，五花八门，不停地触及它的感官，要求它随时随地没完没了地调整，做出相应的反应，几乎总是强加于它，压制它的自然冲动。

街上有肉铺，悬挂的肉触手可及。可这种肉它务必不能碰。主人拜访的家里有猫，也不能去碰。向它嗥叫的狗无处不在，它却不能攻击。还有，人行道上人来人往，数不清的人都盯着它看。他们会停下来观看它，指给别人看，细细审视它，跟它说话，更要命的是，还拍拂它。这些陌生的手触碰它都有危险，但它必须忍受。还好，这种忍受它习惯了。再者，它克服了笨拙和害羞的毛病。无以数计的陌生的神观看它，它能大度地接受了。

人们恩赐它，它报以恩赐。另一方面，它与生俱来的某些东西又阻止它过分亲昵。他们拍拂它的头，接着往前走，为他们自己的鲁莽感到满足。

可是，这对白牙来说并非易事。在圣何塞郊外它跟在马车后面跑，它碰上了一些小男孩，居然向它扔石头。然而，它知道它不可以去追逐他们，把他们扑倒在地。它不得不违背自我保护的本能，而且它真的做到了，因为它在被驯化，让自己有资格享受文明。

然而，白牙对这样的安排并不十分满意。它对正义和公平没有抽象的概念。但是生命里存在一种公平感，而它身上的这种公平感让它对那些扔石头的小家伙引发的不公平听之任之，它感到气愤。它忘记了它和诸神达成的誓约里，他们发誓要关心它、保护它。但是，有一天，主人从马车上跳下来，手持鞭子，对那些扔石头的人抽去。从此以后，他们就不再扔石头了，而白牙理解了，感到很满意。

同一性质的经历还发生过一次。在去镇子的路上，十字路口有一个酒馆，三只狗在周围游荡，它路过时它们总向它扑来。主人知道白牙打架一击致命的厉害，一直告诫它不能打架是一条法则。白牙把这条法则记得很牢，每次经过这家酒馆都拼命忍着。每次见它们扑过来，白牙嗥叫不已，让那三只狗不敢靠近，但是它们跟在后面，猖猖不休，吠叫不已，不停地侮辱它。这种情况忍受了一段时间。可酒馆里的人竟然挑唆那些狗攻击白牙。一天，他们公开教唆那三只狗来咬它。主人停下马车。

"扑上去。"主人对白牙说。

但是白牙不能相信。它看了看主人，又看了看那些狗。然后它急切地回望了一下，征询主人的意思。

主人点了点头。"扑上去，老伙计。给它们一点厉害。"

白牙不再犹豫。它回身一声不响地冲进了敌人中间。三只狗对付它一只。顿时，咆哮声和嗥叫声连成一片，牙齿碰撞声，身子窜来窜去。路上灰尘冲天，一场恶战隐藏在灰尘之中。几分钟后，两只狗在土里挣扎，第三只狗落荒而逃。它跳过一条沟，穿过一道栅栏，逃向田地。白牙紧紧追赶，以狼追击的方式和速度，穿过地面，迅速而无声，在田地一角，一下子把那只狗扑倒，一口致命。

这次一对三的致命攻击，让狗找大麻烦的问题迎刃而解。流言传遍了山谷地区，人们看紧自家的狗，千万别再去招惹"打架狼王"了。

第四章 同类的呼唤

　　一晃几个月过去了。食物充沛，南方没有工作可做，白牙活得衣食无忧，心宽体胖。这不仅是它身处南方的地理环境，而且因为它就过着南方的生活。人类的仁义像太阳一样普照在它身上，它像一朵生在沃土里的向阳花。

　　然而，它无论如何都和别的狗有些差别。它比起那些不知道别的生活的狗来，对法则的了解更深刻，因此它遵守法则也更到位；可是，它身上还总能看出潜伏的凶猛，仿佛荒野仍在它身上遗留着，那只狼只是在它身上熟睡了。

　　它从来不和别的狗交朋友。它孤独求败，身上同类的本质使然，而且它还会孤独地生活下去。在它幼小时唇唇及其同伙迫害它，后来俊男史密斯逼迫它和狗打架，它因此对狗深恶痛绝。它生命的自然进程被改道，而且，离开了它的同类，依附于人类。

　　还有，所有南方的狗都用怀疑的目光打量它。它唤起了它们对荒野的本能的惧怕，一碰上它就咆哮、嗥叫，恨得咬牙切齿。另一方面，它弄懂了用它的牙齿对付它们不是万全之策。它露出牙齿，裂开嘴巴，百试不爽，都能把吠叫着扑上来的狗吓退，原地蹲下。

可是，白牙的生活里有一种磨难——那就是克丽。克丽从来不让白牙有片刻安生。克丽不像它一样遵守法则。主人千方百计地调教它，可它就是不和白牙交朋友。白牙耳边总是萦绕着克丽的尖厉和紧张的咆哮声。克丽一直没有忘记它屠戮鸡场的事件，固执己见地相信它的出发点就是恶毒的。克丽在白牙行动之前就发现它居心不良，相应地和它周旋。克丽成了它的一大祸害，像警察一样在马厩和场院跟踪它，而且，当白牙好奇地观看一只鸽子或者鸡时，克丽就暴跳如雷地吠叫不已。白牙无视克丽的拿手招数是卧下来，头放在前爪上，假装入睡。这招总能让克丽一时懵懂，不再吭声。

克丽除外，白牙万事如意。它已经学会控制和平衡，它懂得法则。它学会沉着、平静，该容忍的就容忍。它不再生活在一种敌意的环境中。它周围不会有什么无处不在的危险、伤害和死亡了。未知之物，一种恐怖和威胁的东西随时会迫在眉睫，现在消失了。生活轻松而安逸。生活缓缓流动，波澜不兴，恐惧和敌人不再潜伏在路旁。

它思念白雪却浑然不觉。它如果想到了冬季，也许会抱怨"一个没有尽头的长夏"；实际上，它只是模糊地潜意识里思念白雪。同样，尤其在夏天炎热之际，它受不了太阳的暴晒，它体味到对北方的淡淡的渴望。它因为这种渴望的不良反应，也不过是自己感到不安逸，不安生，自己又不知道是怎么回事。

白牙从来不会十分张扬。除了讨欢，把低吟的调调转变成它爱意的嗥叫，它不会用别的办法表达它的爱。但是上苍让它发现了第三种表达方式。它过去总是对众神的笑声疑心重重。笑声能把它搞得发疯，让它勃然大怒。但是它不会因为仁义的主人笑了而生气，在这尊神好心地对它选择笑声逗它玩时，它不会感到窘迫。它能感觉到老旧的愤怒在窜动，力图让它火冒三丈，但是那是在和爱较劲。它不会生气；可是它得做点什么。一开始它做出威严的样子，主人见了笑得更厉害了。后来它试图表现得更加威严，主人笑得比先头更来劲。最后，主人把它的威严笑掉了。它的嘴微微张开，上唇收上去一点，一种古怪的表情，两眼里爱意多于幽默。它学会笑了。

它同样学会和主人打逗了，翻倒在地上打滚儿，充当很多粗鲁的把戏的牺牲品。反过来它会假装生气，气势汹汹地炸毛和嗥叫，把牙齿咬得咔咔响，每一口都咬得像是要人性命。然而它从来没有忘记自己。这些撕咬都是冲着空气去的。这种打逗结束时，一击，一巴掌，咬一口，咆哮一声，都做得又快又凶狠，它和他却突然分开，站离几码远，你瞪我我瞪你，开始大笑起来。这样一场打逗总会推向高峰，主人两臂抱住白牙的脖子和肩膀，而后者边吟唱边嗥叫它的爱恋的歌。

不过，别人从没有和白牙打逗过。它不允许别人跟它打逗。它拿出十足的威严，当别人试图打逗时，它发出警告、咆哮，竖起鬃毛，一点不像在打逗。它之所以允许主人享有这些自由，原因不外乎是它不是一般的狗，这里也爱那里也爱，是大家打逗和消遣的公共财产。它的爱心是专一的，决不允许自贬身份，让自己的爱变味。

主人骑马外出的时候很多，陪主人外出是白牙生活的主要差事。在北方，它在挽具里辛苦拉套来证明它的忠诚；但是南方没有雪橇，狗们背上没有背负重载。因此它用新的方式表忠心，跟在主人的马后奔跑。漫漫长日也不会让白牙感到疲惫。它的步伐是狼的遗传，平滑，轻省，省力，五十英里跑下来它还活蹦乱跳地抢在马的前面。

与骑马关联的事宜，白牙学会了另一种表达方式——为人津津乐道的，在它一辈子里它干过两次。第一次是主人调教一匹精神十足的良种马，试图让它学会打开和关上马厩门，骑手无须下马了。尝试了一次又一次，很多次调教之后，他驾驭马来到门前力图让它把门关上，可每次那马都吓得什么似的，后退，跳开。马变得越来越紧张，越来越兴奋。马立起身来，主人用马刺踢它，让它把前腿放下，等前腿放下了它又用后腿尥蹶子。白牙观看这场训练，不由得着急起来，终于管不住自己，索性冲到马的前面，野蛮地吠叫，警告马当心。

以后它经常尝试着吠叫，主人也鼓励它，但是它却只成功了一次，还是主人不在场的时候。一只大野兔穿过牧场，突然跑到了马的蹄子边，马猛地收住蹄子，一个前栽，倒在了地上，主人被马摔断了一条腿。白牙愤怒地扑向犯错的马的喉头，却被主人一声断喝给制止了。

"回家去！回家去！"主人查看了受伤的情况后，命令说。

白牙不情愿扔下主人。主人想起来写一个便条，但是摸了摸口袋里没有铅笔和纸。他只好再次命令白牙回家去。

白牙巴巴地看着主人，开始离去，然后又返回来，轻轻地呜咽。主人和气而认真地和它交谈一番，它竖起耳朵，聆听得十分专心。

"这就好，老伙计，你只管跑回家就行，"他接着把话说下去。"回家去，告诉他们我出事了。你回家，你这只狼。快快回家去！"

白牙知道"家"的意思，而且尽管它听不懂主人还说了些什么，但是它知道主人就是要它回家。它调转身，很不情愿地小跑起来。随后，它停下来，走不是回不是，回望着主人。

"回家！"主人严厉地喝道，这次它俯首听命了。

全家人待在门廊里，下午凉爽起来，大家在乘凉，这时白牙来了。它向他们走来，大喘着气，满身都是尘土。

"威登回来了。"威登的母亲断定说。

孩子们高兴地嚷叫着去迎接白牙，欢迎它回来。白牙却躲开他们，径直来到门廊，可是孩子们却把它堵在摇椅和栏杆跟前。它嗥叫一声，试图把他们推开。他们的母亲向他们张望，显然放心不下。

"我得说，它和孩子搅和在一起，我很紧张。"做母亲的说，"我很担心有一天它会始料未及地把他们扑倒。"

白牙吼叫得很野蛮，从被堵住的地方跳出来，把男孩和女孩都带倒了。做母亲的赶紧把孩子们招呼过来，安慰他们，告诫他们别招惹白牙。"狼就是狼，"法官斯科特发表看法说，"狼是信不过的。"

"可它不全是一只狼嘛。"贝丝听不惯，向着不在场的哥哥说话。

"你只是重复你哥哥的看法,"法官趁机说,"他只是推测白牙身上有狗的血缘,不过他迟早会告诉你,他其实什么都不知道。光看它的样子——"

法官没有把话说完。白牙站在他跟前,嗥叫得很凶。

"一边去!趴下,伙计!"法官斯科特命令道。

白牙向它仁义的主人的妻子转过身来。白牙咬住她的裙子,一个劲地拽,把容易撕破的裙子撕破了,她吓得尖叫起来。这时,白牙成了大家关注的中心。白牙不再嗥叫,站在那里,看着他们的脸。它的喉咙一鼓一鼓的,却没有声音,浑身都在挣扎、痉挛,使劲让自己传达用嘴说得清楚的东西。

"但愿它不会发疯吧,"威登的母亲说,"我早跟威登说过,我担心这炎热的气候不适合北极的动物。"

"白牙有话要说,我相信就这么回事。"贝丝断言道。

正在这时,白牙真就说话了,是一声很响亮的吠叫。

"威登出事了。"威登的妻子不容置疑地说。

大家一下子都站了起来,而白牙跑下了廊阶,回头看着他们,要他们跟来。白牙第二次也是最后一次对着威登的妻子叫唤,要她明白自己的意思。

这次事件之后,它一下子得到延绵长景宅邸人见人爱的位置,就是那个被白牙咬破胳膊的马夫都感慨道:就算它是一只狼,那现在也是一只很机智的狗了。法官斯科特却固执己见,从百科全书和各种自然史的作品里引经据典,证明自己看法没错,结果惹得大家都不高兴。

日复一日,永不间断的阳光洒满了圣克拉拉山谷。日子越来越短时，白牙在南方的第二个冬季到来了，它有了一个奇怪的发现。克丽的牙齿不再尖利伤人了。克丽撕咬时像是闹着玩，温情脉脉，不让牙齿真的伤害到它。它忘记了克丽过去把它的生活搞得一塌糊涂，当克丽围着它打斗时，它很严肃地做出了响应，尽力配合着玩耍，做出一副更加滑稽可笑的样子。

一天，克丽领着白牙在农场后面追逐了很长一段路，走进了树林里。那天下午主人要骑马出去，白牙知道。马已经备好鞍子，站在门口等待。白牙犹豫起来。然而，它身上有比它懂得的法则更深的东西，比改造它的各种习惯更深的东西，比它对主人的爱更深的东西，比它自己求生的意志更深的东西，在它去留两难之间，克丽亲啃了它一口，一溜小跑而去，它转身跟了上去。主人这天自己骑马出去；在树林里，肩并肩，白牙和克丽形影相随，如同它的母亲吉彻和那条一只眼老狼，很多年前，在北方寂静的森林里一起奔跑一样。

第五章　熟睡的狼

　　大约就在这段时间，各家报纸纷纷报道一个罪犯从圣昆廷监狱铤而走险越狱了。他是一个穷凶极恶的家伙。老天造他时就粗制滥造。他生得也不是时候，社会之手改造他时没往好处使劲。社会之手很无情，这个人是其亲手做出来的一个样品。他是一个畜生——一个人面兽心的东西，一点没错，而且是一个极其可怕的畜生，把他归入食肉动物是再恰当不过了。

　　在圣昆廷监狱里，他表现得冥顽不化。惩罚没有触及他的灵魂。他死也不争辩，打斗到最后一刻，不愿意活着挨打。他打斗得越凶残，社会惩罚他越无情，而无情的唯一效果是他变本加厉地凶残。拘束衣、饥饿、殴打和打棍子，对吉姆·霍尔来说都是不当体罚；他经受了这些体罚。他在旧金山贫民窟度过的童年期，他早领教了这种体罚——在社会之手里他是一团软泥，听凭社会之手把他捏圆捏扁。

　　他第三次坐牢期间，他碰上了一个狱卒，几乎和他一样是一只凶猛的野兽。狱卒对待他不公平，在监狱长面前告黑状，让他声誉扫地，受尽迫害。他们两个的不同之处，是狱卒拿着一串钥匙和左轮手枪。吉姆·霍尔却赤手空拳，只有牙齿。一天，他突然朝狱卒扑了上去，用牙齿咬住了狱卒的喉咙，和莽林里的动物出招一个样。

这次事件之后，他住进了重犯囚室。他在重犯囚室一住就是三年。这囚室是铁的，地、墙和屋顶，都是铁的。他永远不能离开囚室。他永远看不到天空，见不到阳光。白天是昏暗的，黑夜漆黑一团，悄无声息。他待在一个铁墓里，被活埋了。他看不见人，不能和人说话。食物送到他跟前时，他像一只野生动物一样嗥叫不已。他憎恨一切。几天几夜，他会对着宇宙干吼。几个星期和几个月，他又能一声不响，在黑魆魆的寂静里啃啮自己的灵魂。他是一个人，又是一个魔鬼，如同发疯的脑子里各种幻象喋喋不休的可怕之物那般吓人。

一天夜里，他越狱了。监狱长说那是不可能的，但是囚室里空无一人，一个死狱卒半出半进地僵死在囚室。另外两个死狱卒倒地的位置看得出他逃出墙外的路线，他用手掐死了他们，不让他们叫嚷。

他用杀死的狱卒的武器把自己武装起来——一个活动的武器库，穿行在山间，社会组织了强大的力量追捕他。一笔重金悬赏他的人头。有些贪心的农夫携带枪支追寻他。他的血可以偿付一笔抵押或者送儿子上大学。还有一些热心公益的市民拿起步枪出门追击他。一群猎狗一直追逐着他的踪迹。执法的警犬、花钱雇来搏斗的社会动物，还有电话机、电报机以及专车，全部日夜兼程地跟踪他。

有时，人们撞上了他，有人如同英雄一样面对他，有的溃散在铁丝网后面，成了早餐桌上看报的全民娱乐的笑料。这样的短兵相接之后，死的和伤的都运回城里，他们的空位被着急追捕他的人所取代。

后来，吉姆·霍尔无踪无影了。大猎犬在迷失的追踪道上干着急。边缘山谷无辜的农场工人被武装人员传唤来，验明正身；十几个贪图血腥钱的贪婪的人，发现了吉姆·霍尔的遗留物。

这时，延绵长景宅邸的人读了报纸的报道，兴趣不大，担心不小。女人们都很害怕。法官斯科特颇不以为然，哈哈大笑，因为在他卸任前的最后日子里，吉姆·霍尔站在他跟前，被他判了重刑。在堂堂法庭上，当着所有人的面，吉姆·霍尔宣称，终有一天他会对判他重刑的人进行报复。

这一次，吉姆·霍尔是对的。他被判的重罪，他并没有犯下。在这一案子里，用窃贼和警察的话说，他坐牢是因"说你有罪就有罪"。吉姆·霍尔因"说你有罪就有罪"而坐了大牢，可他没有犯下被指控的罪。因为他犯有两次前科，法官斯科特就给他判了五十年徒刑。

法官斯科特并不了解所有的情况，他也不清楚警察在玩猫腻，他站在了玩猫腻的一方，不知道证据是伪造的，是栽赃，吉姆·霍尔被指控的罪状实属空穴来风。另一方面，吉姆·霍尔也不清楚法官斯科特是无辜的。吉姆·霍尔相信法官了解一切，和警察串通一气，做出如此荒唐的判决。因此，当法官斯科特宣布五十年只能活在大牢里的厄运时，吉姆·霍尔对虐待他的社会所有事情都恨之入骨，咆哮公堂，五六个身穿蓝制服的敌人不得不把他拖下法庭。在吉姆·霍尔看来，法官斯科特是这个不公道的拱顶的基石，他把一腔愤怒都倾泻在法官斯科特身上，四处威胁要报仇雪恨。然后吉姆·霍尔就开始活受死罪……可他越狱了。

关于这一切，白牙什么都不知道。不过，它和主人的妻子爱丽丝之间有一个秘密。每天夜里，延绵长景宅邸都入睡后，她会起床把白牙放进来睡在大厅里。且说白牙不是一只家养狗，是不允许睡在屋子里的；因此，每天早上，早早地，她溜下大厅，在全家人还没有起床时，把白牙放出去。

就在这样一个夜里，全家都睡下了，白牙还醒着，静静地卧在那里。它在万籁俱寂中闻到空气里有陌生神到来的气息。它耳朵也听见了陌生神走动的声音。白牙没有大吼大叫。大吼大叫不是它的做派。陌生神走路很轻，但是没有白牙走路轻，因为白牙没有衣服之累，不会和皮肉发生摩擦。它一声不响地跟踪着。在荒野，它猎捕万分胆小的活肉，知道一击致命的优势。

陌生神在大楼梯下停下，聆听，白牙安静得死了一般，一动不动，观察着，等待着。这道楼梯通向仁义的主人和仁义的主人最亲的家人。白牙炸毛了，伺机而动。陌生神抬起了脚。他开始上楼梯了。

随后，白牙发起攻击。它没有警告，没有嗥叫着叫人知道它采取行动了。它一跃而起，蹿向空中，落在了陌生神的背上。白牙前爪紧紧抓住陌生神的肩膀，同时把牙齿咬进了这人的脖子后面。它紧抓不放，一下子把陌生神掀翻在地。他们一起摔在了地板上。白牙干净利落地跳向一旁，而且，那个人挣扎着往起站时，白牙再次用牙咬上去。

延绵长景宅邸惊醒了。楼下的声音像是几十个魔鬼在打斗。左轮手枪打了一枪又一枪。一个人的喊叫声极其恐怖和惨痛。咆哮声和号叫声震耳欲聋，家具和玻璃撞击声、破碎声此起彼伏。

然而，混乱之声来得快，去得也快。这场搏斗持续了不过三分钟。受到惊吓的一家人聚集在楼梯顶上。楼梯下面，如同来自黑暗的深渊，传来一阵汩汩声，仿佛水在冒泡。有时这汩汩声变成了咝咝响，很像风鸣声。不过这样的声音也很快消失了，停止了。随后，黑暗中就只有沉重的喘气声，像是某个生灵在艰难地吸气。

威登·斯科特按下开关，楼梯和楼梯下的大厅灯火辉煌。他和法官斯科特手拿左轮枪万分小心地走下楼梯。其实用不着这般小心。白牙已经把事情做了。在打翻和摔坏的家具中，半侧着身，脸藏在胳膊下，躺着一个人。威登·斯科特弯下身，挪开那条胳膊，把那张脸翻过来。喉咙断了，一看这人已经死了。

"吉姆·霍尔。"法官斯科特说，父亲和儿子都意味深长地你看我，我看你。

然后，他们来到白牙身边。白牙也侧身躺着。它两眼闭上，但是在他们向它俯下身时，它有气无力地微微睁开眼睛，使劲看他们，尾巴动了动却摇摆不起来了。威登·斯科特拍了拍它，白牙的喉咙呼呼作响，嗷嗷叫了一声表示知道了。然而，这声嗥叫微弱得几乎听不见了，而且很快停止了。它的眼皮垂下来，闭上了，整个身子好像松弛下来，软塌塌地躺在地上。

"它拼尽了全力，可怜的家伙。"主人嘟哝说。

"我们看看情况怎么样。"法官赶紧说，一边去打电话。

"不得不说，它只有千分之一的机会了。"外科医生抢救了白牙一个半小时后，无奈地说。

晨曦在窗户上姗姗来迟，电灯光在晨曦里淡了下去。除了孩子，全家人都守在外科大夫身边，听他讲白牙的伤情。

"一条后腿打断了，"他继续说，"三根肋骨断了，少说一根肋骨刺进了肺里。它全身的血几乎流失完了。很可能还有内伤。它一定受到了猛烈的攻击。更别说三颗子弹穿过它的身体了。千分之一生还的机会都是乐观的。它有万分之一的机会都不错了。"

"只要有救，它一定不能丧失任何机会，"法官斯科特大声说，"不计成本。给它照照 X 光——什么手段都要试一试。威登，给旧金山尼古拉斯大夫打电报。大夫啊，这可不是责怪你，你要理解；它一定要享有一切机会的好处。"

外科医生很理解地笑了笑。"我当然理解。它值得给它采取一切抢救。它一定要得到很好的护理，像你护理人一样，像你护理一个生病的孩子一样。别忘了我告诉你的，给它量体温。我十点钟会再来的。"

白牙得到了很好的护理。法官斯科特建议请一名训练有素的护士来护理，却被姑娘们生气地驳斥了，她们亲自担任起这一重任。外科医生说白牙万分之一的机会都很悬，但是它抓住了这个机会。

医生的诊断令人沮丧，也不是没有根据。他一辈子都在给文明熏陶过的柔软的人看病做手术，可人享受温室般的生活，祖祖辈辈都不受风雨冰霜的侵蚀。和白牙相比，他们很脆弱、娇气，抓住生命的握力没有什么力度。白牙直接从荒野来，那里弱者早已不复存在,庇护之处无从谈起。它的父亲和母亲都不是弱者,上溯几代都是强者。白牙继承的是荒野的钢铁般的骨架和勃勃生机,它紧抓生命不放,它整个身体,它的每一个部分,无论精神还是肉体,都具备所有生灵古来有之的那种坚忍。

  白牙被捆扎得像一个囚犯,石膏夹板和绷带浑身都是,害得它没法动弹,乖乖地躺了几个星期。它睡了很长时间,梦见了很多事情,脑子里在过电影,北方的景色没完没了地闪现出来。过去的所有幽灵都唤醒了,附着在它身上。它又一次住在了吉彻的窝里,颤颤巍巍地爬到了格雷·比弗的膝盖前,对他表示臣服,在唇唇和所有嗷嗷叫唤的一群狗崽追逐下逃命。

  它再次在沉寂中穿行,在数月的饥荒中为自己的生计猎捕活食;它再次奔跑在狗队的前头,米特撒赫和格雷·比弗的鞭梢在身后乱抽,在它们来到一处狭窄的通道、狗队像一面扇子聚拢起来通过时,他们会"驾驾驾"吆喝个不停。它再次回到和俊男史密斯生活在一起的日子,它和狗打架是家常便饭。在这样的时刻,它便在睡梦里啜泣和咆哮,人们看见它这样便说它做噩梦了。

  但是,有一个特别的噩梦让它煎熬——叮当作响的电车这种怪物,在它看来就是庞大的尖叫的山猫。它会潜身在灌木屏障后,紧盯从树洞里跑到地上很远的地方冒险的松鼠。然后,等它纵身扑向松鼠时,松鼠一下子变身为一辆电车,危险而可怕,在它面前像一座山一样高耸,鸣叫,叮当响,向它喷吐火焰。这和它挑衅从天而降的鹰如出一辙。鹰从蓝天俯冲下来,降落在身上时变身一辆铺天盖地的电车。或者,它再次被关进俊男史密斯的围栏里。围栏外面,人们聚集起来,它知道斗狗就要开始了。它紧盯门口就要进来的对手。那门会打开,向它推过来的会是一辆可怕的电车。这一幕发生了上千次,每一次引发的恐惧都真真切切,比以往巨大。

最后,绷带和石块夹板去掉的这天终于来了。那是一个盛况空前的日子。延绵长景宅邸所有的人都围过来了。主人摸了摸它的耳朵,它喉咙呜呜地嗥叫着表示爱意。主人的妻子叫它"吉祥狼",这名字立时引起一片欢呼,在场的所有女人都叫它"吉祥狼"。

它试图站起来,几次努力之后还是因为过度虚弱倒了下来。它躺卧的时间过长,肌肉没有灵敏度,所有的力气都失去了。它因为虚弱得站不起来感到难为情,仿佛它真的没有尽到它欠诸神的效劳。因此它英雄般地使劲往起站,终于四条腿都站起来了,蹒跚挪步,前后摇摆。

"吉祥狼!"女人齐声欢呼道。

法官斯科特赞赏地看着她们。

"你们亲口喊的,"他说,"正合我意。它所做到的,没有哪只狗能做到。它就是一只狼。"

"一只吉祥狼,"法官赞同道,"今后我就这样叫它了。"

"它还得重新学习走路呢,"外科医生说,"它现在就可以开始了。走路伤害不了它。把它带到外面去吧。"

白牙来到了屋外,像一个国王,延绵长景宅邸所有的人都围着它,呵护它。它非常虚弱,当它来到草坪时,它卧下来,休息一会儿。

然后，行走又开始了，白牙过去使用的肌肉在一点点来劲，血液也开始涌向全身。马厩就在眼前了，克丽卧在门边，五六只圆滚滚的小狗崽围在它身边，在太阳下玩耍。

白牙看着小狗，眼神惊奇。克丽冲它咆哮、警告，它很有分寸地保持着距离。主人用脚尖帮扶着一只小狗娃爬向它跟前。它疑虑重重地炸起了毛，不过主人告诫它相安无事。克丽被一个女人两臂抱住，眼红地看着白牙，吼叫一声，告诫它并非相安无事。

小狗娃爬到它跟前。它竖起耳朵，好奇地观看小狗。然后，它们的鼻子触碰了，它感觉小狗娃暖乎乎的小舌头舔它的面颊。白牙的舌头伸出来，它不知道为什么，它也开始舔小狗娃的脸了。

鼓掌，欣喜的喊叫，诸神为这个场面欢呼了。它吓了一跳，迷迷瞪瞪地看着众人。然后，它感到虚弱无力，躺了下来，耳朵竖立，头侧向一边，一边观看小狗娃。别的小狗娃也向它爬过来，这让克丽非常不快；它一本正经地让小狗娃在它身上爬上爬下。起初，在诸神的掌声中，它还表露一点往日的害羞和笨拙。随着小狗娃继续在它身上戏耍打闹，这种窘态消失了，它容忍的眼睛半闭着，在太阳下昏昏欲睡。

出 品 人：许　永
出版统筹：林园林
责任编辑：许宗华
特邀编辑：林园林
装帧设计：海　云
印制总监：蒋　波
发行总监：田峰峥

投稿信箱：cmsdbj@163.com
发　　行：北京创美汇品图书有限公司
发行热线：010-59799930

创美工厂
微信公众平台

创美工厂
官方微博